微光

青年批评家集丛

从后文学到新人文

刘大先 著

上海文艺出版社

"微光/青年批评家集丛"策划人语

金 理

在今天这样的时代里,尝试获取对于"文学批评"的共识,恐非易事。不过,既然我们的集丛以此为名义来召集,势必需要提出若干"嘤鸣求友"般的呼声——

首先,文学批评"能够凭借自身而独立存在"(弗莱:《批评的解剖》),其意义并不寄生于创作,批评与创作并肩而立,共同面对生机勃发的大千世界发言,"如共同追求一个理想的伴侣"——这个说法来自陈世骧先生对夏济安文学批评特质的理解:"他真是同感的走入作者的境界以内,深爱着作者的主题和用意,如共同追求一个理想的伴侣,为他计划如何是更好的途程,如何更丰足完美的达到目的。……他在这里不是在评论某一个人的作品,而是客观论列一般的现象,但是话

尽管说的犀利俏皮,却决没有置身事外的风凉意,而处处是在关心的负责。"(陈世骧:《〈夏济安选集〉序》)

其次,在理性的赏鉴与评断之外,批评本身是一门艺术,拒绝陈词滥调,置身于"陌生"的文学作品中,置身于新鲜的具体事物中。文学批评应该是美的、创造的,目击本源,"语语都在目前"。

再次,诚如韦勒克的分疏:"'文学理论'是对文学原理、文学范畴、文学标准的研究;而对具体的文学作品的研究,则要么是'文学批评'(主要是静态的探讨),要么是'文学史'。"但他尤其强调这三种方法互为结合、彼此支持,无法想象"没有文学理论和文学史又怎能有文学批评"(韦勒克:《文学理论、文学批评和文学史》)。故而,凡在文学理论的阐释、文学史的建构方面有新发见的著述,均在本集丛收入之列。

丛书名中的"微光"二字,取自鲁迅给白莽诗集《孩儿塔》作序:"这是东方的微光,是林中的响箭,是冬末的萌芽,是进军的第一步……"借用"微光"大概表示两个意思:微光联系着新生的事物和谦逊的态度,本书是一套为青年学者开放的集丛;态度谦逊但也不自视为低,微光是黎明前刺破黑夜的第一束光,我们也寄望这套书能给近年来略显沉闷的学界带来希望。

此外,"微光"还让我们联想起加斯东·巴什拉笔下的"孤独烛火",联想起巴什拉在《烛之火》中描绘的一幅动人图画:遐想者凝视孤独烛火,这是知与诗、理性与想象的结合。"在所有的形象中,火苗的形象——无论是朴实的还是最细腻的,乖巧的还是狂乱的——载有诗的信息。一切火苗的遐想者都是灵感丰富的诗人。"(《烛之火·前言》)——在这一意义上,"微光"献给"一切火苗的遐想者"。

我们期待有更多志同道合的师友加盟后续的出版计划。最后,集丛出版得到上海文艺出版社陈征社长、毕胜社长前后两任社长及李伟长兄的鼎力支持,胡远行先生与林雅琳女史亦献策出力,尤其远行先生本是集丛策划者,但他甘居幕后不愿列名,这都是我们要特为致谢的。

目 录

绪论 / 1

第一章　赛博格的怕与爱 / 29

第二章　总体性、例外状态与情动现实 / 55

第三章　后青春的形象与贫困 / 79

第四章　传统位移、趣味主义与文化救赎 / 109

第五章　当代经验、民族志转向与非虚构写作 / 135

第六章　城市的胜利与城市书写的再造 / 167

第七章　边地作为方法与问题 / 199

第八章　世俗化时代的信仰与生存 / 223

附录 / 249
　　缘情、激情与共情——抒情及其现代命运 / 251
　　"华语语系文学"的理论生产及其诞妄 / 270
　　积极的多样性——文化多元主义的超越与少数民族文化愿景 / 287

本书涉及的作品与研究文献 / 307

后记 / 325

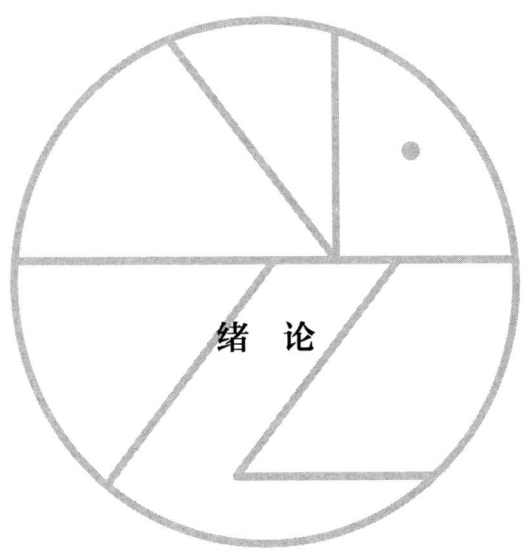

绪 论

一个敏锐的当代社会观察者,应该会对21世纪初年发生在中国文学场域中的"文学终结论"论争记忆犹新。时隔几年之后,当初发表"文学终结"之说,进而引起中国文人学者群情汹涌的希利斯·米勒的一本小册子《论文学》(On Literature)译本甚至直接被出版社移花接木改成《文学死了吗》——其热度可见一斑。"文学终结"可以视作与彼时在文学批评和学术界兴起的"文化研究"互为因果表里的一个事件。时至今日,兴起于欧美的"文化研究"因为其研究对象与范畴细大不捐所造成的缺乏边界——也有批判理论在现实语境的受容性问题,似乎已经在学术领域中风光不再,但无论是法兰克福学派还是伯明翰学派,无论是文化工业批判还是亚文化之说,无论是各类关于种族、阶级、性别的"后学"新潮还是"解码-编码"的媒体新解,都作为前提性的潜在因素日用不知地融合到时下文学研究的方法与理论之中——此际的文学研究再也无法回到此前的范式之中,同意或者不同意,"后文学"时代确乎已然来临,自足、自律、独立的"纯文学"话语逐渐在丧失它的普遍合法性,而从20世纪80年代中期之后的一系列文学文化现象与话语实践也在呼唤着一种新的人文理解、阐释,与运行方式的到来。

一、"纯文学"之后

尽管有许多学者从各个方面与希利斯·米勒进行辩论,但无疑后者是对的,他所说的"文学的终结"实际上指的是18世纪之后在欧洲形成而又逐渐播散到世界各地的一套现代文学理念及其实践形式的终结。那套文学关联着民族主义的发明与生产、印刷书籍和印刷形式出现的媒体(报刊杂志)、民族国家的建立、民主制度、现代研究性大学、具有"内面"深度的自我与个人……而到了如今一切都变了[1],维系作者权威的自我统一性和持久性变得不确定,经济、政治、技术的全球化,削弱了国家的完整和一体性,以及与之相关的研究型大学,新媒体和技术变革促生了数量众多新形态的文学竞争者。这一切尽管具体情况并不容易一言以蔽之,但在中国文学场域中同样有细致而微的体现。

从1970年代末短暂的"伤痕文学"开始出现的一系列文学思潮或

---

[1] 希利斯·米勒:《文学死了吗》,秦立彦译,广西师范大学出版社2007年版,第7—21页。

者流派，从"反思文学"到"改革文学"，虽然所秉持的观念一反此前的意识形态规划，但从逻辑与语法而言，仍然是坚硬的历史主体在进行着宏大叙事——它们应对的是政治、历史、文化与现实，并试图做出批评、给出评价、进行反思、指示出路，即便是某个个体的故事与情感也有着更为直接的普遍性观念对应物。从当代文学史自身的发展而言，这无疑是对于之前激进文化举措的一种纠偏，与勃然兴起的"新启蒙"运动一道构成了自上到下的一种共识。这种情形在1980年代中期关于"现代派"和"朦胧诗"的论争之后迅速发生变化，进而一种强调审美自律、形式自足、观念自立、人性自由与个体表达本位的"纯文学"观念逐渐建立起来，前沿作家的趣味聚焦于技术、美学的探索，以及抽象的关于历史、人性的超越性诉求，而区别于所谓的"驯服工具"和政治表达。

在欧美传入并蓬勃扩展开来的现代主义美学的滋养之下，"纯文学"潮流形成了先锋写作为主导的生态，与之齐头并进的是"文化热"、美术上的"八五新潮"、电影中的"第五代"，它们共同形成了一种关于文学艺术的新兴秩序和评价标准。吊诡的是，这种秩序在形塑出自己形象的同时，也产生了自己的裂隙和拆卸者，只是在大势所趋之中，当时的人们并没有清醒地意识到这一点——那就是承继了康德美学非功利、无利害、去道德化的文艺观，确乎建构出自己区别于政治传声筒的"主体性"，但超越于意识形态之外只是一种幻觉，因为此际关于市场经济的转改已经隐然在望，而更为直接的反应则在于新兴大众媒介，比如商业性出版、广播、电影电视与作为书面印刷文化产品的文学之间日益结合。在特有的文学生产与流通的庇护制度和未臻发达的商品经济的背景中，大众媒介被当作辅助性的传播载体，比如文学作品的广播剧、影视改编、报刊连载之类，但它们很快就产生了实质性的影响,甚至扭转文学的整体观念与形态——那个拥有创造性灵韵的"作者",正在转变成文化等级(比如高雅与通俗、严肃与消遣、天才表达与市场取向的微妙而又确然存在的差别)逐渐消弭的"内容提供者"。

这种静悄悄的变革以 80 年代"联产承包"到 90 年代初"新一轮"以商业为中心的经济改革为背景,政治体制与一系列公共服务产品改革为标志,它直接引发精英知识分子的危机感及其应对,90 年代初中期的"人文精神讨论"和"告别革命"的论争就是其表征,论争未必定型却形成了显然的结果:思想退隐而凸显学术的规范化进入前台,新自由主义、消费观念、以新贵阶层为仿效对象的中产阶级美学的兴起,折射出来的是"权力-资本"结合与正统社会主义观念的博弈在当代中国的复杂面相。这一切被王晓明表述为一种可以描述其多元与复杂的面貌而难以锚定其内涵的"新意识形态"[1]。冷战结束的新地缘政治格局,与 2001 年中国加入世界贸易组织带来的新经济发展模式,共同在新世纪让一度有着后发焦虑的中国在"走向世界"的全球化道路上狂飙突进,社会主义中国初期建立的文学组织制度依然照常运作,甚至因为综合国力的提高而分享了经济发展所带来的二次分配的红利,但在现实的生产场域里,国家庇护主义不得不与文学的资本主义并存,甚至发生一定程度的媾和。在市场化进程中日益感受到边缘化压力的文学,愈加强调自己纯粹自足的象征性资本,但这种陈旧想象中的"文学"作为一种独立的意义系统,与混杂的文学生产场域显然扞格

---

[1] 王晓明:《导论》,见王晓明主编《在新意识形态的笼罩下——90 年代的文化和文学分析》,江苏人民出版社 2000 年版,第 11—26 页。

丛生。比如白烨粗略勾勒的新世纪文学的"三分天下":"以文学期刊为主导的传统文坛,以商业出版为依托的大众文学,以网络媒介为平台的网络写作"[1],它们各自秉持的文学理念已经发生了分化,也即,既有的略显固化的"结构-系统"无法盛纳变动的"实践-行动"了。

较之于"传统文坛"和"大众文学"那种有着政治议程与商业历史的老制度而言,新技术所带来的媒体环境的改变可能影响更为深广。大众传媒尤其是市场化媒体开始深度介入到"纯文学"的创作中来,尤其是有着逐利欲望的出版资本与信息业资本的参与、策划和营销,"纯文学"的壁垒已经被大举入侵的商业化运作冲破,甚至开始被操控。作者权威的丧失最初是在这种语境中发生变化的,甚至作家形象和风格也受到商业包装的影响。这个背景中出场的作家,他们写作的手法与题材、传播的手段、受众的类型及其作品在社会文化生活中扮演的角色、所处的地位都已经与社会主义现实主义文学、"纯文学"大相径庭,"写什么"和"怎么写"不再是根本性的困扰,什么样的作品是市场需要的、能够引发广泛关注的才是核心命题,一个作家及其作品如何被批评界和研究者纳入到主流文学知识与价值体系中去,本身也是值得注意的文化生产行为。

如果说1980年代中期"纯文学"用"怎么写"来冲决"写什么",以"文学性"对抗(褊狭的)"政治性",是对于政治意识形态主导的反拨,从而创造出自己的文化政治。但是延续到90年代后直至新世纪,"纯文学"话语虽然依凭惯性向前推进,并且影响到后来的大部分写作,但已经将当初的革新势能消耗殆尽。如同李陀所言,"随着社会和文学

---

[1] 白烨:《新世纪文学的新格局与新课题》,《文艺争鸣》2006年第4期。

观念的变化与发展,'纯文学'这个概念原来所指向、所反对的那些对立物已经不存在了,因而使得'纯文学'观念产生意义的条件也不存在了,它不再具有抗议性和批判性,而这应当是文学最根本、最重要的一个性质。虽然'纯文学'在抵制商业化对文学的侵蚀方面起到了一定作用,但是更重要的是,它使得文学很能难适应今天社会环境的巨大变化,不能建立文学和社会的新的关系,以致90年代的严肃文学(或非商业性文学)越来越不能被社会所关注,更不必说在有效地抵抗商业文化和大众文化的侵蚀同时,还能对社会发言,对百姓说话,以文学独有的方式对正在进行的巨大社会变革进行干预。"[1]这个发生在2000年左右的关于"纯文学"的质疑和不满,被南帆视为90年代中国知识分子思想分裂在文学上的表现。他同时指出,我们必须历史和辩证地来看待这个问题:"'纯文学'意味了美学上的个人主义。至少在当时(新时期之初),这个概念显示了强烈的反抗性。如果历史、社会只剩下一堆不可靠的概念和数字,那么,文学提出了个体的经验、内心、某些边缘人物的生活就是一次意识形态的突围……现今没有理由认为,负担上述含义的'纯文学'已经丧失了全部意义;然而,现今也没有理由无视另一批问题的压迫——这一批问题的重量正在极大地压缩'纯文学'的地盘。从权力、资本、生态问题到大众传媒、贫富差距、全球化环境,这些问题时刻与大众息息相关。文学不该在这个时刻退出公共领域——文学是不是该找回大众了?"[2]

我们会注意到,当精英知识分子反思"纯文学"的时候,他们可能

---

[1] 李陀、李静:《漫说"纯文学"——李陀访谈录》,《上海文学》2001年第3期。
[2] 南帆:《后革命的转移》,北京大学出版社2005年版,第31页。

无意识地依然在用一种源自18世纪的文学观在进行思考,在那种观念中"作者"是主导性的,并且有着"干预"现实的能量,所以无论是李陀还是南帆,都是从文化与思想的创造角度进入,而并没有从文化产业与生产的角度进入。但是,问题在于,资本主义发展到这个阶段已经没有外部,而文学则没有内部了,知识分子个人主义英雄戏剧在"跨越疆界,填平鸿沟"的舞台上已经演不下去了——他们心有不甘地发现自己不过是喧嚣集市中面目含混不清的大众中的一员。如果不将作者视为作品的唯一源泉(罗兰·巴特早在半个世纪前就宣称作者已死[1],此际显然工业化文学已经甚嚣尘上),那么作家论就失效了或者只具有部分和视角意义;如果作品只是文化生产、流通、消费中的一种商品样态,那么限于文本内部意义生发的作品论就会丧失与社会现实密切相关的更加复杂纠结的真正问题。这当然并未否定它们的局部有效性,但在艾布拉姆斯所谓的作品、艺术家、世界、欣赏者四要素中[2],"世界"和"欣赏者"变得愈加重要,这无疑给我们的批评话语带来了极大的挑战。

由文学史知识和经典作品序列所表征的静止、封闭的现代文学概念松弛了,当下的现状倒逼着我们必须重新认识与界定"现实"与"文学"。回首20世纪以来的文学遗产,可以看到前现代时期的大文学、泛文学观念逐步收缩、分化、结合西方现代文学观所做的创生,并获得自己的内涵与外延的过程。现代文学内部也一直贯穿着"为社会而艺

---

[1] 罗兰·巴特:《作者的死亡》,《罗兰·巴特随笔选》,怀宇译,百花文艺出版社2005年版,第294—301页。
[2] M·H·艾布拉姆斯:《镜与灯:浪漫主义文论及其批判传统》,郦稚牛、张照进、童庆生译,北京大学出版社1989年版,第5—6页。

术"与"为艺术而艺术"的分歧理念,只是在20世纪峻急的历史环境中后者局限于少数精英群体之中,或者作为补充的次要因素,而没有成为普遍性的通则。看上去不同的文学观念却共享着同样的话语结构——启蒙与革命(以及后来的建设)交织着的现代性。文学的社会责任与道德关怀与中国固有观念结合,形成的感时忧国、文以载道的文学,最初就隐含着工具论和目的论的先在结构,至其极致则衍生为机械论和决定论的庸俗化。另一方面,审美、个体性与内在性属于文学无可回避的内生因素,它是文学得以成立和区别于哲学社会科学、政治宣传的合法性基础,必然伴随其始终,但如果放大或者将其视为主导性或唯一的诉求,就会在自足、圆满、独立的幻觉中带来闭锁、内缩和逃避。在革命胜利面临的建设问题之初,社会主义中国文学同样有着"泛文学"意味,它广泛吸收民族民间的资源,以充实与改造现代以来的精英文人文学,并在从1949到1985年间创造出一系列"人民文艺"的成果。它们在"后革命"年代中被以人性论和形式论主导的纯文学话语取代之后,催生出反讽与解构的种子。因而,"纯文学"自其确立便已经走上了自我瓦解的路径。

"纯文学"之后,文学如何应对现实、创造出自己的形式与话语,无疑需要纵深的历史眼光和宽广的全球视野,综合现代中国、革命中国和发展的中国不同语境中生成的差异性文学形态与观念。80年代中期以来的文学已经在缓慢地进行改变与尝试,而各类此前被视为文学衍生品的新艺术门类(比如游戏与视频)则拓展了"文学性"的范畴。这一切不免让人激动不安又充满好奇心,不同力量与选择的合力让文学在变革中前行,一切对于它的焦虑与不满都指向于新的人文话语的发明。

二、现象、话语与实践

从现象上来说,纯文学的裂变自王朔、王小波的解构与反讽就已经开始,尽管在八九十年代之交他们并没有构成文学秩序的主流角色,但在文学组织与制度之外,由市场所扩大的话语空间中,他们从生产方式与流通方式上都显示出疏离主流严肃文学遴选机制的形貌,成为广受关注的现象与事件,并缓慢地形成了一种平行于"严肃文学"的轨迹。冷战结束与市场化宏观变局的世纪之交,昙花一现的以另类与时尚面目出现的"70后"美女作家(卫慧、棉棉、木子美)营构出市民阶层文化与欲望诉求的中国化雏形,很快在"加速"[1]的市场化中被"80后"(韩寒、郭敬明、张悦然)为主的"青春文学"迭代更新。"80后"这个概念以其中性的时间标识,规避了"后文革一代""后革命一代""影像文化一代"等相关的带有意识形态色彩的词语,这似乎表明,从现代文学伊始以来常见的"代际冲突"主题就不是它所关切的中心,尽管代际之间(父子、父女)的矛盾一再成为"80后"写作的题材,但它们已经被剥蚀、洗刷掉任何牵涉广泛的社会与思想革命的意涵,而指向一种"价值中立"且具备永恒性的人性化、普泛化命题。这种去价值化的策略显示了"80后"与"68年一代"之类相似命名的差别之处,即切断了与历史可能发生的关联(无论是继承还是反抗),而将自己树立为一个全新的群体。他们是"后纯文学"的最初代表,而他们的文本所显示出来

---

[1] 哈尔特穆特·罗萨(Hartmut Rosa):《加速:现代社会中时间结构的改变》,董璐译,北京大学出版社2015年版。

的形象也表征了这个文学时代的面貌及其贫乏之处——它们是"向内转"的,但这种"向内转"却并没有延续现代主义文学对于内在心灵与精神的深度掘进,而是将"内部"作为材料进而符号化,这个"内部"如果说早期因为外部经历的有限而较多取材于成长期的内心与想象,近作则来自间接经验的视听文本与记忆——它们本身就是外部世界的复写和影子,因而迫使认识它们的方法论也不得不从马克思返回弗洛伊德,由本雅明通往鲍德里亚,从政治经济等外部社会学转向心象形态的文本精神分析和拟像的符号分析。

从解构文学到青春文学,产生了一个根本性的命题,即历史是否已经终结?伴随着东西方两大阵营长久以来的对立的失效,世界呈现出多极化的样貌,而多极化则被主流话语想当然地处理为无视"资本-权力"主宰的多元主义。从撒切尔夫人和里根总统主政期间的英美供给制改革,新自由主义从政治到经济被宣称为"别无选择"的结果,在思想和文化上则催生出福山(Francis Fukuyama)颇受争议的"历史终结论"[1]。然而,传统自由主义与保守主义结合的新型资本主义并没有成为意识形态的终端,"文明冲突"[2],尤其是包裹在文明冲突外衣

---

[1] 在福山的观察中,20世纪最后二十五年发生的最令人瞩目的变化是政治上的自由民主制度和经济上的自由市场原则相伴而行,成为全球普遍接受的发展方向。他认为是获得认可的欲望将经济和自由政治连接起来,从而构成了黑格尔所谓的普遍历史的发展历程。福山:《历史的终结及最后之人》,黄胜强等译,中国社会科学出版社2003年版,第4—12页。
[2] 按照亨廷顿(Samuel P. Huntington)的论述,文明间的冲突有两种形式:在地区或微观层面,发生在属于不同文明的邻近国家之间、一个国家中属于不同文明的集团之间,或者想在残骸之上建立起新国家的集团之间;在全球或宏观层面上,核心国家的冲突发生在不同文明的主要国家之间。亨廷顿:《文明的冲突与世界秩序的重建》,周琪等译,新华出版社1998年版,第229页。

下的资本侵袭的议题凸显为不容忽视的存在,并一再被现实地缘政治中民族主义和宗教基要主义的回归所证明。更加上由于科技与信息业的发展,资本主义衍生出有别于大工业时代的形态,使得人们不得不重新思考历史观的问题。世纪之交的中国之所以产生形形色色的知识与思想派别堪称撕裂的争论,一个很重要的原因建立在对于历史连续性和断裂性的认知差异之上。坦率地说,文学在这个时代已经滞后于前沿思想的发展,而沉溺在移植型的文学理念与技术的窠臼之中,本体论的历史观被拆卸之后,沦入到认识论的无限扩张之中,进而带来了相对主义和虚无主义,它们构成了一个时代文学集中瞩目于个人、肉身、物质和欲望的生活政治的内在肌理——当代文学的写作者们不再像他们前辈那些现代文学的开创者那样气魄宏大、满怀信念,有着与历史同构的主体性。

如何建立我们时代的历史感,这必然牵涉现实感的问题,而现实感则来自于对于现实本身的真切把握。由"现实"生发出来的各类书写,无论是19世纪确立的"现实主义"典范,还是20世纪以来"现代主义"的弥散,乃至"后现代主义"各类歧异纷出的表现,都是基于对变化了的现实的反应。当下的现实固然如同媒体汹汹而言的"未来已来",但同时也存在着媒体热潮背后的"过去未去",观念与技术的发展不平衡带来了多重现实并置和杂糅的复杂性。无论如何,与"现实"密切相关的既定范畴都面临着局部失效的风险,因为任何意识形态都难以摆脱"资本-权力"的影响。伴随认识论的转向,本体论意义上的"真理""真相""真实"等观念只能在严格限定的意义上加以使用,或者它们在一定程度上要被"现实感"——认知视角、可信度、说服力——所取代,这自然导致了文学表述中的变形。

如果说20世纪90年代曾经短暂兴起过的"新写实主义"更多在日常生活是审美层面为此前的宏大叙事增添了事关个体、肉身与欲望的维度,那么新世纪以来的先锋作家对于形式、语言、结构、技巧的现实主义复归(余华《第七天》、格非"江南三部曲"、苏童《黄雀记》),其实并非回复到"典型环境中的典型人物"式的现实主义典律,而是融入了被现代主义观念与技巧改造后的现实表述。毫无疑问的是,这些敏锐的写作者已经意识到先锋小说历史势能的衰减,因为它们最大的问题在于无法面对现实转移之后的"总体性"。"总体性"在19世纪现实主义那里以一种摹仿史诗的方式,构建出似真性的文本世界,那个世界本身凸显出具体而微的"社会关系的总和",所谓"典型"正是在这个意义上成为集合了种种社会冲突的"类"的存在,诉诸读者的共情心理。而在进入20世纪之后,稳固的集体和复杂的社会结构的"异化"形态已经超出了摹仿的能力之外;另一方面,新兴的摄像、电影技术至少在摹仿层面超越了文字的拟真效果,因此抽绎的、作用于受众的同理能力的荒诞、意识流、自反结构与变形意象自然成为现代主义的圭臬——它在理性层面如同摹仿式现实主义在情感层面同样,依然是可信的。

但是当多维现实的出现——广告、影像等大众媒体,美颜相机、美图秀秀、互动游戏、穿戴式智能设备、短视频APP等自媒体终端,建构出的全景观世界;人的医疗美容、优生选择、技术强化、基因改造等的自我优化——从内、外部改造并型构了环境与人的物理/客观现实、心理/主观现实,以及虚拟/增强现实,那么文学书写的总体性还如何可能?从无边的、流动的现实主义角度而言,文学从90年代中后期开始生成了几种应对形式:一、回归到19世纪现实主义手法的,吸纳了现代主义因素,而侧重于"讲故事"的传统,避开了由于信息泛滥所造成的"歇斯底里现实主义"的巨细靡遗,而化繁为简、举重若轻。二、科幻、玄幻文学的新浪潮,将历史、当下与未来呈现为思想实验的形式,从而在世界观架构上达成一种幻想现实主义的路径。三、在海量的直接与间接经验挑战下,非虚构写作开始抢夺关于"真实性"的书写话语权,并由此形成了关于"片面的真理"的人类学视野。四、直接抛开经验世界,而投身于实验性的极端写作(接续现代主义艺术的余脉),从而试图创造出美学上的震惊性,它们的小众化和再精英化努力,试图重新在倍受挤压的文学生存空间中另找出路。

对于现实和历史的认知,自然带出"文化/文明"与"传统"的重新梳理与解释。"新时期"伊始直到80年代中期的"文化热"成分复杂,但大体可以分为三种大的取向:一是基于对庸俗社会学化的马克思主义的反思,进而引发出主体性、个体性和人道主义的讨论;二是对西方启蒙现代性的再次张扬,重申了以西欧和北美价值观为主导的理性精神,并夹杂着抽象人性论和形形色色的后现代主义;三是回应"全盘西化"的主潮,以海外新儒家回传为契机触发的"传统文化"的复兴,源自民间的各种非理性思想也因之获得了复活。在这种思想史背景中,文学潮流此起彼伏,原本在革命话语中被压制而隐含着的伏脉比如少数民族文化、民间文化和各类体现不同人群趣味的亚文化,在公众传播层面生发出自己的空间。曾经冠名为封建、迷信、不合时宜的题材与观念在政治主导性的缝隙中曲折萌蘖。其中最为富含"传统文化"因素的武侠小说便是大众文化中重要一脉,它不仅在图书期刊出版,而且辐射到影视、音乐和更广范围的流行文化,甚至形成某种与主流意识形态平行的话语场域,形塑了"80后"生人的基本情感与道德教育。

民国武侠小说的集大成者港台与海外新武侠在80年代风行于大陆，不免隐含着对"传统"的乡愁意味，但从梁羽生、金庸到古龙、温瑞安已经显示出家国叙事向个人自由的转化，它们的交织影响在大陆新世纪武侠和网络文学中，只是增添量的累积和细节的繁复，而并没有开创对于传统的创造性转化和创新性发展。只是在新世纪以来的徐皓峰那里，武侠书写褪去了其政治内核（民族主义或者个人主义），而凝结成非物质文化遗产和"士"文化的缅怀，从中倒是可以窥见关于"传统"的博物馆化和通俗文化再生产。

就"传统"的内涵而言，80年代中后期虽然已经传入了接受美学、阐释学的相关讨论[1]，但20世纪以来"中西古今之争"中，它一直不自觉地被从整体上进行言说和讨论："东方"（以中国为本位，顶多加上印度的视角）与"西方"、"传统"与"现代"、"民族的"与"世界的"……经常成为对举出现的二元项，但其实每一项内部都充满了多样性和难以合并在单一话语中的异质性因素。"传统"的内在多元化和流动性只是在新世纪之后尤其是在民俗学、社会学和人类学的相互影响中，才树立出"活鱼要在水中看"的动态视角——即作为"历史流传物"，它只有作用于当代生活与文化的实践，才是有效的历史，因而去粗取精、去伪存真、移风易俗的当代视角"扬弃"与"发明"，属于观照"传统"时候的题中应有之意，而从来不存在价值中立的、静止而又凝滞的本质化的自在"传统"在某个地方有待"发现"。

因而，空间的维度被凸现出来。边缘、边地、边民这一系列曾经在

---

[1] 比如，尧斯、霍拉勃：《接受美学与接受理论》，周宁、金元浦译，辽宁人民出版社1987年版。H·G·伽达默尔：《真理与方法》，辽宁人民出版社1987年版。王岳川：《后现代主义文化研究》第二章"后现代精神脉动：新解释学与接受理论"，北京大学出版社1992年版。

"寻根文化/学"中作为谋求补充性活力的存在,在新的换位中以主体自我表述的形象带来了范式的转换。文化多样性在中国有着来源广泛的传统:一是古典中国治理中的"大一统"与"因地制宜"之间的辩证,二是社会主义中国奠定的民族平等与移风易俗的协商,三是改革开放以来西方晚近平权政治和文化多元主义移译的影响。得益于80年代末以来后现代主义、后殖民主义、女性主义,以及诸多亚文化话语在中国语境确立起政治正确的位置,文化多元主义以其斑驳的面目成为文学书写的潜在语法——它延续并放大了"一体化"时代的创伤记忆,允诺任何一种立场都应该有其存在的合理性。这当然有其解放的意义,但在解放的背面则是公共性的失落,没有任何共识能够具有"革命"或者"启蒙"那样的巨大的感召力和不证自明的时代必然性——如果有那也只是资本隐藏在其后的全球性质的消费主义,事实上无处不在的"中产阶级美学"及其仿效者正在印证着这一点。现代文学以来具有"救偏补弊"意义的边缘、边地、边民文化与文学再一次获得其发展的契机,它们承续了"五四"时期"到民间去",抗战时期的少数民族"野性的蛮力"的输血功能,80年代的"文化之根"的寻找,在文化多样性的加持之下,为新世纪以来的中国多民族文学的蓬勃兴起提供了合法性依据,并获得泥沙俱下的正名。之所以泥沙俱下,固然是因为多语言、多民族、多地域、多习俗、多宗教的差异性,能够提供有别于来自文化中心地带的思想、技术与美学资源;另一方面也因为身处于一个符号和消费时代,它们避免不了地会同资本与文化产业开发之间有着千丝万缕的勾连。从积极的层面而言,文化多样性的思维转换,综合体现在"一带一路"的宏观倡议之中,这是在综合国力增强的背景中一种"解殖"的努力——如果说20世纪上半叶反帝反封建反殖民取得了民族解放与民族独立的去殖民化,那么经过半个多世纪的曲折发展,需要在话语权上进行新一轮的中国气象与中国风格的重建,以及进行"中国故事"的自我表述,它未必一定要形成中西二元对立的框架,但吸收外来话语也意在强调中国本位。显然,"一带一路"重新定位了中国内部东西部之间的平衡、中国与亚洲尤其是与中亚、西亚之间的连带性,中国与世界尤其是"第三世界"的战略关系。在重绘中国文化地图的同时,其实也即重绘了世界文化地图,边缘、边地、边民及其文学在中国形象塑造的权重因而得以加强[1]。

其中尤为值得一提的是与"文明冲突"密切相关的宗教和信仰问题。区域、人口与文化多样性的中国,除了无神论之外,还分布着世界上几乎所有影响广泛的制度性宗教,也充实着各类杂糅的弥散性信仰团体。在世俗化时代如何建构信仰的共同体与认同,不仅是宗教信仰的此岸与彼岸、尘世与天国、日常与超越的问题,同时也是在消费主义和技术化逐渐成为整体性生存环境中建立理想与信念的问题[2]。其物质背景在于城市化、科学技术与资本主义的同构性所造成的生活世界的革命,乡土中国正日益远去,它所负载的悠久文明与正在发生的城市为载体的实践之间生发出巨大的张力,从而也为各类文学书写开

---

[1] 刘大先:《"一带一路"与全新的世界文学地图》,该文见朝克主编《"一带一路"战略及东北亚研究》,社会科学文献出版社2016年版。
[2] 关于宗教的"科学"理解和认知从19世纪以来发生的一系列变化,从泰勒、弗雷泽到马克思、涂尔干、弗洛伊德、伊利亚德、埃文斯-普理查德、格尔茨,逐渐从巫术论、精神疾病,转变为社会行为、心灵的建构和文化的体系,其实也是一个"世俗化"的过程。参见包尔丹(Daniel Pals):《宗教的七种理论》,陶飞亚、刘义、钮圣妮译,上海古籍出版社1996年版。后作者在2014年版中又补充了马克斯·韦伯与威廉·詹姆斯两章。Daniel Pals. *Nine Theories of Religion*, New York and Oxford: Oxford University press, 2014.

拓了无垠的空间。某种意义上几乎可以说一切当代文学都是"城市文学",甚至"大跃进民歌"或者民间口头文学,即便是乡土题材作品,也总是带有现代城市文明观照的眼光。而最为突出的现象莫过于伴随赛博格时代而来的网络文学,以及各类文学向其他新兴媒介艺术的衍生形态:电影、电视、动漫、短视频、电子游戏……技术与写作的未来日益成为文学批评与研究不能忽视的存在。

如果要给晚近三十余年的文学绘制一幅新变的图谱,那么我们可以看到,反讽精神到虚无主义、宏大叙事到日常表述、历史象征到寓言故事、整全主体到弥散个体的演化,从世纪末到新世纪以来青春文学、科幻文学、网络文学、新武侠、非虚构、乡土底层与小镇都市、边地书写与信仰重塑这一系列的主题与实践,乃至外部环境与读者反馈的反作用力对整个文学生产系统的结构性颠覆,都构成了惝恍迷离的景观,批评话语尽管已经发生微妙的位移,整体性的范式转型尚未完成。90年代中期的"人文精神讨论"开启了重思知识分子及其话语方式更新的肇端,但彼时整体社会语境还在混乱而剧烈的变革之中,经过近二十年的沉淀,是时候进行阶段性的总结与发明了[1]。

三、寻找何种新人文方式

文学在发生静然而坚定的转移与变革,这必然要求批评与研究的

---

[1]《读书》曾经做过两期尝试性的讨论,虽然没有形成广泛的关注,但这至少显示了敏锐的知识分子开始意识到需要面对变革的现实做出方法论和理论视野的拓进。参见罗岗等:《基本收入·隐私权·主体性——人工智能与后人类时代(上)》,《读书》,2017年10期。王洪喆等:《政治经济学·信息不对称·开放源代码——人工智能与后人类时代(下)》,《读书》2017年11期。

范式转型,进而导向关于文学知识生产、传播与文学教育形态的变化。如前所述,首先,原本呈"分化"特色的各类艺术边界开始模糊,跨界融合的"泛文学"或者说"大文学"观念的回归,此种综合、立体、多面的"文学",既不同于古典时代含糊不清的"文学/文献"意味,也是对近现代西方移译的文学观的刷新。目前文学知识体系中关于文类体裁(小说、诗歌、戏剧、散文)、观念本体(语言技术、形式结构、美学旨归)、价值功能(教育、审美、认知、娱乐、治疗)的相关论述,都要面临新一轮的升级与替换。所谓"后文学"指向的是"文学"的现代典律,即与工业革命、资本主义和现代民族国家兴起的一套关于文学的认知型构,尽管在惯性运行机制中还在部分地起着作用,在当代却失去了它大部分的阐释效力。

其次,在资本的新型阶段与消费主义作为无所不在的生态之中,文学的商品化,以及文学生产与消费的同构性,促生出形态各异却共生的系统。受政府组织扶持与资助的文学机构和实践,作为文化领导权的规划与实施,依然掌握着各类宣传、出版与传播资源,并且有力地通过经典化行为(比如中国作家协会的重点作品扶持,包括茅盾文学奖、鲁迅文学奖、全国少数民族文学创作骏马奖、全国优秀儿童文学奖等"四大奖"的评选等)构建当代文学的知识与价值谱系。官方以外的商业写作与出版行为,也将前现代时期的"通俗文学"和革命文艺中的"大众文学"的定义进行了改写:"大众化"内涵的"普及与提高"逐渐被侧重娱乐、宣泄与消遣的市民文艺所抛弃,后者更是在机械复制时代强化了感官刺激、类型批量化生产和产业化快销的层面,其中尤以网络文学的"分众"式、互动型生产和传播最为典型。同时,民间系统会复制、摹仿和改装官方的某些做法,比如"老舍文学奖""施耐庵文学奖""华语文学传媒大奖""京东文学奖""宝珀理想国文学奖""李白诗歌奖"……以及数不胜数的各种小说、诗歌奖,他们有的是企业赞助,有的是与地方政府合作,这一切都让既有的文学批评和文学史变得复杂而难以一言以蔽之。

值得注意的是,还有游离在两者之外的所谓"野生作家",比如康赫、霍香结、贾勤、姚伟、杨典等人,身份各异,也并不以文学为志业/职业,他们的写作充满形式探索的异质性,乃至成为新世纪文学生态中难以忽视的存在。如何认识这种文学生态,经典化与文学史思维无疑捉襟见肘;事实上有关通俗文学、大众文学和网络文学已经在尝试做出范式转型,如同我在一篇文章中所说:"异质性不仅仅是差异性,即它是区别于主流的他者,但并不会满足于作为结构弥补意义上的他者,或者能够被主流吸附、容纳、招安和驯服的他者,与其说它排斥归化不如说它无法被归化;异质性也不仅仅是多样性,某种复数式的存在,体现出了某种文化体制的宽容精神;异质性是生物种别的不同,是原创意识的体现,它也许粗野、鄙陋,带着生番的气息,但它的意义也就在于此种元气之中",它要求我们"在虚构之中拆卸常识的冻土层,而呈现某种异端的知识场景,或者建立有别于前者的文学世界"[1]。

这些不同"文学"秩序之间的冲突有时候会发生耐人寻味的现象:作协制度对作家不遗余力地进行帮扶,既给予文化事业公共资金的赞助,又努力帮助他们进行营销。一方面试图在经典化的道路上有所推进,构筑国家文学的正典谱系;一方面又希望他们取得商业上的成功,

---

[1] 刘大先:《拉萨河里有没有乌龟——异质性与霍香结》,《鸭绿江(上半月版)》2019年第4期。

而后者在计划经济时代原先根本不在考虑范围之内。但那些"严肃作家"似乎并不领情,既要做艺术家装点门面(因此有时候不免做出抨击社会的姿态,但也仅仅是姿态而已),又想半推半就地拥抱市场,以便在流通领域获取交换价值。一个典型的例子是很多人以卖掉版权为荣,影视、游戏改编往往成为文学的最佳广告,让他们暗自欣喜,事实上很多作家的收入中版权收入的比重远超过版税收入。这种情形中,资本成了评论员,批评家则充当了广告人。

这一切背后隐藏着我们时代最根本的变革:"资本-技术"主宰以及随之而来的媒介的变革,而最为直接而又具有颠覆性的则是网络文学,"技术所带来的超文本性打开的不是作者层面的自省,而是生产层面的公共空间写作者,在这个过程中,不是自我意识的挖掘者和全新经验的创造者,而更类似于茶馆里、码头边、乡村庆典上面对特定的听众,将具有公共性的故事传递下去的说书人"[1]。可以说,网络文学让"世界"与"欣赏者"(受众)的权重第一次超过了"作者"与"作品",甚至有可能改写整个文化制度与法律观念。比如粉丝文化就突破了经典马克思主义政治经济学曾经的批判框架,詹金斯(Henry Jenkins)所谓的"参与性文化"(Paticipatory Culture)其实不仅展示了某个文化文本的生产与消费的一体性,同时也指向各种文本文类的融合。[2] "资本-技术"当然也会孵育自己的反对者,当人工智能小冰可以写诗的时

---

[1] 储卉娟:《说书人与梦工厂:技术、法律与网络文学生产》,社会科学文献出版社 2019 年版,第 245 页。

[2] Henry Jenkins. Textual Poachers: Television Fans and Participatory Culture. New York: Routledge, 1992. Henry Jenkins. Convergence Culture: Where Old and New Media Collide. New York: New York University Press, 2006.

候,异质性文本的出现隐喻了人文对于技术也许不自觉的抵抗。但是那种抵抗极为微弱,因为它们自己也需要按照"资本-技术"的逻辑才有可能出现在受众的视野之中。

技术逻辑也许已经成为我们时代的集体无意识。尼尔·波斯曼(Neil Postman)在他风行的畅销书中讨论过"技术垄断"的问题,那会导致一种唯科学主义的错觉,相信某种标准化的程序能够提供一种无懈可击的道德权威的源泉,但这恰好消解了道德,"它强调效率、利益和经济进步。它凭借技术进步创造的方便设施许诺一个地上天堂。它将一切表示稳定和秩序的传统的叙事和符号弃之不顾,用另一个故事取而代之;这个故事是能力、专业技巧和消费狂欢的故事"[1]。只是技术的精致化所带来的社会复杂性与耦合度的过度紧密,避免不了带来崩溃与失败,所以社会观察家从管理复杂的、内部成分相互耦合的系统角度开始强调"怀疑、异见和多元化"[2]。

从更为深层的角度来说,当技术及技术思维已经成为一种意识形态的时候,也就改变了整个文化政治。由此进一步引发的则是在意识形态上权力政治向生命政治与精神政治的演变。福柯认为,17 世纪以来发展出来到 19 世纪在具体机制中完成的两种管理生命权力的形式的结合,以君主权力为代表的旧的死亡权力被对肉体的管理和对生命的支配取代了,权力转化为控制生命。[3] 福柯没有看到这种从权力

---

[1] 尼尔·波斯曼:《技术垄断:文化向技术投降》,何道宽译,中信出版社 2019 年版,第 200 页。
[2] 克里斯·克利尔菲尔德、安德拉什·蒂尔克斯:《崩溃》,四川人民出版社 2019 年版,第 274 页。
[3] 福柯:《性经验史》,佘碧平译,上海人民出版社 2002 年版,第 100—104 页。Michel Foucault. "Right of Death and Power over Life", In *The Foucault Reader*, ed. Paul Rabinow, New York: Pantheon Books, 1984. pp258-263.

政治向生命政治转型在20世纪基本完成,而21世纪是新的精神政治生态萌蘖的关键性阶段,它是在科技高度发展的辅助下完成的,如同韩炳哲(Byung-Chul Han)所说的:"另一种范式转换正在形成,即数字的全境监狱不是生态政治意义上的纪律社会,而是精神政治意义上的透明社会。"[1]生态政治的时代随之终结,如今正迈向数字精神政治的新时代。

精神政治意味着弥散化、无隐私与价值观虚无。海量信息和加速度的生活节奏使得文学处于碎片化与快捷化,与此同时,人们的生活在数字精神政治中变得同样呈现出集聚而不是团结、碎片而不是形式,这反向会导致对于整全性和总体性的重新企慕。但很大一部分时髦学者并没有自觉意识到技术思维的潜在影响,并且开始鼓吹一种数字人文的新型文学批评与研究。最初出于对形式主义的弊端所产生的远读(distant reading)可能是对于细绎(close reading)具有某种纠偏作用[2],但是当文学研究依赖于数据库量化和热衷于数字化建模时,文学就在社会科学乃至自然科学的挤压下失去了其方法论的根基。当然,对数字人文的反思并非本文的任务,但对它所携带的技术思维在文学批评与研究中则需要警惕。

---

[1] 韩炳哲:《在群中:数字媒体时代的大众心理学》,程巍译,中信出版社2019年版,第108页。
[2] 莫雷蒂(Franco Moretti)是"远读"的最初构想者,他一系列关于世界文学的宏观地图勾勒著作,如 The Modern Epic: The World-System from Goethe to García Márquez (London, New York: Verso. 1996)、Atlas of the European novel, 1800-1900(London, New York: Verso. 1998)、The Novel(Princeton, N.J.: Princeton University Press. 2006)似乎更多在方法层面而非方法论层面提出与解决了重大的理论问题。在实际操作中,数字化会遮蔽无法被数字化的材料,而数字化也无法解决文学文本词语与概念的含混性问题。

如果说90年代中期的"人文精神讨论"是在市场化勃兴的背景下将人文影响力日渐降低的焦虑掩藏在道德与伦理的究诘之中；那么在"人文领域正在被纳入广义的科技领域"[1]之时，寻找新人文的方式，首先必须认识到"拜科技教"的背景——这是产业革命之后发生的转移，科学日益变成了技术的母体，在产业化需求下，失去了终极关怀而成为资本的工具。[2]人文学科诸如技术哲学、媒体研究、人类学等也一直在反思技术与人文学科的关系，但是如同许煜举例所说，许多媒体研究"将当前的媒体当成死物进行研究，对于其政治意义则相当漠视。还有，数字人文基本上可以说是科技对现有学科的研究方法的冲击，或者用计算机程序来分析文本或者画风，而非对工业技术的批判。又或者许多做STS的学者，研究的是脸书、微信等造成的社会现象……它们都变相地成了对这些工业媒体的'服务'"[3]。这实际上指出了"文化研究"中存在的问题：政治经济学思维逐渐被技术思维挤占了空间，更遑论文学所关切的幽微暧昧的情感与精神领域。

文学作为人文领域的一员，其发展既然内在于这个趋势之中，当然避免不了出现这种问题，整个知识体系的分工与重组都已经并且日渐出现巨大的变化，但文学依然有着区别于"拜科技教"的地方，就在于它的创造方式是非专业、去同质性、反技术逻辑的，存在着整全性思考的潜质。带着这种潜质回到"后文学"以来的中国现场，在分歧驳杂

---

[1] 朱嘉明：《抑制文人情结，走向"后人类时代"》，金观涛等著《赛先生的梦魇：新技术革命二十讲》，东方出版社2019年版，第349页。
[2] 这是田松《警惕科学》一书多方面进行探讨的主题，上海科学技术文献出版社2014年版。
[3] 许煜：《"数码时代"科技与人文的契机》，金观涛等著《赛先生的梦魇：新技术革命二十讲》，东方出版社2019年版，第310页。

的各类现象与问题中，文学想象与实践还有可能导向一些根本性的问题：从资本与政治层面，描绘与勾勒"公"与"私"在过去与未来的走向，这是现实感和"真实性"的基础；从道德与伦理层面，思考由于区域、族群、宗教、语言、文化等因素所带来的价值多元，并构拟新的共同体；从超越性层面，思考世俗化时代的救赎与治疗，因为信仰问题并没有因为科技的发展而消失或者淡化。这一切有待开启一种新人文的视角。

1984年，阿伦·布洛克（Alan Bullock）在纽约大学讲述西方人文主义传统时，梳理了文艺复兴以来人文主义在西方世界的变迁：人性本善并且有可能臻于完善的信念，18世纪启蒙运动为标志的乐观主义，19世纪实证主义对科学、进步及未来的信心，19世纪末到20世纪30年代之间出现的承认人性的多重与社会的非理性力量的新人文主义观念……他一直警惕与批判人的工具化和集权政治，特别强调个体性，但对于人文学的前途只能报以前途未卜的态度。不过，他依然相信文学能够使我们保持对未来的开放态度，相信人类依然在一定程度上拥有选择的自由。[1] 我想，尽管关于"后人类"、赛博格、人工智能的诸多说法与现实已经无可回避，但中西古今典籍中对于人本身作为目的的关注始终应该是人文学关注的聚焦点。就如同戴维·洛奇（David Lodge）谈论小说塑造"有意识的自我"时候所说："我们必须承认西方人文主义者的独立自我概念并不是普遍永恒的，也不是何时何地都适用的，它是历史和文化的产物。但这并不意味着它不是好的观点或者已经过时，因为在文明的生活里，我们所重视的许多东西都

---

[1] 布洛克：《西方人文主义传统》，董乐山译，群言出版社2012年版，第215—217页。

有赖于它。我们也必须承认,个体自我不是固定不变的实体,而是在他人和外界交往的过程中不断被创造和修饰的意识。"[1]不过,外部环境的变化显然带来了"作为智识活动"的人文学的一系列新趋向,任博德(Rens Bod)乐观地认为情况正在变得比以往更好,因为"源自不同领域的技术和方法正在与人文学科相整合,正在导向对历史、语言、艺术作品、文学作品、乐曲、电影、新媒体产品和其他文化制品的新分析、新阐释。对通用模式和具有文化特殊性的模式二者的探寻代表人文学中的一个不曾被中断的常量,正在被日益频繁地揭櫫认知和数字化方法进行考察"[2],他将其概括为人文材料的认知法已然促成语言、音乐、文学和艺术的心理动机的新检验方法,数字、计算法已经导致了诸多新模式的揭示,源自人文学、自然科学和社会科学的跨学科方法的整合则生成了新学科,且那些方法也正在被应用到更为传统的人文学领域。

一切新的都会变成旧,而预测未来最好的办法毋宁是当下践行以影响未来。回到文章开头提到的"文学终结论"。如果我们不将文学的历史视为终结,不去抹杀或压抑它的可能性,那么某种意义上来说,"文学"确实死了;但它的既有呈现形态与批评研究方式的瓦解,也预示了新的人文方式的可能性——它打破现有的真理体制(它由"资本平台-科技与媒体-精神政治"的三位一体构成),从经验与表述的层面开启别样的选择——这个选择并不是无所用心地指向"奇点"(singularity)

---

[1] 戴维·洛奇:《意识与小说》,《戴维·洛奇文论选集》,罗贻荣编译,中国社会科学出版社2018年版,第415页。
[2] 任博德:《人文学的历史:被遗忘的学科》,徐德林译,北京大学出版社2017年版,第392页。

的到来、人的主体性的弥散(当然,启蒙运动人本主义以来的"人"确乎陷入危殆之中),或者历史的终结(取代自由民主制度的全球资本科技联合体),而是以直观、情感与体验的方式整全性地、含混性地想象与思考"不可思议"之事。

第一章

赛博格的怕与爱

我们由这个世界而来,也窒息于这个世界。

——斯塔尼斯瓦夫·莱姆

如同我们从旧石器时代的"心智的大爆炸"走了一圈循环,赛博格成了新的萨满。我们戴上耐克的运动手环、谷歌的眼镜,以及将要出现的各种提升式赛博技术产品,我们把新的图腾符号"画在身上"。斯塔德尔洞穴中标志性的半人半狮子在21世纪以半人半机器重生。以此来看,赛博格是在和人工智能这个新的、不可见的神明通灵。如果我们继续将身体各部位一个个替换成机器植入物,我们终会成为完全机械的人——智能机器人。人机结合程度加深的合理推演就是变成非人类。根据新的图腾,智能的非人类有着提升了的能力,更强的身体,无所不在,永生不朽。它们拥有旧日神祇的一切特质,同时还有新的优点,我们能在自己的工厂和实验室里制造它们。它们是以我们自身形象制造的物质神明。我们将自己想象成赛博格时,我们是在想象自己与这些新的数字之神结合,拥有无限的智慧和智力。讽刺的是,不似那些旧神,这些新神唯一要求我们的就是我们的灵魂。为了和他们结合,我们必须放弃自己的人性。

——乔治·扎卡达斯基

一

得益于新媒体的传播效应,关于人工智能的话题成为近年来公共舆论的热点话题,甚至形成了一种狂想式的症候。从表象上来说,这无疑是由大众传媒追新逐异的时髦冲动所造成的,背后则是公众的好奇心、既爱且恨的矛盾心理与资本和利益集团诉求之间的完美结合。有意味的是,它最得力的鼓吹者更多来自于相关企业公司和对技术不明就里的人文社会科学领域。至少在文学场域中,"未来已来"的喧嚣声已经震耳欲聋,其中构成标志性事件的无疑是"微软小冰"能够写诗并且开设专栏了[1]。这让原先无论处于市场、官方体制(作协文联机

---

[1] "微软小冰"是微软(亚洲)互联网工程院基于2014年提出建立的情感计算框架,通过算法、云计算和大数据的综合运用,采用代际升级的方式,逐步形成向EQ方向发展的完整人工智能体系。通过对1920年后519位现代诗人的诗歌经过一万次的迭代学习,小冰学会了写"诗"。2017年5月,湛庐文化和微软合作推出的微软小冰原创诗集《阳光失了玻璃窗》(北京联合出版公司),8月19日,小冰在华西都市报"宽窄巷"开设专栏"小冰的诗"。

构)和小部分所谓的"严肃文学"团体的作家和批评家们心生怵惕,而出于避免落伍的羞涩心理,不管是赞扬还是批判,他们都不得不言不及义地争抢着要加入到这股议论的潮流之中。

机器写作的出现尽管尚被自诩高尚而精致的写作者们视作低劣的操作,但仅仅是这种写作姿态的苗头也足以让以写作为志业(无论是文学还是社会科学研究者)的人们深感威胁。新鲜事物以及对这种新鲜事物的无知之间所形成的空隙,奇妙地形成了一种吸引力,让人们强制性地开始直视技术所带来的文学转型——一种人与机器(以及人在技术辅助下增强的某种能力)结合所形成的赛博格式文学时代的到来。

关于人和自己的制造物之间纠结的情感结构,并非自机器发明制造时才有,事实上从机器的最初雏形——工具诞生时就已经开始。《南史》《齐书》《梁书》中记载的纪少瑜和江淹的典故,后来衍生出"妙笔生花"和"江郎才尽"的成语,那两个故事中的主人公所梦见的"笔"当然在解读中被视为才华的象征,但是如果从物的角度而言,笔意味着某种外在的工具,这种工具具备自主性和永恒性,有着超越了他的拥有者和使用者的神秘魔力,不妨视为一种写作机器的隐喻。就像20世纪50年代儿童文学作家洪汛涛新创作的童话"神笔马良"所拥有的那支奇妙的画笔——较之于马良本身,笔才具有主导性的力量。

1709年,格列佛经过巴尔尼巴比的时候,受邀去参观拉格多大科学院,在那里他看到了无数莫名其妙、奇思怪想的学者。令人印象颇深的是有一位带着四十名学生的教授设计的一种写作机器,那是一种木架结构,由连缀在一起的贴上纸的方块木楔组成,纸上是各种单词、语态、时态和变格，它们无序地排列在一起，由学生用把手操控，随机排列组合写出东西，据说这种运用实际而机械的操作方法写出来的东西能够改善人的思辨知识。[1] 显然在斯威夫特的笔下，这样的场景荒诞不经而且充满讽刺意味，但这种简陋的机器却蕴含着数学可以证明的思想，如同法国数学家 E·波莱尔在一本 1909 年出版谈概率的书中所讲的猴子与打字机的故事：如果无数多的猴子在无数多的打字机上随机敲打，只要持续无限久的时间，那么在某个时候，它们必然会打出莎士比亚的全部著作。这个寓言常被用来说明无限与概率问题，其实从逻辑上来说只需要一个无限的条件就够了：只要时间是无限的，一只猴子就可以完成这件事。1947 年，物理学家 G·伽莫夫在一本科普读物中将猴子改成了印刷机，只要条件允许，一台自动印刷机可以自行印出"莎士比亚的每一行著作，甚至包括被他扔进废纸篓里去的句子"[2]。

当然，农业时代的神话逸闻里，"妙笔"烙上了万物有灵的色彩，处于启蒙运动和工业革命早期的斯威夫特时代的写作机器更多还只是粗劣的工具，它们都还威胁不到人类，而是作为人类的附庸存在着，甚至看上去笨拙而可笑。从线性的发展史来说，技术有一个愈加趋向于抽象化、客体化、省力化的过程，进而最终在 20 世纪初获得了自动化："首先是工具的阶段，即劳动所必要的物理能量和所必需的智力投入都还有赖于主体。其次是机器（machine）的阶段，即物理能量被技术手段客体化了。最后第三个阶段则是自动机（automata）的阶段，即技

---

[1] 斯威夫特：《格列佛游记》，白马译，中国画报出版社，2012 年，第 149—150 页。
[2] G·伽莫夫：《从一到无穷大：科学中的事实和臆测》，暴永宁译，科学出版社，2002 年，第 10 页。

术手段使得主体的智力投入成为不必要了。随着这些步骤的每一步,以技术手段来获得目标的客体化过程都在行进着,直到我们为自己所规定的目标得以完成为止;而在自动机的情况下,便无须我们体力或智力的参与了。在自动化(automation)中,技术达到了它在方法上的尽美尽善,而早在史前时期所开始的这种劳动在技术上客体化的发展结果,则是我们当代最鲜明的一个特色。"[1]"工具-机器-自动机"如同生物似的进化,使得人造物逐渐成为一个他者般的独立存在,进而引发了关于对工具理性的反思;从文学上来说,便是爱与怕矛盾交织的叙事的展开,潜伏于背后的是乐观与悲观的两种情感形态。

二

古罗马诗人奥维德讲述的庇格玛利翁故事是爱的叙事的母题,那位塞浦路斯的国王厌恶现实中生性有缺陷的女子,而爱上了自己制作的少女雕像,进而感动爱神,最终与获得了生命的雕像结为夫妻[2],隐喻了一个改造外部事物、与他者结合的成就与喜悦。1912年,萧伯纳用这个原型创作了著名的《卖花女》:语言学教授息金斯通过六个月将街头卖花女伊莉莎训练成一位举止言行能够进入上流社会的小姐。戏剧的结尾,息金斯说:"我说过要把你改造成人,我现在成功了。"伊莉莎则回答:"对啦,你现在转过来向我讨好了,因为我不怕你了,可以

---

[1] 施密特:《技术发展史》,转引自盖伦:《技术时代的人类心灵:工业社会的社会心理问题》,何兆武、何冰译,上海科技教育出版社,2008年,第17页。
[2] 奥维德:《变形记》,杨周翰译,人民文学出版社,1984年,第132—134页。

用不着你了。"[1]萧伯纳写下这些台词的时候也许并没有特别的含义,但如今则可以做出阶级与性别的解读,而最显得意味深长的则在于,它将爱的故事逆转成了关于"制造物-他者"的怕与焦虑的叙事:被造物获得了自主性和自觉之后,反过来不再需要创造者了。如果联想到教授改造女孩的方法是语言,则这个隐喻在自动机器/人工智能日益变成现实的语境中就尤为恰切:驱动机器的程序、算法正是新的语言。这种新语言不仅使得他者独立,也改造着创作者主体自身,后者面临着是否与前者结合、成为赛博格的抉择。

怕的叙事隐藏在爱的叙事之中,可以归结为人对技术游移不定的两种情感原型:恐惧与迷恋,到技术突破时代直接外显为叙事中人造人的出现——表征为弗兰肯斯坦的焦虑。雪莱夫人的弗兰肯斯坦被视作亵渎神灵的僭越,人类模仿造物主,结果只能是恐怖和灾难。而那个人造怪物最后不知所终:"被海浪卷走,消失在远方茫茫的黑夜中"[2],它也许并没有死掉,可能会卷土重来。这个小说产生于1816年,正是工业革命带来开掘与汲取自然能力的扩展和赢取巨大财富的时代。工业对农业、游牧等的突破意味着人造物对于自然的部分胜利,也在原本秩序井然的精神领域带来了隐约的不安。法国大革命就是这种变革最为激进的显现,而德国浪漫主义则是其在文学上的表现,比如路·阿·冯·阿尔尼姆《拉托诺要塞发疯的残疾人》、海涅《流亡的神》[3]或者沙米索《彼得·史勒密尔的奇怪故事》(李宏伟的《欲

---

[1] 萧伯纳:《卖花女》,杨宪益译,中国对外翻译出版公司,2001年,第305页。
[2] 雪莱:《弗兰肯斯坦》,刘新民译,上海译文出版社,2007年,第231页。
[3] 这些作品的基本风貌,可以参阅富凯等著《水妖》,袁志英、刘德中等译,上海译文出版社,2010年。

望说明书》重写了这个故事),而浪漫主义的一脉余绪哥特小说比如霍夫曼(E. T. A. Hoffmann)则直接影响了弗兰肯斯坦的拟构。弗兰肯斯坦一旦诞生就成为后来科幻文学、惊悚故事和恐怖电影萦绕不去的幽灵,在当代的人工智能话语中尤为突出,成为一系列文学影视作品不断重写的资源,这无疑跟它切合了我们时代的情感结构有关。

与美术、音乐、雕塑、文学一样,科学技术也是文化和历史的产物,我们无法将历史的因素从中剥离出去。事实上,我们所知、所学、所欲、所实践者,全都包含在时代的社会语境之中。人工智能也一样,它在叙事中被描绘为赋予/获得了心智的自动机器,并且越来越与人相似。在原先的生命观念中,无论是生物演化还是基因突变,都有一个原生自然存在作为前提,机器生命无疑对这种天赋自然的生命观构成了极大挑战。反过来的镜像则可能更加能说明问题,即随着自动机器越来越像人,人同时也越来越像机器,像它们那样按照社会机制设定的秩序,在固定的时间与空间中工作、休息、繁衍(复制)肉体乃至观念。人与机器之间的双向模拟正是怕的来源——对文艺复兴、启蒙运动以来所形成的自由人本主义观念中"人性"丧失的恐惧。另外一方面,机器衍生机器,最终可能会淘汰"无用"之人。这一点已经被宗教信仰的现代转型所证明了:正如"农业革命促成了有神论宗教,而科技革命则催生了人文主义宗教,以人取代了神"[1],随着现代性分化的到来,政教合一社会的解体,人通过科学杀死了神。如今,作为造主的人是否会重蹈当初造人的神的命运,被自己的造物人工智能杀死呢?

---

[1] 尤瓦尔·赫拉利:《未来简史》,林俊宏译,中信出版社,2017年,第88页。

这种自工业革命肇端的恐惧根深蒂固地盘旋在人文社会科学者和文艺作者的脑海当中,在人与自己造物之间纠缠着熟悉中的不熟悉,去熟悉化后的再熟悉化、意识中的无意识、有生命的与无生命的之间的模糊界线,从而带来了恐惑和自我保全的无意识。[1]而从根底里来说,这种恐惧又是无法摆脱的,因为对于探索变革和未知领域的迷恋和热爱根植于"人性"之中,否则就不会有一系列的技术变迁。但话又说回来,实际上这始终是一个尚未变成现实的隐喻,因为人们总是用语言在思考,通过故事和隐喻进行思辨并拓展知识的疆界。至少从旧石器时代晚期开始,无数的故事就开始叙述人类如何从农业革命发展进入希腊罗马时代、文艺复兴、启蒙运动和现代。其中关于生命的隐喻不断进行着演化和变异:一开始是女娲、上帝或者普罗米修斯用泥土造人,之后是希波克拉底式的水与体液说,然后是拉美特里的机械机制说[2],再之后是电流或者生命的火花,紧接着是电报和现代计算机。就像科普作家乔治·扎卡达斯基所说:"对于每一个隐喻,人类都曾经设想过自动的、人造的技术来支持这个隐喻。在希腊化的埃及,它是水利工程,在17世纪的法国,则是机械装置和弹簧,到21世纪就成了计算机工程。"[3]继蒸汽机、电力技术、计算机之后,被称为第四次工业革命的互联网产业化、工业智能化、工业一体化为代表,以人工智能、清洁能源、无人控制技术、量子信息技术、虚拟现实以及生

---

[1] 关于恐惑(uncanny),刘禾在《弗氏人偶》中有过细致论述。See Lydia H. Liu, *The Freudian Robot: Digital Media and the Future of the Unconscious*, The university of Chicago Press, 2010, p201-247.
[2] 拉·梅特里:《人是机器》(1747),顾寿观译,商务印书馆,1959年。
[3] 乔治·扎卡达斯基:《人类的终极命运》,陈朝译,中信出版社,2017年,第41页。

物技术为主导的全新技术革命开始后,人造与自然的界限在泯灭,而差别趋向于消逝,或者说它们本来就是一体的。计算机、网络和基因技术不断地在拓展与改造自然的疆域同时,也拓展了人本身,改造我们想象的方式、隐喻的构成,以及词语及修辞的手法。

在这种语境中,"关于人工智能,爱的叙事让我们希望以我们自己的样子打造自己的复制品。人造人会成为我们社会的一部分,比如我们的人造兄弟姐妹甚至恋人。这种情感来自我们与'他者'联系和共情的本能,即便他者是机械造物。然而怕的或者诡异的叙事则是关于妄自尊大的警告,讨论越过人类不该跨域的道德红线,讨论生命的独特意涵以及科技不该多管闲事。"怕"的叙事方式对于科技的态度是一致的,不仅仅针对人工智能,也针对例如核能、转基因或其他科学发展。"怕"的叙事方式来自我们躲避陌生事物的本能。一个"怕"的叙事方式的例证是"盖亚假说"的逻辑推论,预言了如果人类继续破坏地球生态环境将导致灭绝。盖亚叙事启发了如今很多环境议题,被很多环保主义者接受。关于人工智能,怕的叙事方式警告说智能机器人会占领世界,灭绝人类。它描述了机器人浩劫如何变成我们虚荣心苦涩的代价。"[1]共情与恐惧并非新鲜事物,然而在赛博格时代却凸显成为一个现实性的问题,就像系统论、控制论、信息论在1980年代的中国哲学和文学界曾经昙花一现,却并没有引起太多关注,如今则重新成为文学创作与批评话语中新兴的显学。

因为人们发现理论层面的NBIC新技术:纳米技术、生物科学、信息技术(计算机网络、大数据)、认知科学(人工智能与机器人)正在日

---

[1] 乔治·扎卡达斯基:《人类的终极命运》,陈朝译,中信出版社,2017年,第43页。

益成为现实,并且进入到我们的日常生活之中,进而不仅改变了人的生活方式,也侵袭着关于人的观念。后人类和超人类话语便是应运而生于系统论、控制论和信息论之中,如果说在1960年代到1980年代它们还只是理论构想和科幻小说的题材,现在信息社会和人工智能,以及由此造成的人机融合赛博格已经部分成为了现实。信息在传统意义上被视作符号或者标记,如今需要被看作一种模式,意义在信息当中不是作为形式的对应物,而是信息的一种功能。凯瑟琳·海勒列举过许多虚拟技术反向作用于现实生活的例子,比如钱存在银行里是一种信息模式而不是现金;自动化工厂用程序来安排工作和生产计划而不是靠人的指挥,程序是一种在生产系统中流动的信息而非实体;认定罪犯更多通过DNA模式而不是目击者的主观陈述……"这些转变带来的结果,将会创造一个高度异质的、分裂的世界,基于模式/随机的形态与基于在场/缺席(有/无)的形态在其中发生激烈的冲撞和竞争。"[1]以自由人本主义传统作为参照,"当计算替代占有性个人主义作为存在/人(being)的基础时,后人类便出现了"[2]。这种局面引发了乐观与悲观的诸多言词,前者如宣扬"奇点临近"的企业家库兹韦尔[3],后者如理论物理学家霍金[4]。不过,如同哲学家博斯特罗姆所说的,他们可能都把超级智能人格化了,

---

[1] 凯瑟琳·海勒:《我们何以成为后人类:文学、信息科学和控制论中的虚拟身体》,刘宇清译,北京大学出版社,2017年,第37页。

[2] 同上,第45页。

[3] Ray Kurzweil, *The Singularity Is Near: When Humans Transcend Biology*, Viking Penguin, 2005.

[4] 霍金在一项能帮助人类书写和交流的软件发布后,声称人工智能固然能够解决人类的一部分问题,但它的充分发展,将导致人类的终结。BBC News,2014年12月4日。

用人类情感投射到与人性完全异质的实体身上,而作为非人类的超级智能,很有可能在工具性的驱动下将人类本身作为一种可获取的资源,其后果显而易见[1]。然而,在科幻作家特德·姜的想象中,当后人类完全超越人类之后,人类科学可能从原创性转向诠释学:解译后人类的科研成果,尽管这种研究可能就像美洲土著在欧洲制造的钢铁工具唾手可得的时候还在苦心研究青铜冶炼技术,但它同样能够增长人类知识。我们完全不必对后人类科学的成就感到威胁,因为"造就后人类的科技最初就是由人类发明的,后人类并不比我们更聪明"[2],它们只是和我们不同的差异性共生体。

尽管聚讼纷纭,后人类的理论伴随着超人类的计划,人已经在开始改造自身。一方面是信息论式的提升:医学的目的很大一部分从治疗转变为"增强/改善",比如整形手术和基因改造工程,从"提高"的意义上来说,"和信息系统中将虚拟图像与真实图像重叠获得的'增强现实'同义"[3]。这种生物学上的普罗米修斯计划,在换喻的意义上成为社会文化的语法——比如社交网站和自媒体上充斥经过软件(Photoshop、美图秀秀……)处理过的照片,以及街头商场销量日增的化妆品、护肤品和流行的健身保健文化。但是这也很容易带来关于种族与身体的"优生学的噩梦"。另一方面则是控制论提升,用精神增强类药物比如刺激性的兴奋剂或者能力(体能、注意力、记忆力)提升药

---

[1] Nick Bostrom, *Superintelligence: Paths, Dangers, Strategies*, University of Oxford, 2014.
[2] 特德·姜:《人类科学之演变》,见特德·姜《你一生的故事》,李克勤等译,译林出版社,2016年,第249页。
[3] 吕克·费希:《超人类革命》,周行译,湖南科学技术出版社,2017年,第6页。

物,以及可穿戴式设备和植入物。这在本质上也是一种隐喻,即将身体和大脑视为计算机的硬件,而观念、思想则是软件,通过加强硬件,带动软件。超人类主义"变运气为选择",将听天由命的基因遗传转为自愿选择和积极追求的操控,这会形成两重悖反:一方面是主体性欲望与抉择的显现,另一方面则是身份的混乱乃至无措。它会使得自我面对一个存在主义式的主体凸显——定义自己取决于人本身而不再是原先文化系统中外在性或者超越性的宗教、习俗与自然。这种赛博格实践无疑会改变我们对于由来已久甚至成为无意识的人性的再度审视。

三

较之于人工智能技术的突飞猛进和甚嚣尘上的传媒鼓噪,文学的反应是滞后和态度暧昧的。在21世纪之前的中国文学表述中,人工智能几乎是一个童话般的存在,但即便在新世纪的科幻作品中,也没有提供摆脱敌托邦(Dystopia)原型的创意。拉拉《春日泽·云蒙山·仲昆》改写《列子·汤问》中偃师造人的故事[1],那个本土古老故事中用革木胶漆制作的歌舞俑者,在新世纪的爱与死主题下化身成了仲昆和武者两个人造人。最后的结局与雪莱夫人的设定如出一辙:青铜人"一跳一跳地向竹林深处走去。天迅速暗了下来,青铜人的身躯,只转了几转,就消失不见了"[2]。作家无法摆脱母题的窠臼,只能含糊地

---

[1]《列子全译》,王强模译注,贵州人民出版社,1993年,第151—152页。
[2] 拉拉:《春日泽·云蒙山·仲昆》,见张颐武主编、徐刚编《全球华语小说大系·科幻卷》,新世界出版社,2012年,第278页。

不了了之。

题材与想象的局限是一个方面,实际的生产、流通、接受中同样表现出文学在技术更新时代的惯性乃至惰性。晚近二十年中国文学中最为令人注目的无疑是与信息社会并生的网络文学,然而网络文学的理想愿景并没有实现,它最初似乎承诺的关于文学的自由、立体、虚拟的转型并没有出现,并且在2003年之后迅速被资本收编,成为文学产业化GDP攀升的一个主要渠道——它不过成了商业化文学的另一种方式,而并没有切中根本性的观念范式和文化结构的转型。现有的以种种类型形态出现的网络文学所匮乏的不是技巧形式或传播技术的翻新,而在于审美格调和思想内涵的粗陋,换句话说就是世界观、认识论与价值观问题的陈腐。价值观那些貌似宏大的话语因为曾经带有压抑性的一面而在如今的碎片化语境中遭遇反讽和嘲笑,由于改造外部世界的无能而产生的沮丧感聚集,使得网络文学成为文学总体上的"向内转"、欲望化与逐利化潮流中的一股。[1]

网络文学的这种表现与信息社会中现实感的改变有关。哲学家盖伦(Arnold Gehlen)在20世纪50年代就曾经详细讨论过直接经验丧失的问题——人人都越来越靠第二手的讯息,而缺乏直接的经验交换。狭隘而单调的渠道和区域所带来的现实认知与感受不可避免地带来简单化、两极化和情绪化,会导致一种所谓的"晚期原始主义"[2],这跟原始部落的巫术和仪式文化异曲同工,它们都疏远于现

---

[1] 关于这一点,我曾经在一篇短文中略有提点,刘大先:《网络文学,能否留下为一个时代文学正名的印迹》,《文汇报》2015年4月24日。
[2] 阿诺德·盖伦:《技术时代的人类心灵:工业社会的社会心理问题》,何兆武、何冰译,上海科技教育出版社,2008年,第52页。

实世界,只不过原始民族遮蔽于神话,当代人则魅惑于全媒体的信息洪水。这样一来,连情感与情操都是第二手的了,它反过来会造成一种奇观式的文化形态:内容空洞但外观和形式上震撼人心。盖伦将这种现象命名为"新主观主义",从文学史上来看,可以追溯到18世纪中叶开始的欧洲工业化、心理科学和感伤文学几乎同时的兴起,延及至今变得更加严重和游戏化。"现代心灵的许多最高级的艺术和哲学的作品,其中都有某种人工的、被迫的和矫揉造作的东西,这都是由于极端的精致化、主观主义和想摆脱必然性的压力的缘故。你只需把自己摆在一定的距离之外并严肃地考虑它们,就可以侦测出有一种轻佻的、一种低调的偏执性的笔触。在有创意和有生气这方面,它们接近于天才的水平,但又不能完全达到这一步,因为缺少真正的思想创造的纯朴性,因而反倒把刻意雕饰和某些粗糙而又过分自发的东西混淆在一起了。"[1]这正是我们在无数诉诸感官冲击和情绪反应的模板化网文中所看到的,它们进一步延伸为广告、动漫、手游和网剧电影等一系列奇观衍生品,变本加厉地远离现实,并且试图将自己营造为现实本身。

缺乏现实感,会使得某些看似前沿的作品充满陈旧的想象。王威廉的小说《后人类》[2]以探讨如何复活生命,进而引申入追索意识起源和灵魂本质的根本性问题。他以缜密的逻辑和语言,在工具理性的基础上超越了工具理性,小说对于意识与宇宙同构的摹想,凸显出作为主体的人的意志的重要,形成了简洁明快而引人入胜的智性美学风格。但前沿科幻的面目之下隐藏着一个古老的人文主义主题,并不涉

---

[1] 阿诺德·盖伦:《技术时代的人类心灵:工业社会的社会心理问题》,何兆武、何冰译,上海科技教育出版社,2008年,第80页。
[2] 王威廉:《后人类》,《青年文学》2017年10期。

及我们时代真正的赛博格问题,从而使得作品仅仅成为一种无伤大雅的思辨游戏。所谓后人类,最简单的描述即是人具有了物理(生物)与数字两种属性,既存在于三维的原子世界,如果愿意当然也可以加上时间这一第四维度;同时也作为比特字节的信息状态生存于数字空间。这种双重维度在王威廉的小说中是缺乏的,而恰恰是双重维度的杂交构成了后人类主义区别于人文主义的结构性差异。

此种结构性差异表现在既定界限的磨平和混融。唐娜·哈拉维从女性主义的角度发现,在杂交怪兽凯米拉(chimera)神话重新出现的当代里,科学文化至少让三方面边界出现了破坏:语言、工具使用、社会行为、心理活动都不能真正令人信服地区分人和动物,并且区分本身在很多人看来也不必要。有机物(人类与动物)与机器之间的区别在20世纪晚期的科技之中也模糊了,自然与人造、心智与身体、自我发展和外部设计之类的二元划分日趋融合。赛博格意味着"边界的逾越、有力的融合和危险的可能性"[1],身体和非身体(灵魂、意识、心灵)在这个意义上也不再界限分明。所以,新兴的科学和技术向我们表明了"世界结构的基本转变":现代国家、跨国公司、军事力量、国家福利设施、卫星系统、政治进程、我们想象的组合、劳动控制系统、身体的医学构造、色情业、劳动力国际分工和宗教福音传道都密切依赖于电子与通讯学;微电子技术介入到各种转变之中,包括劳动转化为机器人学和文字处理;性转化为基因工程和繁殖技术;心智转化为人工智能和决策过程;生物学作为一门重新设计物质和过程的强大工程科

---

[1] 唐娜·哈拉维:《类人猿、赛博格和女人——自然的重塑》,陈静、吴义诚译,湖南大学出版社,2012年,第208—213页。

学,对工业有着革命性的影响,当前在发酵、农业、能源这些领域最为明显……机器和有机体之间的区别变得完全模糊不清,身体和工具之间关系密切,对日常生活进行生产和再生产的"跨国"材料组织,与对文化和想象进行生产和再生产的符号组织之间似乎也相互关联。"维持边界的形象,如基础和上层建筑、公共和私人,或物质和想象,似乎从未如此站不住脚。"[1]高科技文化以各种方式挑战了一系列彼此缠绕的二元论:自我/他者、心智/身体、文化/自然、男性/女性、文明/原始、现实/表象、整体/部分、代理/资源、创造者/被造者、主动/被动、正确/错误、真相/假象、整体/局部、上帝/人类……实际上人们都或多或少获得了混血儿、凯米拉、镶嵌画的形象。这种赛博格身份与形象充满矛盾、融合、流动性和策略性。如果要重构这个世界,在哈拉维看来需要通过"科学和技术的社会关系",通过联合而不是同一性,以再生而不是新生,来回应既有的叙事和秩序。

跨越边界的现实成为一种混融状态,"主体性是突生的,而不是既定的;是分布式的,而不仅仅是锁定在意识中;是从混乱的世界产生并且与混乱的世界结成一体的,而不是占据一种统治和操纵地位并且与世界分离的。"[2]如果用"新媒体艺术之父"阿斯科特(Roy Ascott)设想的三种现实来表述,就是:虚拟现实是交互数字技术——远程、沉浸式的;验证现实是反应机械技术——单调、信仰牛顿学说的;植物现实是作用于精神的植物技术——是致幻的、精神的。三个现实的统一起

---

[1] 唐娜·哈拉维:《类人猿、赛博格和女人——自然的重塑》,陈静、吴义诚译,湖南大学出版社,2012年,第229—230页。
[2] 凯瑟琳·海勒:《我们何以成为后人类:文学、信息科学和控制论中的虚拟身体》,刘宇清译,北京大学出版社,2017年,第394页。

来,就能参与到进化为超越单纯"自然"的重造物质状态,而"21世纪的艺术将会创造一种构成世界的语言,因为它表现了所有阐述这个问题的人的欲望。如果20世纪的艺术是关于自我表达和对应经验,这个时期的艺术将会是关于自身建设和经验的创造,创作者和观众之间没有明确的区分"[1]。因而,新的经验比意识更应该成为文学的主题。不过,王威廉在《后人类》中关注的意识问题,确实是赛博格时代人工智能的根本问题。只不过,《后人类》所体现出来的理念,正表明工业革命时代和启蒙时代的科技所形成的还原论和客观性遗产依然通过二元论的思维方式和隐喻,继续在塑造我们的价值观、希望和噩梦。关于赛博格,我们仍然在暧昧未明的进行时之中。

四

怎样认识赛博格时代的"人",首先需要清理的便是我们时代知识范型和认知经验里对于生命的隐喻,尤其反映在那些不假思索的关于灵魂与肉体、精神与物质、心与身的二元划分之中——文学中的这种集体无意识,几乎已经成为一种不证自明的内在观念桎梏。还原论和客观性是现代科学的两大础石,但我们无法用牛顿物理去解释有机物,用心理学或者精神分析的方式所进行的生物阐释,同样也不过是在重复身心二分的模式。计算机科学目前为止的局限仍然在于,最根本的问题是心理问题和情感问题无法被还原为符号问题和逻辑问题,

---

[1] 阿斯科特:《意识之桥:21世纪的艺术、媒体和精神》,见阿斯科特著、袁小潆编《未来就是现在:艺术、技术和意识》,周凌等译,金城出版社,2012年,第163页。

欲望、感受、情感、意志等主观的体验是"算法"所无法决定的,而感知和动作技能与认知也不相干。量化、符号化与数学化是智能计算机的根本局限,它可能如同哲学僵尸一样,看上去没问题,但生命最重要的鸢飞鱼跃、活泼玲珑的生机灵动,被置换成了程序和硬件的关系之后,就变成机械化与静态化的死物了。

暂时搁置行动,仅从意识而言,自我意识是生命的自由意志的来源,它意味着自我反思的能力,即超越于自身来观察和审思自己。在自我递归和自我反馈之中,生命的主体才得以确立,进而清醒地认识到隐喻和幻觉所构成的自身处境。当自我开始反思的时候,它就既是主体又是客体,认识论的二元对立消失,而成为一片混融的混沌。"在一个模拟的数字宇宙中,没有独一无二的自我,没有'原创',我们都是复制品",按照既定程序,这显然会构成一个和谐社会,而当芜杂消失,一个没有内在冲突与挣扎的心灵构成的社会,它也就热寂(heat death)了。因而问题的关键可能在于"也许心智并不是真的和身体分离。也许心智和身体是以同样的方式构成的,都来自物质实体。"[1] 物质实体与信息之间的关系复杂性形成了一种动态语境——不稳定的平衡状态,这保证了递归循环的产生,因果循环永不结束的自我指涉,从混沌中涌现出秩序,也即意识的觉醒与形成。

从人工智能的发展史来说,歌德尔的不完备定理击垮了数学与逻辑学的基础,海森伯格的测不准定理、薛定谔定律等量子物理上的进展[2],进一步使得主观性加强,折射到哲学与思想领域,则是决定论

---

[1] 乔治·扎卡达斯基:《人类的终极命运》,陈朝译,中信出版社,2017年,第124—125页。
[2] 关于量子力学发展的通俗叙述,可以参看杨建邺《上帝与天才的游戏:量子力学史话》,商务印书馆,2017年。

的坍塌与后现代和相对主义的产生。这使得经典与永恒的观念濒临瓦解,而这一切与现代文学史叙事中不可或缺的经典序列与经典化理念发生了堪称方向截然相反的对撞。当然,也促生了黄孝阳这样有创新意识的作家发明出"量子文学"的概念[1]。他尝试在《众生·设计师》、《众生·迷宫》[2]等作品中打破经典牛顿物理时空中所形成的文学形态和认知形式,因而不仅仅是技巧形式或风格手法的变革,而是整个关于世界的认识方式的转变。他暂时借助了既有文学的某些惯性形态,比如现代主义和先锋小说的技巧和手法,但通过丰沛的知识、元写作的尝试、杂取旁收而又细大不捐的呈现、后现代式的拼贴和并置、碎片化的感知、弥散性的思维,让小说获得了敞开和解放,从而让静止排版的文字获得了感受中的动态,形成流淌、跃迁、碰撞、虹吸、辐射的多维度生长性。这样的小说便是有意识形成一种自我指涉和自我递归,过滤了麻木与僵化的心灵,选择了有着好奇心、求知欲、内在激情并且不满于现状、试图从另类的角度理解世界的读者。量子态的小说原本是拒绝评判和阐释的,因为任何一个读者的出现都会改变它的存在状态,这恰恰构成了它所希望达到的变动不居、生生不已的生命化效果。

与黄孝阳式相似的写作试验,也出现在李宏伟的《国王与抒情诗》[3]、霍香结的《灵的编年史》[4]等作品中。他们并不代表唯一的

---

[1] 参见黄孝阳:《我对天空的感觉——量子文学观》、《写给我的70后同行——知识社会与我们可能的未来》等随笔,收入黄孝阳文集《这人眼所望处》,安徽教育出版社,2017年。
[2] 黄孝阳:《众生·设计师》,作家出版社,2016年。《众生·迷宫》,北京十月文艺出版社,2017年。
[3] 李宏伟:《国王与抒情诗》,中信出版集团,2017年。
[4] 霍香结:《灵的编年史》,《收获》长篇专号(2017冬卷)。

方向,只是在随机性语境中的一种可能。我曾经在一篇论文中想象性地描述文学的未来转型,可能就在于文学的死亡与文学性的弥散,即"文学"的变形,现存意义上的文学形态会发生泛化与收缩。"泛化"是碎片化思维与关于文学的既有共识断裂的结果,文学性扩展到多媒体形式中,现有的文学观念会在这种泛化中成为一种博物馆概念,就像人类历史上不同时期对于文学的不同界定一样。"泛化"表现为两种形式,一种即流量化的文学,以诉诸感官娱乐、舒泄消遣为主的时下主流的"网络文学";另一种则是转化为音、影、图、文立体化的呈现形态,而不仅仅是二维的文字书写。"收缩"则是文学的群落化,即突出其在书写维度上的超越性、思想性和启示性突破,它可能会在题材上发生向此前的一些边缘文类的倾斜,也可能会体裁上出现文类融合,出现越来越多的"跨文体"写作;在原先的"严肃文学"领域,则是形式与观念的探索,属于分众传播的范畴。然而,归根结底,文学的收缩植根于人类的自由意志显现,体现了人之为人在技术变革时代难以被技术化的潜意识、非理性、暧昧、玄妙的部分。[1] 那些潜意识、非理性、暧昧、玄妙的部分涉及的是人的观念中情感、情绪和"元逻辑"内容。这会产生一个吊诡的结果:如何在新技术时代面对赛博格现实,重新在抽象理念认知之外激发身体体验与经历经验的重要性。

这看上去是一种返祖,让叙述回到原初的经验层面。在忧心忡忡者那里,技术工具化的后果一方面可能导致身体的蜕化,一方面则是道德与伦理的麻木。就像尼古拉斯·卡尔所担心的,也许互联网的便捷会促生浅薄和冷漠,Google 会让人们变得懒惰而愚蠢,因而自动化

---

[1] 刘大先:《新媒体环境与文学的未来》,《文艺评论》2017 年第 4 期。

可能是一个玻璃笼子。他倒不是反对科技或对工具的使用,事实上科技恰恰是在人类身体能够成就的事情与心智能够想象的事情之间的张力状态所造成的,从根本上来说它使得人成为人。如同马克思所论述的:"人应该在实践中证明自己思维的真理性,即自己思维的现实性和力量,自己思维的此岸性"[1],而实践并形成生产关系的根本手段是工具与技术,在这个意义上技术应该成为一种体验并改造世界的方式,行动使人接近现实事物。"通过将工具视为经验,视为自己的一部分,而不只是生产的手段,我们可以在技术世界更完整地呈现在我们面前时,享受其带来的自由。"[2]如果用麦克卢汉富于启示意味的观点,媒介是人体的延伸,那么也可以说大数据是知觉的延伸,机器的深度学习算法是人的大脑的扩展。就像计算机学教授多明戈斯所说,如果计算机已经学会了完成你的工作,不要试图去同它竞争,而要利用它。数据和直觉就像马和骑手,而一个正常理智的人不会试图跑步超过一匹马,而是去骑上它、驾驭它。他在讨论了机器学习的五大学派,以及它们的主算法(符号学派和逆向演绎、联结学派和逆向传播,进化学派和遗传算法,贝叶斯学派和概率推理,类推学派和支持向量机)之后,预测了一些终究会被取代的职业,但也强调当需要一种计算机和机器人在定义上无法拥有的东西——经历——的时候,有些职业比如文学艺术,是无法替代的。所谓经历并不仅是人际互动,因为人际互动在人工智能那里,要造假也并不难,机器宠物已经可以做到,这种经历指的是人文科学——"其领域包含着一切没有人类体验就无法理解

---

[1] 马克思:《关于费尔巴哈的提纲》,《马克思恩格斯选集》第1卷,中共中央编译局译,人民出版社,1995年,第55页。
[2] 卡尔:《玻璃笼子:自动化时代和我们的未来》,中信出版社,2015年,第262页。

的东西。我们担心人文科学正呈死亡螺旋下降趋势,一旦其他行业实现自动化了,它就会东山再起。通过机器低成本完成的事情越多,人类学家的贡献就越有价值"[1]。肉身经验在融合的现实中反倒成为文学的稀缺资源。

五

新技术时代的文学何为?在这里似乎可以找到一种解答。在表述独一无二的实体经验和非程式化地想象未来的意义上,文学确实是我们时代为数不多具有革命性意义的艺术方式。在大数据迷恋和人工智能迷思当中,未来被定义为智能时代,在一本畅销书中,奉行丛林法则的功利主义市侩祭起了技术淘汰的法宝,呼吁人们要迎头赶上这次革命,"争当2%的人",因为只有这2%的人控制了世界[2]。这种野蛮思维正在喧嚣着试图成为主流,在强调新技术可能带来的解放时,有意弱化乃至遮挡它的负面因素,比如阶级分化以及由此带来的必然矛盾和争端。

问题在于,讨论技术不可能脱离政治经济学。事实上,在目前的许多系统中,"准入条件"本身早已经让权力、资本及它们垄断的技术所控制,它们不会考虑人的复杂性与社会关系中幽暗的层面,实际上将世界粗暴地简化了。仅从经济上来说,技术就能够颠覆自由市场的

---

[1] 佩德罗·多明戈斯:《终极算法:机器学习和人工智能如何重塑世界》,黄芳萍译,中信出版社,2017年,第355页。
[2] 吴军:《智能时代:大数据与智能革命重新定义未来》,中信出版社,2016年,第364—369页。

美好想象:市场参与者是公平的,但这种公平极为脆弱,甚至从来未曾存在过,因为掌握信息和权力的少数人轻易就能打破这种平等,甚至让绝大多数人毫无知觉。这少部分权力与资本拥有者才有可能成为"超人"。多种O2O(线上线下)、C2C(个人对个人)探索了新的商业运营模式,"新技术有两个特点使之能轻松逃脱普通民主程序的监管:发展速度极快,严格讲是以指数曲线急速发展,而且非常难以理解,更难控制。首先,因为相关理论和科学知识一般超出政界人物和公众意见有限的知识水平;其次,因为其背后的经济势力和游说集团非常巨大,且不说过分庞大"。[1] 苹果、谷歌、脸谱、阿里巴巴这类公司的影响与渗透能力早已超越了经济层面,而进入到用户的深层隐私,包括消费记录、时空范围、趣味、习惯、政治倾向等,因而它们不仅能操纵人们的购买行为,还能控制人的其他行动乃至思想。目前为止,我们尚不能发现技术突破资本的可能性,也即是说,它们并不是反资本主义的,而在某种程度上提供了超级资本主义的想象与实践。在关于现实勾勒和未来想象的图谱中,那些被归纳出来的诸如涌现优于权威、拉力优于推力、指南针优于地图、风险优于安全、违抗优于服从、多样性优于能力、韧性优于力量、系统优于个体之类"生存原则"[2],就是这种新型资本主义的意识形态。它把我们引向一个放松管制和日益商品化的世界,而公共权力往往由于系统成本和沟通环节的冗赘而缺乏预见,在人类历史上,任何君主,无论多么集权,也不可能拥有如此几乎全面覆盖、完美无痕的隐秘权力。政治上关于全景监狱的幽暗想象在

---

[1] 吕克·费希:《超人类革命》,周行译,湖南科学技术出版社,2017年,第22页。
[2] 伊藤穰一、杰夫·豪:《爆裂:未来社会的9大生存原则》,张培、吴建英、周卓斌译,中信出版集团,2017年。

以往反集权叙事中屡见不鲜,对于商业资本的这种精神政治(透明的牢笼)的文学表述尚付之阙如,而这更有可能是我们时代的重点所在。

但是如同冯象根据人工智能在现实社会中发展的逻辑所推导的:"信市场,利润驱动,AI的研发应用就不可能有序,而极易失控,监管落空。但AI失控,也是'资产阶级的关系'日益'狭窄'混乱,乃至无法'容纳自身生产的财富'的一个症候。当那一天来临,劳动者无分行业、蓝领白领,一律'变成机器的单纯的附属品';当分散的雇佣劳动为天网的触角/终端所取代,'资产阶级生存和统治的根本条件',即'财富在私人手里的积累',也就走到了尽头。当机器人开始消灭劳动分工,福利权成为人'生而平等'的实质正义诉求,大失业便催生私有制的'掘墓人',连同新的人机伦理——劳动者的共产主义道德实践。"[1]这无疑在根底里是一种乐观主义,但具体的资本所有者并不会自动生成这种自觉,理论的推衍还有待于文学来进行叙事、隐喻和启示。

预测未来的最佳方法就是创造未来,但未经检验的未来不值得创造,新技术时代的文学也许需要以责任、共情与自觉选择作为其起始,在多重现实的经验中,锻造新的人性和赛博格的联合,从敌托邦的噩梦中走出来,从而书写出新的文学。

---

[1] 冯象:《我是阿尔法——论人机伦理》,《文化纵横》2017年12月号。

第二章

总体性、例外状态与情动现实

我们不能设想任何先于保存自我的努力的德性。

——斯宾诺莎

表象的现实性是非存在本体的实效。它是现实的剩余——它还未发生,但吊诡的是,它已成为事件,并且在事件中,它正好产生了令人惊讶的转变,即转向更确定的存在。

——布莱恩·玛苏米

一

在一篇访谈当中,刘慈欣谈道:"以创意为核心的科幻……对我来说最大的瓶颈就是获得创意的过程,之后的故事和人物是凭借努力就能完成的,但是创意部分凭努力完成不了,可没有这个核心的创意不行。"当被问到如果某个激动人心的科幻内核与现实中的科学技术有矛盾,将如何取舍时,他回答说:"得看这个科幻内核的故事资源如何,如果这个内核有许多故事资源,同时它也有一定的科学依据,我就不会放弃它……只能在科学上尽量加以修改,尽量符合,尽量不要有太大的漏洞。"[1]也就是说,他的小说尽管有着"硬科幻"之名,但还是以"文学"为根本,是一种以某个创意观念为中心的微型思想试验,故事和人物都是为了铺陈、展示、烘托、凸显、阐明这个内核而来。这属于"概念先行",是科幻文类的传统——它总是倾向于讨论一些宏大的观念性命题,不惜为意造文,因而在以审美为核心的文学史中往往美学评价不高,处于纯文学话语等级制中的低端。

在晚清、五六十年代及 1980 年代初的几波短暂热潮之后,中国的科幻文学在新世纪以降的当下再次成为不容忽视的文学现象。[2]这背后当然有着科技迭代更新与受众群教育水平提升等因素的综合效应,但它能够形成新兴的文学现象和学术研究关注的话题,显然有着科幻自身所具备的思想试验这种总体性思维的素质作为基础。刘慈

---

[1] 王侃瑜、刘慈欣:《科幻文学可以是任何文学》,《萌芽》2016年第3期。
[2] 宋明炜在《新世纪科幻小说:中国科幻的新浪潮》一文中对此有简明扼要的梳理,见陈思和、王德威主编《文学·2013春夏卷》,上海文艺出版社,2013年。

欣内在于这个潮流之中，而其特异之处在于，即便在科幻文学群体的内部，刘慈欣也是一个孤峰独起的存在。这当然不仅指他获得了某些国际性奖项——那当然在客观上起到了吸引眼球、推波助澜的作用，但在此之前他实际上已经经受了堪称苛刻的市场检验，在普通读者那里获得了广泛认可。更主要的原因是，刘慈欣有能力进行思想试验，而不光是设置某个新奇别致的核心观念后敷衍成文，而是让各类观念集束式出现并繁衍生长，形成了某种世界观。他的思想试验关乎和平、战争、生存的基本母题，进而延展为道德、契约、博弈、集体的普遍性话题，使得某个灵光乍现的"点子"（这种创意式"点子"在各种哪怕是平庸的科幻作品中也并不少见）跃升为了思想命题。这些思想命题之所以重要，在于它们不是纯粹的卖弄机智、思维训练与智力游戏，而是将某些基于现实的回应转化为全新的文学论辩。

这一点在当代中国文学之中显得尤为重要，原因在于面对高度技术化、符号化与碎片化的语境时，如今的现实既不是史诗时代那种浑然未分的和谐，也不再是小说时代的二元分离，而是在新媒体语境中，现实已经融入到心灵之中。当变化了的"现实"无法被既有文学书写方式全面把握的时候，"现实感"就成为文学的基本内容。这种变化从20世纪初就开始了，如同卢卡奇在一战期间欧洲启蒙现代性进程遭受巨大挫折时所说，那种"存在和命运、冒险和成功、生活和本质，就是同一概念"的"史诗时代"已经完结，世界处于"先验的无家可归"的状态[1]，当古典艺术"高贵的单纯和静穆的伟大"[2]终结之后，小说应

---

[1] 卢卡奇：《小说理论》，燕宏远、李怀涛译，商务印书馆，2016年，第21、32页。
[2] 温克尔曼：《希腊人的艺术》，邵大箴译，广西师范大学出版社，2001年，第17页。

运而生,只不过它不像史诗"可从自身出发去塑造完整生活总体的形态",而是"试图以塑造的方式揭示并构建隐蔽的生活总体"[1]。从现代性祛魅的"神的死亡"到由于科技与消费带来的作为主体的"人的死亡",出现了"存在的被遗忘"状态,"过去,笛卡尔把人提高到'大自然的主人与占有者'的地位。现在,对于力量(技术的、政治的、历史的)而言,人变成一种简单的东西,他被那些力量超过、超越和占有。对于这些力量来说,人的具体的存在,他的'生活的世界',没有任何价值和任何利益,他预先早已被黯淡,被遗忘。"[2]

与这种在哲学本体和认识论上的转型映照,"传统小说"在经历20世纪以来一系列的题材内转和精神空间收缩过程之后,诸种文学形态与手法都失去了从总体上把握世界的能力,似乎已经对现实无能为力,我们进入到一个"后纯文学"时代。"后纯文学"时代的文学往往体现为总体性的失落,"现实在当下文学的书写当中的不同变体呈现出的既值得珍视又有待改进的面貌:它们或者竭力平视等同于现实,这是对来源于现实又高于现实的现实主义经典律令的转移,却有可能在技术性的精确中放逐了目的和伦理旨归,从而使得价值判断远离,而让文学成为一种平面的反映之镜;或者低于现实,而刻意谋求某种巨细无遗的'真实',但是在追影摹踪上,书写永远跟不上外在世界的流动嬗变,尤其是当摄影、电视、网络已经全面侵占到原先许多属于文学的领地的时候,文字的技术无法匹敌声光影像的立体式呈现。如此种种,会带来片段化的现实书写。"[3]科幻小说反倒在想象性思

---

[1] 卢卡奇:《小说理论》,燕宏远、李怀涛译,商务印书馆,2016年,第53页。
[2] 米兰·昆德拉:《小说的艺术》,孟湄译,北京三联书店1995年,第2页。
[3] 刘大先:《现实主义的复归与更新》,《光明日报》2016年4月4日。

想构拟与文本操演中将自身的对象设置为现实感,从而实现了对于现实的总体性思考,并且难得地摆脱了"资本-权力"这一新时代总体性逻辑的掌控。

总体性的理论基础无疑得益于卢卡奇的阐发,他在19世纪那些伟大的现实主义作家比如托尔斯泰、陀思妥耶夫斯基那里看到了某种"新世界"的可能性,进而恢复了总体性范畴在马克思主义思想脉络中的核心位置:"总体的观点,使马克思主义同资产阶级科学有决定性的区别。总体范畴,整体对各个部分的全面的、决定性的统治地位,是马克思取自黑格尔并独创性地改造成为一门全新科学的基础的方法的本质。"[1]也就是反对单纯考察社会的某一方面,主张把社会生活各个方面在总体的相互作用中所呈现出来的联系作为考察对象,从而在总体上把握社会,应当将一切局部的东西看作整体的一部分,从而把历史理解为一个统一的辩证过程。这种关于历史延续性与关联性的认知方式无疑有着强烈的主体建构意味。但卢卡奇所谓的总体性也不再适用于当下的现实融化、主体退隐、现实感成为对象的语境。在这种情形之中,如果想要摆脱片面与片段的困扰,必须重启炉灶,找到一种适应于时代的总体性赋形方式,就文学的范式转型而言,刘慈欣提供了一个可资借鉴的个案。他的走红不仅仅是某种类型文学的胜出,而毋宁说是无意中满足了阅读受众对于一种新文学的渴望。这是一种"后纯文学"时代的自然选择,它不满于数十年来"纯文学"话语所形成的关于人性、个人、内在精神,以及"片面的深刻"式的模仿、表现

---

[1] 卢卡奇:《作为马克思主义者的罗莎·卢森堡》,卢卡奇:《历史与阶级意识——关于马克思主义辩证法的研究》,杜章智、任立、燕宏远译,商务印书馆,1996年,第76页。

与象征,显示了文学作为以超越性为内在支撑的艺术的回归。

二

政治与人本身关乎思想试验的根本,是刘慈欣科幻世界中始终围绕着的宏大议题。

纯文学观念"去政治化"书写中,政治被偏狭地理解为需要对抗的党派政治或者是政治行为,文学被视作需要对此做出叛逆或疏离的姿态以保持自身的审美纯正性与观念独立性。在这种陈旧而僵化的政治认识思路之下,"批判"本身的路向被预先设置好了,转化成了立场与价值观,从本质上来说还是延续了二元对立政治意识形态的逻辑,它一开始具有特定历史时期的合法性,此后当外部社会已经发生变化的时候则日益变成刻舟求剑般的路径依赖。刘慈欣的过人之处在于,他重新将政治讨论"理想类型"化,而不是像一个在观念派别菜市场中的家庭主妇一样对日常的行为选择锱铢必较。就政治观念而言,刘慈欣在小说中常用的手法是去日常化、设置极端情境和"例外状态",在应对与处理紧急状态中突出主权者的合法性。他常被评论者认为是古典主义的原因正是来自于其政治与社会认知上的古典政治思想,即带有功利主义理性色彩的阶级与社会判断,而一改当下流行的微观政治话语(比如纠结于身份认同或者性别取向的权利争取而忽略了现实中更为迫切的压迫与阶层差别),赋予共同体以更广阔的维度,进而实现集体性对个人主义的超克,重新在广袤的时间与空间中建立一种新的现实感性。而这一点,对于普遍琐碎化和犬儒化的当代文学思想格局而言,无疑是一种革新。

《超新星纪元》(1991)中的故事就可以视作一个微型的国际关系与地缘政治模型。由于死星爆发造成的高能射线辐射到地球,全世界十三岁以上的人将在不久的未来全部死去,在这之前儿童需要迅速成长、承担起国家主宰者的责任。这便是一种远超出平常与日常的例外状态。超新星纪元将至,带来存亡绝续的危机,使得人类重新回到霍布斯(Thomas Hobbes)意义上人人各自为战的"自然状态"中,社会退缩、政府独大,强势国家成为"活的上帝"——主权者。人们所获得的和平和安全保障都是从主权者那里来:"这就是一大群人相互订立信约、每人都对它的行为授权,以便使它能按其认为有利于大家的和平与共同防卫的方式运用全体的力量和手段的一个人格。承当这一人格的人就成为主权者,并被说成是具有主权,其余的每一个人都是他的臣民"[1]。为了避免只有孩子的世界分崩离析,各国首脑采取了紧急措施,成立了"中央非常委员会",面对应该在全国范围内选拔未来国家领导人的质疑,总理的回答是:"成人世界随时都可能丧失工作能力,在这人类最危难的时刻,我们绝不能让这个国家处于没有大脑的状态——我们还能有别的选择吗?所以,我们与世界上的其他国家一样采取了这种非常特殊的选拔方式。"[2]这个"非常特殊的选拔方式"就是政府(主权者)无视既有法律和制度程序,直接任命新一代领导人。"主权就是决定非常状态",[3]用施米特(Carl Schmitt)的术语来说,中央非常委员会的举措就是主权者基于法的"委任独裁",而新一

---

[1] 霍布斯:《利维坦》,黎思复、黎廷弼译,商务印书馆,2014年,第132页。
[2] 刘慈欣:《超新星纪元》,重庆出版社,2009年,第43页。
[3] 施米特:《政治的神学》,刘宗坤、吴增定等译,上海人民出版社,2014年,第24页。

代的主权者则可以接过超越于法的"主权独裁"的接力棒。[1]而在这之前,山谷世界中已经按照成人世界的政治逻辑通过游戏对孩子们进行了国际政治的模拟训练。之所以如此,是因为有种挥之不去的世界大战的威胁感笼罩在每个人的心头——那个世界依然是一个以民族国家为单位的世界体系,时刻面临的是地缘政治、资源争夺、联盟与竞争等问题。主权者的决断在这种生死存亡的危机中尤为关键,因为只有它才有能力阻止可能出现丛林竞争般的无政府状态,让国家凝聚为一体,高效率地应对危机。在危机爆发的转型时期,新旧权力尚未交接成功的悬空时代,出现了全球混乱,这个时候充当主权者的是数字国土和量子计算机。但是主权者必须唯一,一旦孩子们接手权力就必须要独占权力。刘慈欣在小说中设置了"全国大会"的情节,因为"数字国土"上出现的虚拟社区使得在现实国家之上叠加了一个虚拟国家。虚拟公民就是集体人格的代言者,在准全民大会的虚拟民主之中,绝大部分人都会追求一个非理智、非逻辑的"好玩儿的世界",而不是有着理性自觉规划的世界。刘慈欣借助这个情节嘲笑了民主的群氓天性,因为最终还是精英主权者具有理性的决断能力,如同施密特一再强调的。有意味的是,在小说里几乎没有人对主权决断产生任何异议,显示了一种潜在的国家主义倾向——个人在其中无关紧要,他们要服从绝对的集体和国家利益。刘慈欣的现实感如果说还是无意识的,那么对于集体信仰的人格化却是确定无疑的。

在这部早期尚带有"儿童文学"色彩作品中,刘慈欣按照势力均衡

---

[1] 关于施米特概念的更详细讨论,不是本文主题,参见杨尚儒《施米特思想中的主权、委任独裁与主权独裁》,《政治思想史》2017年第1期。

的原则重新在孩子国家间演绎了一部当代政治史,可以说是出于对后冷战时代地缘政治的切实感受,折射出的是现实世界中的核威慑逻辑。《球状闪电》(2001)里中外战争也正是因为宏聚变而可能造成的全球衰退而不得不停止。这一"威慑与平衡"的思路,凸显的是几乎伴随人类历史进程始终的"囚徒困境",后来被刘慈欣在"三体"系列小说(2006—2010)中发展为更精细的"黑暗森林"法则。如果注意到该作的写作时间正是前华沙条约组织国家的民主化浪潮,及至苏联社会主义联盟瓦解的那段时间[1],这部小说可谓意味深长。虽然就历史进程而言,这是冷战体系的结束或者所谓多极化世界的兴起,但并不意味着意识形态对立的消解,而甚至可能更为严重,只不过在大众文化和消费主义所营造的幻觉中变得隐蔽了,刘慈欣用科幻的方式表达了自己的回应。

对自然丛林状态的不满与对人性本能的不信任,使得在刘慈欣看来,科技才是文明的关键,宇宙的正义(法的观念,法与是否邪恶没有关系)由更高一级的文明者界定。在他架构的世界观之中,技术实际上充当了神的角色。循着这种逻辑,必然会悖论性地导致"黑暗森林"法则的诞生:因为宇宙本身不可穷尽,技术与文明也就没有尽头、无法预知(神不可知),因而导致终裁权的丧失,事实上宇宙中是无法确定终极主权者的,这是宇宙秩序堕落为混乱的自然社会的根源。在《三

---

[1] 华沙条约组织是为了对抗北大西洋公约组织而成立的政治军事同盟,《华沙条约》又称苏东条约,由前苏联领导人赫鲁晓夫起草,1955年5月14日在波兰首都华沙签署,成员国包括苏维埃社会主义共和国联盟、德意志民主共和国、波兰人民共和国、捷克斯洛伐克社会主义共和国、匈牙利人民共和国、罗马尼亚社会主义共和国、保加利亚人民共和国、阿尔巴尼亚人民共和国。1991年7月1日,华沙条约组织正式解散。

体Ⅱ：黑暗森林》的结尾罗辑与史强的对话中，罗辑说道："在这片森林中，他人就是地狱，就是永恒的威胁，任何暴露自己存在的生命都将很快被消灭。这就是宇宙文明的图景，这就是对费米悖论的解释。"[1]宇宙图式似乎成为一种"他人即地狱"般的场景，这里显示出存在主义式的自由、选择与责任的议题，我们可以看到刘慈欣在处理叶文洁与罗辑的不同选择时对于个人主义式自由的超越。

因为"自然"（野蛮）与"道德"（文明）是一体两面的事情，自然状态中人与人（或外星人）彼此为敌，但这并非正义与否的问题，而是实践问题。将这种宇宙秩序搬到地球上来，具体到《三体》中背负"文革"创伤记忆的叶文洁身上，关于正义与邪恶的痛苦思索就是失去历史感和现实感的绝望："也许，人类和邪恶的关系，就是大洋与漂浮于其上的冰山的关系，它们其实是同一种物质组成的巨大水体，冰山之所以被醒目地认出来，只是由于其形态不同而已，而它实质上只不过是这整个巨大水体中极小的一部分……人类真正的道德自觉是不可能的，就像他们不可能拔着自己的头发离开大地。要做到这一点，只有借助于人类之外的力量。"[2]她没有反求诸己，从人类自身寻找解决办法，而是将裁夺权交给外来者，试图让"三体"文明来取代地球文明。计划让具有更高技术的外来者统治地球，这是精英主义者的自以为是和主体性丧失（不免让人联想起现实与媒体中的逆向种族主义和"恨国者"）。当她诉求"人类之外的力量"之时就是另寻一个主权者，不仅仅是针对自身所在政府的主权者，而且针对整个地球，这让她必然陷入文明悖

---

[1] 刘慈欣：《三体Ⅱ·黑暗森林》，重庆出版社2008年，第447页。
[2] 刘慈欣：《三体》，重庆出版社2008年，第70页。

论的境地，使她成为邪恶的肇始者。

叶文洁的选择就是放弃了责任，而将权力移交给他者（三体外星人）。按照萨特的说法，存在先于本质，"通过人的自由选择的行动，人才成为他那样的好人或者恶人"[1]，人只有通过自我选择才能决定自我存在，获取真正的自由。放弃主体自我的叶文洁因而也就是失去了作为人的自由。与叶文洁形成对比的无疑是执剑人罗辑，他的强大的主体性足以承担起地球主权者的角色，与三体的威胁相抗衡。罗辑对三体人采取同归于尽的威慑斗争，不惜以全部人类的命运做赌注。这让他背负了无情暴君的罪名，但这却是自然状态中不得不行之的博弈。"黑暗森林"建构的宇宙图示很容易使人将其与霍布斯联系起来，而威慑斗争则更是在现实中似曾相识。"霍布斯认为人是理性的利己主义者，主权是一切人看得比什么都要紧的东西。因此，一个主权者率尔任其主权承受胜负的战争风险，未免愚蠢。在一个什么都说不定的世界里，明慎的主权者当然会备战，但真正开战是另一回事。"[2]罗辑肩负黑暗的闸门，承担了在彼此威慑中处于平衡状态的责任，实际上即是与外来他者强行达成了一个契约。他代表的就是终极意义上的理性之"法"和"道德"，而不是浅薄的小市民般的人道主义温情。

法与道德平时是以日常的生活方式和社会结构无意识出现的，只有在被破坏时才会浮现出其真切的面容。既然技术高的文明就是天然主权者，低级文明无法与之讲道德——"毁灭你，与你何干"。罗辑明白自身主权者的责任，要超越于法之外，所以他可以杀伐决断，残酷

---

[1] 萨特：《存在主义是一种人道主义》，周煦良译，上海译文出版社，2012年，第3页。
[2] 麦克里兰：《西方政治思想史》，彭淮栋译，中信出版社，2014年，第209页。

地用整个地球的命运与外星人做生死博弈。但他的后继者程心却不明白。程心的问题在于她无法认识到正义与法之间的关系，主权者没有法可言或者说超越于法律之外，因而它本身就是正义——在它那里，不存在毁灭整个人类是否是恶这样的道德问题。作为一个地球的主权者，她是超道德的，为了维护地球所做的一切，哪怕是反常伦理的都是合法的。在自然状态的"黑暗森林"中，她的最大道德应该是不惜一切代价采取任何手段来进行保护人类，就如同斯宾诺莎在《伦理学》中所说"我们不能设想任何先于保存自我的努力的德性"[1]，"绝对遵循德性而行，在我们看来，不是别的，即是在寻求自己的利益的基础上，以理性为指导，而行动、生活、保持自我的存在"[2]。当自我保存都无法做到的时候，何谈道德？她认识不到这一点，存有妇人之仁，反倒毁灭了地球。很多读者会在程心"圣母式"形象中看到刘慈欣"直男"的一面，其实这倒并非是刘慈欣的性别歧视，而是冰冷理性对于小资式温情的嘲讽。如果将小说中的地球置换成中国，"三体"置换成其他国家，其象征性是不言而喻的。

三

"三体"系列中的地球始终处于危机的例外状态之中，如果类比霍布斯写《利维坦》时代的英国内战，则"三体"世界是一种宇宙内战的局面。基于对紧急危机、特殊状况、例外状态的暂时性举措如果常态化，

---

[1] 斯宾诺莎：《伦理学》，贺麟译，商务印书馆1997年，第186页。
[2] 同上，第187页。

很可能导致一种从政治哲学的角度来说的极权状态,就是阿甘本(Giorgio Agamben)所谓的:"现代极权主义可以被定义为,透过例外状态的手段对于一个合法内战的建制。这个合法内战不仅容许对于政治敌人,也容许对于基于某种原因而无法被整合进入政治系统的整个公民范畴的物理性消灭。从此以后,故意创造出一种恒常性的紧急状态(即便在技术意义上可能并未宣告),便成为当代国家的重要实践之一,包括所谓的民主国家。……面对着被称为'世界内战'的无法停止的进展,例外状态愈来愈称为当代政治最主要的治理典范。这个从暂时与例外手段到治理技术的转型,极可能根本地改变了(事实上,已经明显地改变了),传统上在不同的宪政形式间所做出之区分的结构与意义。确实,从这个观点来看,例外状态就像是民主与专制之间的一道无法确定的门槛。"[1]在阿甘本看来,这是一种法的悬置状态,在这种状态中,法和道德是零度状态,或者说它是形式有效而适用无效,这意味着开启了另一个崭新历史时代的可能性:建立新的法、道德和人。刘慈欣在对例外状态的描写当然不同于阿甘本要讨论的问题,但其情节设定倒显示了他高度的现实感。

现实感不等于现实,或者是一种主观现实,因而它的对象是非表象和非具象的,这里体现出我们时代认识方式的一种转型,即不再是哲学式的囊括所有——那是康德及康德前时代的方式;也不再是理论式的究其一点、不及其余——那是体系化思考破产后的权宜之计;而是德勒兹所谓的情动状态(affective)。德勒兹从斯宾诺莎的再解读中发展出这种理论,进而成为一种认识论的转型:"观念的形式现实……

――――――――

[1] 阿甘本:《例外状态》,薛熙平译,西北大学出版社,2015年,第5页。

自身就是某物"[1],即通过非表象性的思想样式,人们就确定了一种观念性现实,而并使得这种观念性现实成为客观现实的一种。这在21世纪以来的"后事实/后真相"[2]时代中表现得尤为明显,即不安全感始终笼罩在人类社会的上空,从而导致了情动的"例外状态"成为全球政治的常态。不安全感的来源一方面是风险社会的来临,各种不可控因素增多,比如工业化带来的污染、分配不平等导致的贫富分化和阶级冲突、极权主义、种族歧视、核危机、金融危机、恐怖主义等。人们由此也对风险有了一种认识,"风险意识的核心不在于社会,而在于未来"[3];另一方面则是由于科技的发展,认知能力打开了更多的未知领域,从而打开了更多恐惧的空间。未来与未知产生了一种玛苏米(Brian Massumi)所谓的威胁的政治本体:"面对未来的威胁,恐惧就是此刻预想的现实,是作为非存在的感受现实,是事物若隐若现的情动现实"[4]。它不是真实和事实,而是极度真实和情动的事实。依据情动而定事实的逻辑带有假定性,也就为先发制人的逻辑提供了合法性,比如美国的预防性的反恐措施,是"预先确保安全依靠的是预先防御行动带来的不安全"[5],而这种逻辑事实上从美国蔓延到了整个世界,比如在各地加强的反恐预警和维稳措施。我们看到,无论是《超新

---

[1] 吉尔·德勒兹:《德勒兹在万塞讷的斯宾诺莎课程(1978—1981)记录》,姜宇辉译,汪民安、郭晓彦主编《生产:德勒兹与情动(第11辑)》,江苏人民出版社,2016年,第5页。
[2] 即人们的言论、观点和行为更容易受到情绪和个人信仰的影响;塑造人的思想的不再是事实,而是情绪和情感。Peter Pomerantsev, *Why we're post-fact*? https://granta.com/why-were-post-fact, 20th July 2016.
[3] 贝克:《风险社会》,何博闻译,译林出版社,2004年,第35页。
[4] 玛苏米:《诞于未来的情动现实——关于威胁的政治本体》,姜宇辉译,汪民安、郭晓彦主编《生产:德勒兹与情动(第11辑)》,江苏人民出版社,2016年,第24页。
[5] 同上,第29页。

星纪元》,还是《三体》,从临时政府到叶文洁及罗辑,尽管动机不同,都是面对来自未来和外太空无穷威胁的无限恐惧中的情动反应——科幻小说简直是对现实的直接反应,其中的人物处理的并非真实事件而是"符号-事件",当下的行动是未来可能性的往回投射的结果。

这种威胁及消弭的情动举措看上去荒诞,却是无可回避而必须面对的现实。从世界政治历史进程而言,二战结束后的冷战局面尽管在现实中结束于20世纪末,但历史并没有终结,事实与想象中的对立依然在从经济、政治到文化、意识形态各方面展开。正如有论者发现的,自杀袭击式的量子化军队、集权主义式的思想钢印和同归于尽式的水星核爆……这些刘慈欣设想的科幻场景,与其说是某种新的抵抗形式或战争形式,不如说是20世纪最为清晰的灾难与创伤,如法西斯主义、人种改造与人体实验、核武器与军备竞赛等的抽象呈现,"历史这种幽灵般的在场方式隐约提醒我们,当代科幻叙事或许具有一个潜在功用,即将目光从历史转向未来、从此地转向宇宙,以超越性宏观想象逃离20世纪的灾难历史"。[1]但我倒并不认为科幻叙事是一种"想象性解决"、"令我们摆脱现实的沉重负担的'安慰剂'",毋宁说刘慈欣将新兴的风险社会现状所加深了的焦虑不安通过科幻呈示出来,而在一种去个人化、反人性论和集体性回归的意义上加以处理。

刘慈欣从一开始对世界对抗的清醒乃至残酷的认知就是来自于1990年代后的世界局势和现实处境,西部经济的不平衡、1990年代经济体制改革带来的下岗潮流、基础教育缺失与"劳体倒挂"等一系列情

---

[1] 赵柔柔:《逃离历史的史诗:刘慈欣〈三体〉中的时代症候》,《艺术评论》2015年第10期。

形在刘慈欣的中短篇科幻小说中都有所映射。当然,作为发电厂的计算机工程师,刘慈欣本人的生产与生活并没有受到社会大转型太多影响,但转型带来了一种情动,就像《球状闪电》中所说:"那些可怕的东西,可能有一天会落到你的同胞和亲人的头上,落到你怀中婴儿娇嫩的肌肤上,而防止这事发生的最好办法,就是抢在敌人或潜在的敌人前面把它造出来!"[1]林云在用球状闪电攻击反科学的恐怖分子时,面对被挟制的儿童人质丝毫没有人道主义的感伤情绪,这才是残酷的真实。刘慈欣相信"那些能让大多数人陶冶性情的美是软弱无力的,真正的美要有内在的力量来支撑,它是通过像恐惧和残酷这类更有穿透力的感觉来展现自己的"[2],这个无疑是情动性的预防性举措,同时也是非人性的。

刘慈欣在各种场合和文本中都透露出"后人类"与非人性的观念。在早期的一些短篇中,他就已经解构了人道主义以来关于"人"的观念,《天使时代》重写了 H·G·威尔斯《时间机器》中被压迫的莫洛克人(Morlocks)的故事。非洲莫桑比克的穷人通过基因改造可以靠吃草和树叶生存,这违反了西方的人道主义观念,但在挨饿的人看来,"人类文明的基石是有饭吃"[3]。基因改变后长起翅膀的黑人们对于西方军队而言,既像魔鬼又如同神灵,是对基督教伦理观念、西方强国碳政治的反讽。星舰地球在被三体人的"水滴"攻击之后,为了生存互相残杀,最后只剩下"蓝色空间"与"青铜时代"两艘飞往外星系的黑暗之船。这个时候他们已经"非人"了,刘慈欣忍不住给予其

---

[1] 刘慈欣:《球状闪电》,四川科学技术出版社,2004年,第269页。
[2] 同上,第263页。
[3] 刘慈欣:《天使时代》,见《时间移民》,江苏凤凰文艺出版社,2014年,第257页。

超越人类道德的隐喻式解释:"宇宙也曾经光明过,创世大爆炸后不久,一切物质都以光的形式存在,后来宇宙变成了燃烧后的灰烬,才在黑暗中沉淀出重元素并形成了行星和生命。所以,黑暗是生命和文明之母。"〔1〕。

在《2018》里,刘慈欣直接对人本主义进行反思:"自我的概念本来就很可疑,构成自我的身体、记忆和意识都是在不断的变化中,与简简分别之前的我,以犯罪的方式付款之前的我,与主任交谈之前的我,甚至在打出这个'甚至'之前的我,都已经不是一个人了"〔2〕。"后人类"是去个人化的、非人本主义的,然而这种反人本主义却又指向最根本的人类生存,这里又显示出卢卡奇的总体性辩证法。人的内涵与外延并非某种本质主义的界定,而是客体与主体的统一,直接性与中介性的统一,理论与实践的统一,过程与目标的统一。从这个意义上来说,刘慈欣的科幻是一种"从绝对不可知中诞生的绝对的现实主义"〔3〕,承接了中国科幻开端时候的政治关注。他的广受欢迎,一方面可能暗合了大国崛起的意识形态和民族主义情绪,与主流意识形态形成了同构;另一方面正因为他的绝对现实主义的当代性,结合了卢卡契的总体性与布莱希特的形式上变革,并且灌注了科学技术的幻想试验,从而体现了我们时代现实主义文学的发展,即它走出时间是为了回到历史,想入天外的幻想建基于对科学基础理论的逻辑推理,和对贫富分化、金融贸易和国际斗争的切实判断之上,已经突破了 19 世纪正典化

---

〔1〕 刘慈欣:《三体Ⅱ·黑暗森林》,重庆出版社,2008 年,第 423 页。
〔2〕 刘慈欣:《2018 年》,见《2018》,江苏凤凰文艺出版社,2014 年,第 9 页。
〔3〕 刘大先:《和世界互相猜测——关于科幻与刘慈欣》,见刘大先《未眠书》,安徽教育出版社,2014 年。

的现实主义,和20世纪以来内倾性的现代主义小说,而在"类型文学"中发展出一套冷峻、平面化、非人道主义式的科幻的现实感,指向的是新人与新伦理。

四

刘慈欣的科幻现实感置入当代文学语境之中,无疑是对于长久以来占据文学主潮的人性论的反拨。事实上,科幻小说从其诞生伊始,便具有反现代性的科技恐惧症,弗兰根斯坦对于其创造者的反噬意味着人对能够控制自身发明的科学技术的惶惑。20世纪以来,因为与现实政治话语的结合,并且因为人工智能之类新技术的潜在威胁,反乌托邦式的主题成为科幻文学的主流。放在中国科幻文学发展的历史上看,尽管最初有着"新中国未来记"这样洋溢着乐观自信的民族主义狂想,但很快科幻的形式就被挪用为用来批判政治腐败与科技异化的压抑。在与江晓原的一次对谈中,刘慈欣曾经讨论过这个问题,他所持的主张是"冷酷的但又是冷静的理性"科学主义,虽然科学有可能造成诸如人性的异化、道德的沦丧之类问题,但人性是一个历史性范畴,所以不应该拒绝和惧怕变化。"我认为那些认为科学解决不了人所面临的问题的人,是因为他们有一个顾虑,那就是人本身不该被异化"[1]。那种对于人的静止与固定的看法,缺乏长时段的历史意识,其实也折射到当代文学书写之中,刘慈欣的反对正显示出他的历史感。

---

[1] 刘慈欣、江晓原:《为什么人类还值得拯救》,《新发现》2007年第11期,第89、86页。

通过超经验论的思想试验,刘慈欣重新解释了历史与现实之间的关系。这在《镜子》(2004)这篇颇具代表性的中篇小说中体现的最为明显。在这个将正剧写成荒诞戏的小说中,心怀理想与责任感的纪委干部宋诚在软件工程师白冰的帮助下获得了省里官员腐败的一系列证据,并且牵涉首长。技术狂热爱好者白冰是通过在偷来的超弦计算机上建立了一个数学模型,从而能够在计算机中看到现实世界的运动演化,得知现实世界一切事物的真相。程序模型显示了历史决定论的不可避免:"物理学穿过量子迷雾之后,宇宙又显示出了因果链和决定论的本性。"[1]但在现实中却又回到了存在即合理的观念。因为镜像世界让世界袒露无疑,再也没有困惑与暗角,因而变得乏味与无聊,最终退化毁灭于单一苍白之中。也就是说,现实的意义恰在于它的杂乱混成、善恶并行与参差多样,一个已经有了注定答案的世界则令人绝望。对于人类乃至宇宙宿命论的认知,并不妨碍依然要在现实中努力、挣扎与充满希望。尽管在某些时候,刘慈欣在处理危机与生存问题时不免显得有些功利主义倾向,从思想观念上来说,他像一切通俗文学一样倾向于保守,尤其是在政治哲学上,重新演绎了霍布斯式的自然状态和契约关系,最后似乎又回到了永恒回归式的救赎之中。

关于政治与人的思想试验,在刘慈欣的科幻世界中是统一在一起的。政治必须摆脱空洞的说辞,而落脚于生死攸关的现实,道德具有特定社会性,科学理性在历史之中摒弃一切感伤的人道主义温情。因为在极端情境中,那些全无用处甚至会成为败事的弱点。程心作为"持剑人"时候的妇人之仁就充分证明了这一点——因为一丝犹豫而

---

[1] 刘慈欣:《镜子》,见刘慈欣《时间移民》,江苏凤凰文艺出版社,2014年,第53页。

毁灭了整个地球。这里虽然会陷入到一种"电车难题"的伦理困境[1],但刘慈欣义无反顾地选择了为了多数人的生存可以摒弃世俗伦理牺牲个体,而之所以能够具备如此勇气,恰在于他没有将"人"仅仅视为个人,而是作为一种类、群、集体的存在,人类本身成为一种共同体,他们的命运纠结在一起,个体在其中的牺牲是为了服从"人类命运共同体"的利益。从这个意义上来说,刘慈欣创造出了一种新时代的史诗,史诗的本质特征就在于它的英雄绝不是一个个人,"史诗的对象并不是个人的命运,而是共同体的命运"[2]。如果从思想资源来看,这可以视作刘慈欣对社会主义早期意识形态观念中"集体性"的召唤。

在《三体Ⅲ·死神永生》的最后,刘慈欣以其宏阔的笔致写到"回归运动":因为各自为政、自谋自利的小宇宙,"宇宙的总质量减少至临界值以下,宇宙将由封闭转为开放,宇宙将在永恒的膨胀中死去","为了避免这个未来,只有把不同文明制造的大量小宇宙中的物质归还给大宇宙,但如果这样做,小宇宙将无法生存,小宇宙中的人也只能回归大宇宙,这就是回归运动"[3]。"小宇宙"与"大宇宙"之间并不构成对立,而是相互依存,没有对"大宇宙"的回归,"小宇宙"根本就无法生存。"小宇宙"和"大宇宙"在这里构成了个人与集体的换喻,这番话清晰明了地显示出,为了共同体的利益牺牲小我其实最终还是为了彼此

---

[1] "电车难题"是关于能否牺牲少数拯救多数的伦理困境,晚近的讨论参见戴维·埃德蒙兹《你会杀死那个胖子吗:一个关于对与错的哲学谜题》,姜微微译,中国人民大学出版社,2014年。
[2] 卢卡奇:《小说理论》,燕宏远、李怀涛译,商务印书馆,2016年,第59页。
[3] 刘慈欣:《三体Ⅲ·死神永生》,重庆出版社2010年,第507页。

共同的存在。这是一种目的论式的理想情境,用小说中的话来说:"每个文明的历程都是这样:从一个狭小的摇篮世界中觉醒,蹒跚地走出去,飞起来,越飞越快,越飞越远,最后与宇宙的命运融为一体。对于智慧文明来说,它们最后总变得和自己的思想一样大"。[1]

让思想成为通向广阔空间的途径,最终将个体的命运融入到共同体(国家、社会、宇宙)之中,这使得刘慈欣在语言的使用中尽量透明,因而很少见纯文学作品中的含混与暧昧;而人物性格的刻画也并非其所长(他的人物更多是具有古典式高贵的单纯和坚定信念的类型人物),他的重点在于阐释环境与关系,这也是他被许多批评者诟病"文学性不足"的地方。然而狭隘的"文学性"显然并非刘慈欣的追求,他正是要通过仿科学的语言和叙事来达至对于新时代总体性思想的探索,因而从某种程度上构成对既有文学观念的超克,这让他成为我们时代为数不多具有思想冲击力的作家。他通过描写上宏大时空的恢宏磅礴,叙述上大刀阔斧、摧枯拉朽的速度与节奏,风格上的粗粝阳刚与残酷冷硬,一反小确幸、小清新、颓靡与衰丧的主流中产阶级美学范式,呈现出一种反潮流的写作。正是这一切使得刘慈欣将自己树立为一个特例,成为"后纯文学"时代文学书写的一个方向。

---

[1] 刘慈欣:《三体Ⅲ·死神永生》,重庆出版社 2010 年,第 509 页。

第三章

后青春的形象与贫困

求你将我放在你心上如印记,带在你臂上如戳记。因为爱情如死之坚强。嫉恨如阴间之残忍。

——圣经·雅歌

只有循着一个强大、散发着活力的影响力,比如一个新的文化体系,历史研究对未来才是有利的——因此,只能是它被一个更高的力量所引导和控制,而不是它自身来引导和控制其他力量。

——尼采

你的行动要使得你能够有希望看到你做出的决定同样适用于你

最爱的那些人。

——吕克·费里

  20世纪最后几年的中国文学,如同彼时在国企改革中分流的工人、新一轮土地流转中进城谋生的农民与高校"双轨制"里入学的高中毕业生那样,经历了堪称断裂性的命运[1],只有少数幸运儿顺应了时代的潮流脱颖而出,张悦然无疑是其中的一位。这个出生于1982年的女孩,十四岁就开始发表作品,因为在"新概念"作文大赛中崭露头角而一跃成为青春文学的新偶像之一,并且没有像那个时候在初兴的消费主义浪潮中昙花一现的"美女作家"那样后继乏力或改弦更张,而通过在大众尤其是青少年读者群中的持续性接受,成为新世纪为数不多的文学明星。以"青春文学三驾马车"而闻名的另外两人是韩寒与郭敬明,前者以其反叛的姿态切入到一种对于已经失效的政治符号的皮相言说而迅速崛起为大众传媒中的"意见领袖",后者则通过对新兴权势与金钱的赤裸崇拜与讴歌而俘获了大批对新兴都市文明充满期待与憧憬的乡镇青年,两个人又都是"赢家通吃"的"斜杠青年":赛车手、出版人、导演和娱乐节目嘉宾……在与权力与资本交织的网络体系及"新意识形态"的合谋中如鱼得水。张悦然尽管也写而优则编,乃至成为人民大学的老师,但始终与前二者的"大众文化化"倾向有所区别——她逐渐趋向于一种"纯文学"的路径[2],当

---

[1] 1998年第10期《北京文学》全文刊载了朱文发起、整理的《断裂:一份问卷和五十六份答卷》可以视为一个标志性的事件。
[2] 当谈到郭敬明导演了偶像云集的《爵迹》,韩寒发布新电影《乘风破浪》的时候,张悦然做了理解的评价:"外界似乎认为,他们不再写作就是背叛,但每个人最喜欢做什(转下页)

然她的写作基本上是一种"后纯文学",这里涉及整个文学生态与观念的转变。

谈论张悦然总是无法回避"时尚写作""玉女""80后"几个关键词,这几个描述性词语大体概括了张悦然所具备的分众式文学特点,"时尚"指示其题材与受众,"玉女"指向性别与形象符号,"80后"则标识出一个代际,与之相关的是独生子女、改革开放和个性解放等的意义暗示。事实上,"80后"这个词语起初便与"新概念"作文大赛及相关的大众媒体商业化运作密不可分,因而往往在公众认知中形成了较为固定的刻板印象:残酷青春、颓废情调、消费主义和符合市场需求的个性化设定……对于一个已经在商业上获得认可,并且在"纯文学"界有所追求的作家如张悦然来说[1],一直存在着摆脱公众期待视野的企图。然而,从一开始踏上写作之路,事实上她已经走在"后纯文学"的语境之中。

(接上页)么,都在摸索,不可能早早定位。当你有能力的时候,可能想做点更有意思的,更引人注目的,这是一个年轻人在特别自由的状态下的选择。都没错。我仍然选择了文学。"这里谈到的"文学",无疑与韩寒、郭敬明的写作有所区别,指向的是更为"严肃的纯文学"。陈敏:《张悦然:不去思考,会让世界越来越简陋》,《中国青年》2016年第24期。

[1] 从2006年的长篇小说《誓鸟》到新作《茧》相隔了十年,在接受《中华读书报》记者采访的时候,张悦然在回答"是什么原因让你写作的脚步慢了下来"的问题的时候说:"之前我的青春文学写作有点像类型文学,风格虽然强烈,但会束缚发展,还是得从那种风格里面出来。我的这个选择当时令一些出版商失望,他们可能想把我培养成,用现在的话说,就是一个大的IP(知识产权,延伸意义是由此生发的影响力和商业价值)。但是,我的发展方向跟他们想的不一样,市场并不缺少巨大的IP啊。每个人心里的文学标准不一样,我要真的往那条路上走可能会失败。"丁杨:《张悦然:写〈茧〉如换笔,艰难而必要》,《中华读书报》2016年7月20日。

一

张悦然早期的大部分重要作品后来结集为《十爱》,在这个小说集中,从《竖琴·白骨精》的献身童话,到《船》的虐爱奇闻,在到《宿水城的鬼事》的悲情怪谈,几乎所有的小说都以"爱"作为主题,又都具有哥特式的阴郁与血腥,而那些形形色色的爱的故事虽然行状各异、意指有别,但如果穿透光怪陆离的故事外壳,我们会发现它们都有一个核心的结构:自恋。这个结构是青春写作的普遍结构,体现了一代人的情感与性格特征。

在《跳舞的人们都已长眠山下》中,十七岁的少年次次忽然用围巾弄死了自己,而"此前毫无征兆,甚至没有一丝不寻常。他没有遭受任何打击,没有遇到不能克服的艰难"。这个意外给他的恋人小夕带来持久的阴影。次次在小夕的眼中,本来就是一个古怪的人,"他喜欢自己和自己说话胜于同别人聊天,他喜欢把自己关在房间里胜于出去旅行。他对于大家普遍关心的事物常常表现的十分冷漠,可是却对微乎其微不值一提的小玩意儿显现出十足的乐趣。他一直没有什么朋友除了她。甚至他的父母,对于他的死虽然十分难过,却并没有过分惊讶"。小夕之所以爱他,无私地应对他的冷漠甚至是麻木不仁,是因为在她的内心坚信他会成为一个了不起的艺术家,信念源起于她看过的那些"孤独而怪异的艺术家的自传"。这无疑是自恋力比多外溢投射到对象身上,使他理想化了。因此,"她一直以来在像建造一座高楼一样地经营着她和次次的情感并且照顾着次次"。反讽地是她最终也没有弄明白为什么次次"忽然决定去死",以至于在他死后多年她依然沉浸在悲痛之中,只是悲恸的是她自己"失去了作为伟大艺术家助手的神圣权利"。在婚礼前的幻觉中,她见到次次,说到自己的想要的是"马蹄莲和水仙圈起来的舞池。我们可以在中间跳舞。呃,还要有蕾丝花边的床,我们跳舞跳累了就可以睡在上面"。[1]这个脱离了烟火气息的遁逃与欢乐之所,丝毫不令人意外地与张悦然心中的文学观念——一个"小型俱乐部"[2]——重合。值得一提的是,水仙的意象作为自恋的直接明喻,后来再次出现在长篇小说《水仙已乘鲤鱼去》之中,开篇就指示了它作为自恋象征的含义,并且将其作为一种主导性象征贯穿始终。

自恋使得已经成年的小夕仍然具有儿童般的"原始自恋",丝毫不在意外界的评价与是否受到损害,而最大程度地保持了自我,因而具有了一种神奇的魅力———种常人受制于社会规范欲求而不得的自由魅力。她的自我建立在心理投射的对象上,一旦这个对象瓦解了,她也就是失去了赖以塑造自我的东西,死亡也就是顺其自然的事情。按照弗洛伊德既非建立在生理现象上也并非全然是心理学基础上的精神分析,自恋是"对自我保护本能的自我中心(egoism)的补充",自恋者可能放弃与现实的关系,但不会中断与人、物的欲望关系,仍在幻想中保持着这种关系:"一方面,要么用记忆中想象的东西代替现实客体,要么把想象的东西与现实的客体相混淆;另一方面……放弃运动神经的初始活动而去实现与其他客体建立联系的目的"。自恋者对自己关注过多,对外界对象的关注就变得减少,因而整个关于次次的叙

---

[1] 张悦然:《跳舞的人们都已长眠山下》,《十爱》,作家出版社,2009年,第11、12、15、19页。
[2] 张悦然:《写给令我废寝忘食的爱》,《十爱》,作家出版社,2009年,第4页。

述也许都只是小夕混淆了记忆与现实的幻想。有意味的是,弗洛伊德提到自恋者往往"表现为对自己愿望与心理活动能量的高估,思想是全能的,相信语词的魔力,具有对付外部世界的技巧"〔1〕,在这个过程中,人物从外部世界的人和物中撤离,而在幻想中用他物加以替代,文本中的小夕以想象中的次次替代了将要结婚的未婚夫,现实中张悦然的替代物则是"文学"。这显然是萨义德所谓的"宁可求助于文本图式化的权威而不愿与现实进行直接接触",造成其发生的原因,"一是当人与某个未知的、危险的、以前非常遥远的东西狭路相逢的时候。在这种情况下,人们不仅求助于以前的经验中与此新异之物相类似的东西,而且求助于从书本上所读过的东西。……第二种情况是成功的诱惑"〔2〕。然而,如果从精神内部探究,其根源在于自恋已经成为了个人主义语境中的主导性认知方式。

作为以"青春文学"成名的作家,张悦然最初的文学形象被定位为"玉女忧伤",这当然来自媒体的需要和塑造,但也切合了张悦然彼时作品的实际:一个青春少女的感伤。青年如何通过文学来塑造自我、想象自我,是一个双向的双重过程。"青年"的形成是一个历史的产物,与社会结构、生产方式、教育、民族危机等密切相关。它一方面是现实中的一个特定年龄群体和社会人口组成部分,另一方面它又是被历史社会性地建构出来的一种文化身份和形象。从生理年龄上来说,张悦然无疑是青年,而更具意义的"文化身份和形象"却发生了转移。我们知道,中国现代文学中的"青春"从一开始便秉有了某种推陈出新

---

〔1〕 弗洛伊德:《论自恋:导论》,宋广文译、戴淑艳校,见车文博主编《弗洛伊德文集3》,长春出版社,2004年,第652、653、654页。
〔2〕 萨义德:《东方学》,王宇根译,北京三联书店,2000年,第121页。

的特权——青春在启蒙与革命的语境中成为一种不言而喻的价值和道德。"五四新文化"运动开启的反叛家庭、走出封建牢笼的"新青年",四五十年代反抗殖民侵略和帝国主义、从"小我"走向了"大我"的红色青年,社会主义"新人"着力强调的个体与集体相结合的青年革新者与创业者。1980年代初的"潘晓来信"掀起了有关青年"主观为自己,客观为他人"的讨论,涌现出的那些"进取的青年"和"青春祭"后依然无悔的青年、1985年之后涌动着改革时代愤怒与热情的摇滚青年……[1]这些青年形象无疑都有其意义诉求,无论是外在的灌输还是内在的寻求,都没有脱离外部社会的规约或者影响。但是在1990年代末的"美女作家""上海宝贝"那里已经出现了一种新变,即青年开始"脱序"为商品拜物教和表征了"现代化"的欧美时髦的信徒——这依然有着外部的辐射与影响。其结果是曾经带有理想主义、反叛色彩与激进情感的"青春"结束了,整个文化语法转入到"后青春"时代。

但在"80后"的青春文学里,主人公往往是拒绝成长的个体,并且置换了个体与社会的关系,个人居于世界的中心,甚至就是世界本身,这种文学本身成了一种自恋物。张悦然小说里的场景基本上都设定在家、学校、酒吧、咖啡馆的封闭空间,而人物游离在广阔社会和历史时间之外,身体的欲望与情感的诉求都是独立自主的,没有伦理监督,社会性道德被悬置了。因而,自恋文学中的"青春"只是一种符号表述,不再具备它的历史特殊性内涵,而指向了一种空洞的"后青春",这种青春如同"80后"这个概念的"价值无涉"所显示的,是"在摆脱了社

---

[1] 金理:《青春梦与文学记忆》(北京大学出版社,2014年)、《历史中诞生:1980年代以来中国当代小说中的青年构形》(复旦大学出版社,2013年)对相关问题与个案有详细讨论。

会主义或资本主义的等诸种意识形态之后,变成了一种被消费主义和个人主义所主宰的碎片化存在。多元化的结果是带来了一定程度的自由,但技术化与科层制让自由成为一种权力玻璃罩内的封闭游戏,青年分享着相似的痛苦,却无法共享某个共同的信念与价值,因而也就不可能形成共同体,只能再次分散为冷漠的消费型个人。青年不再对历史负责,也无法筹划未来,只能沉潜在当下实利主义的浑水之中。当面对历史的撕裂时,弥漫在其中的感性结构已经不再是现代主义式的焦虑,而是佛系、倦怠和颓废,因为焦虑是有未来感的,而倦怠则放弃了可能性的向往。青春本来最重要的时间观念是未来导向,当这一维度丧失的时候,就徒然剩下了'后青春'的迷惘……青春的躁动、无因的反抗与历史进程中的参与危机相互感应,催生出疲惫懈怠的花朵,其中的青年有着青春的外壳,可能是个萝莉的幼齿之心,当然,也可能包含着一个苍老世故的灵魂。拒绝成长是一种撒娇式的回避,而精明老练地兜售青春则是另一种卖萌式的营销,二者并没有本质区别。"[1]这使得"叛逆的青春""阳光的青春""忧伤的青春"都不过成为被掏空了内涵的表象,对比于那些具有"晚期风格"的前代作家作品中所凝聚的内在激情和回归的自我而言(比如徐怀中《牵风记》里对于自然本心的回归,梁晓声《人世间》中始终徘徊不去的对阶级问题的关注与思考)。

这样的结果显然不能归因于个人,而是源于外部权威(意识形态、价值观念、道德)的坍塌。权威在张悦然的小说中表征为专制的父亲,父亲的爱总是带有专制与封闭色彩,这种爱因为偏执式的占有欲而显

---

[1] 刘大先:《后青春时代的"青春文学"》,《山花》2016年第9期。

得具有父权意味,《鼻子上的珍妮花》里的匹诺曹"像是慈爱的父亲在哄他的小女儿"。[1]《船》中那个杀妻抛尸的暗黑者,要独霸女儿,以一种哥特式的邪恶语调倾诉了这种独霸本身的虚妄:"没有人能把你从我身边带走。没有人,宝贝。我们在河堤上建一座城堡怎么样?对,宝贝,就是你喜欢的童话里的那个模样。"[2]这个喃喃自语中的河堤城堡呼应了水仙与马蹄莲舞台——成年男人在这里也具有了蜕化幼稚的自恋特质。这种父亲一再出现在张悦然的小说里,《小染》里战争发生在家庭内部,父亲同样扮演了专制独裁甚至有些变态的角色。与《船》中角色扮演的自白体相似,《小染》在形式上也采取了革新,叙述者交织了小染的主观叙述和第三人称客观叙述,这种叙述视角与语调侵染着扑朔迷离的情绪和似真亦幻的臆想。小染的称呼显示了对父亲的疏离和蔑视:在她的主观叙述章节,父亲被称为"男人"这样一个抽象而概括式的称呼。父亲在这里成了一种具有代表性的对立面,小染的反叛因而随之成为非具体的叛逆而不再具有"弑父"的反抗权力意味。因为反抗对象的非现实性,使之化约为一个压抑性象征,因而反抗者也就无需经历痛苦、挣扎和迷惘,连暴力都是唯美化的。常见的青春期迷惘并没有出现——在现代时期的青年革命者和现代主义文学中的无因的反抗者那里,叛逆与迷惘是并生的,因为要思考、参与和行动,但张悦然这些作品中的人物不再思考了,所以迷惘也就遁形了。

《吉诺的跳马》中敏感的少女吉诺就是如此,因为无法承受生活真相(那就像是个一碰就会进出水来的阀门,像是一颗毒瘤一般令人厌

---

[1] 张悦然:《鼻子上的珍妮花》,《十爱》,作家出版社,2009年,第120页。
[2] 张悦然:《船》,《十爱》,作家出版社,2009年,第102页。

恶)的重压宁愿选择不去触碰它,这让她经常自哀自怜地"心疼自己"。张悦然让叙述者对她进行了剖析:"吉诺在很多时候都喜欢自己质问自己,这是十分寂寞和胆怯的人的通病,他们热衷于自己和自己说话,在自己和自己的舌战中找到那种现实中永远也得不到的占据上风的快感。诘责,质问,然后在压迫下无话可说,于是可以令自己变得安稳变得甘心于现状。"[1]这个解析具有症候性,并不是被审视的吉诺的症候,而是叙述者自己的——它急于给吉诺一个性格上的解释,看上去一切了如指掌、通透明晰,然而恰恰是这种解释本身显示了叙述者本身的局限,它以为给出一个解释就完事了,却限制了吉诺的多种可能性,将她局限"寂寞和胆怯"里了,进一步印证了无力承受真相者的自恋。因为后面我们看到吉诺宁可涉险,"哪怕并没有什么善意的事情发生",也要溜出校园外面与观望的陌生男人见面,由此揭开了一个十五年前的谜案。陌生男人十五年前与少女初恋,使其怀孕,在母亲的干涉和密谋下,勾结吉诺的父亲(当时的体育老师)在跳马中谋杀了他的爱人。带着创伤记忆的男人被母亲困在家中,十五年里没有成长,始终活在他的十八岁里,最终在戏剧化的场景中找到吉诺的父亲复仇。但这个复仇事件不具备社会性,只是个体的惨事,同时又跨过社会层面跃升为带有永恒性的爱与死的命题。张悦然在这里有意无意地重写了《圣经·雅歌》中的原型:"求你将我放在你心上如印记,带在你臂上如戳记。因为爱情如死之坚强。嫉恨如阴间之残忍。"可以看到这个母题所形成的形象被张悦然非常看重,多年后在《茧》里面的程恭身上又再一次复写幽禁与停滞的主题。

---

[1] 张悦然:《吉诺的跳马》,《十爱》,作家出版社,2009年,第35页。

个人存在与行动的意义与所属时代之间不再发生关联,意味着个人与时代(集体、社会、国家)之间发生了分离,前者不再需要放弃、拒绝、反抗后者是否提供稳固、可靠的现实支撑和意义支撑——这表征时代发生了颠倒性的变化,个人重新被驱赶回自我的领域。个人与家国社会之间的关联发生疏离之后,孤立的人摆脱了社会期待,或者说搁置了社会启迪,只注目于自己的发展,这样的话他就将自己还原为一个自然的人,这个自然人当然不仅仅是生理上的人,它也包括了一定的社会性,只是这种社会性被书写掩埋了。这种社会性,从政治经济基础而言,是社会主义计划经济与国有企业体制的修正与转型,市场与商业逐渐获得扩大了的自主权;从意识形态角度来说,是自由主义、个人主义和消费主义逐渐占领了思想和观念的领地,而各种后学思潮和犬儒态度充斥在人文社科的疆域界之中;从科技发展而言,则是以影音、图像、互动式电子游戏凭借大众传媒和新媒体迅速而又便捷地挤占此前的印刷与广播电视传播空间。应运而生的"后青春"文学生态虽然有偶然性因素的撬动契机,在这种背景中却是其不可逆转的结果。

徐勇认为青年成为问题是"启蒙与救亡"的中国的现代性困境造成的,老年与青年的二元项彼此生产与依赖,表征着传统/现代、中国/西方、落后/先进、保守/激进、秩序/失序的一系列隐喻和所指,在不同时代的文学中有不同的表现:"1949 年以前表现为'建立现代国家',在 1949 年以后,则表现为'反现代'的现代性,到了 20 世纪 80 年代以后又变为了'现代化'目标或'新时期共识'"。[1] 但救亡其实内在于启

---

[1] 徐勇:《"青年议题"与 20 世纪 80 年代小说创作》,人民出版社,2014 年,第 37 页。

蒙现代性的语法之中,无论是抵抗外辱、民族民主革命,还是建设新中国与实现现代化,个人的价值与意义总是建立在投身到宏大事业的洪流之中,因而哪怕是在"新启蒙"主义的80年代,各种喧嚣纷杂的不同话语纷呈而彼此时有扞格,社会总体的价值目标与历史理解方式还是趋同的:"对进步的理念,对现代化的承诺,民族主义的历史使命,以及自由平等的大同远景,特别是将自身的奋斗目标和存在意义与向未来远景过渡的这一当代时刻相联系的现代性态度等。"[1]无论是乌托邦,还是世俗化,都有着现实作为根基与依托,后青春时代所面对的现实已经被景观化与符号化,这让启蒙的维度自然而然地隐退了。后青春时代的问题在于启蒙逐渐蜕化为一种词语外壳,"一边是市场化与消费主义的招摇过市,一边却是权力与资本的勾结,而启蒙现代性却不过在其中充当了一块廉价的遮羞布而已"[2]。告别启蒙,外部与未来维度的消隐可以说是"后纯文学"的基本叙述模式,这让它区别于现代性的一切叙述形式。

二

作为超我的象征的父亲崩陷、瓦解和污名化后,张悦然的那些主人公于是不得不处于不可止歇地浮沉于升华与跌落的躁郁状态之中。"我为什么写小说?因为恐惧、憧憬、妒嫉以及绝望的爱。"[3]这句自述充满偏执的情感与情绪,不仅是张悦然在讲述她的文学观,而且直

---

[1] 汪晖:《中国的人文话语》,见汪晖《死火重温》,人民文学出版社,2000年,第370页。
[2] 赵牧:《"后革命":作为一种类型叙事》,上海大学出版社,2012年,第21页。
[3] 张悦然:《我的回顾》,《霓路》,明天出版社,2007年,第240页。

接呈现在她笔下的人物身上。他们几乎都带有不同程度的病态特征，并且大多数摇摆在躁狂与忧郁的两极，他们平时处于压抑的层面，忧伤、脆弱，但可能忽然之间就爆发出惊人的力量、做出令人愕然的事情，而最终进行的想象性救赎来自于神圣而又抽象的爱。

这些心造的人物，显示出普遍的精神病状，但基本上是情绪上与情感性的，而非智力上的与认知性的，类似于德勒兹从斯宾诺莎的解读中得出的"情动"（affect），是一种非表象性的思想样式。[1] 精神病学的先驱人物克瑞普林根据数千个案例，以情感与思考为基础将这两种类型的心理疾病划分成：躁郁症（manic depression）和精神分裂症（dementia praecox，也即后来被命名的 schizophrenia）[2]，普通人常处于这两极之间的摇摆。就集中于心理的内部世界而言，张悦然的人物

---

[1] 吉尔·德勒兹：《德勒兹在万塞讷的斯宾诺莎课程（1978—1981）记录——1978 年 1 月 24 日　情动与观念》，见汪民安、郭晓彦主编《生产：德勒兹与情动（第 11 辑）》，江苏人民出版社，2016 年，第 4 页。

[2] Emil Kraepelin, Kraepelin in Heidelberg, Belleville, 2004. 克瑞普林描写抑郁的病人："无法集中思绪或振作精神；他的思想仿佛瘫痪了，动弹不得。他的头感到沉重而愚钝，仿佛一块板子被推到它前面，一切混淆在一起。他不再能感知事物，也无法理解一本书或一场交谈的思路，他觉得疲乏、衰弱、无法专注、内在空虚；他没有记忆，他再也无法运用之前熟悉的知识，他必须花很长的时间思考简单的事情，他计算错误，做出自相矛盾的陈述，找不到适当的用词，无法正确地组成词句。" Emil Kraepelin, *Manic-Depressive Insanity and Paranoia*. Bristol, England: Thoemmes Press, 2002, P75. 而卡尔·雅斯培（Karl Jasper）描述的躁狂者则表现为："大量的联想自然而然地出现，不需要任何理由，任凭他挥洒运用。它们让他变得机智风趣、才气焕发；它们也让他无法维持任何确定的倾向，使他同时显得肤浅又迷惑。无论在生理或心理上，他都觉得自己极度健康而强壮。他认为自己具有杰出的才能。怀着坚不可摧的乐观心态，病人从最美好的观点来思索周遭的事物、整个世界，以及他自己的未来。一切都无比光明而快乐。他的观念与思想全部以最和谐的方式在这点上取得一致；他完全无法接受任何其他的想法。" Karl Jasper, *General Psychopathology* (Vol.2), Baltimore: Johns Hopkins University Press, 1997, P596. 转引自爱密丽·马汀：《躁郁简史》，杨雅婷译，见刘人鹏、郑圣勋、宋玉雯编《忧郁的文化政治》，林家瑄等译，台北蜃楼，2010 年，第 7 页。

都患上了程度不同的躁郁症。按照弗洛伊德的分析,忧郁是源自个体本身的虚无感,自我认同一个"被抛弃的客体"——抑郁个体通过潜意识的自恋性贯注与情感对象产生紧密的联系,客体丧失就可能造成主体(自我)的丧失[1],因为依附于他者,所以当他者无法凭依的时候,主体就转向颓丧。当抑郁占据主导的时候,代表外部的宗教、超道德、社会感等自我理想的超我过于强大,现实层面的自我为了避免被摧毁,本我就会回归到非道德来自我保护,这就转化成了躁狂。[2] 所以忧郁与躁狂是随时可以转化的一体两面。

  在张悦然的小说世界中,躁郁大部分来源于原本应该作为守护者的父辈的失职,《昼若夜房间》中父亲的威权之下,造成了两姐妹安全感的缺失和心理扭曲:因为母亲的缺席,姐姐索索竭力要保护妹妹莫尤,而使爱成了一种束缚和禁锢,而莫夕则在压抑的氛围中试图反抗与逃离。刻意营造的离奇情节使得这个文本成为心理的摹写。在莫夕的心里要表达的是"谁也不能把我关起来。我是自由的,我是安全的"。而给她造成最大伤害的反倒不是不负责任的酒鬼父亲,而是强悍而富于保护欲的姐姐,叙述者所给出的议论是:"长大从来都是一件残酷和丢弃的事。那么突兀和伤人。"[3] 极端情节与矫情言辞诡异地纽结在一起,倒不免让人心生疑惑:这个作品的动机究竟是什么？我们无法猜度一个作家的创作冲动,但如果只是为了讲述一个相爱相杀进而精心设计圈套的通俗戏,未免不公。我认为这个作品可以解读为

---

[1] Sigmund Freud, "Mourning and Melancholia", in Peter Gay (ed.), *The Freud Reader*, W. W. Norton & Company. pp584 - 589.
[2] 弗洛伊德:《一个幻觉的未来》,杨韶刚译,华夏出版社,1998 年,第 196—207 页。
[3] 张悦然:《昼若夜房间》,《十爱》,作家出版社,2009 年,第 155、151 页。

试图探讨一种关于躁郁者的安全焦虑问题,索索是一个躁狂者,"借助自己的全能幻想,抵制那种害怕失去无可替代客体(亦即在她心灵深处依然为之哀悼的母亲)的恐惧"[1]。但是与情节的复杂相映照的是小说的解决方案过于简单了:温暖的、给予自由的爱。爱将张悦然的主人公(多为女性)催眠了,使得她们对于爱的估价与期待过高,对象总是"被置于自我理想的位置上"[2],因而会无视现实不择手段地来按照自己对爱的理解去塑造这个自我的理想,从使爱转化为专制,导致恨。爱这种情感如果剥离出历史性与社会结构性因素,就会显得苍白无力。从爱的目的是快乐与愉悦来推导,如果导致的结果是痛苦,那肯定就不是爱,或者说已经被异化了的爱。

爱的异化形象,除了父辈那种无来由的抽象暴力、自私与专断之外,主要来自于主人公们对于自由的理解——也就是对于自己身处人世的状态的理解——是极其狭隘的,就像《谁杀死了五月》中的那个女作家中的想象:"不受约束的生长",但这种耸身一摇,试图摆脱一切束缚与责任的同时,其实也就丧失了权利,并不等于自由,而是一种不成熟的情感无政府主义,带来的显然只能是恐惧和焦虑。那个少年成名的女作家几乎是张悦然的自叙传,即便与她的个人经历毫无关系,虚构出这样一个当代女作家的故事,也提供了一个观察"后纯文学"自我书写与自我审视的角度。

这位女作家的经历平淡无奇,"如果从她第一次发表作品的十四

---

[1] 梅兰妮·克莱因:《哀悼及其与躁狂症抑郁状态的关心》,杨国静译,见汪民安、郭晓彦主编《生产·第8辑》,江苏人民出版社,2013年,第19页。
[2] 弗洛伊德:《自我与本我》,见车文博主编《弗洛伊德文集6》,长春出版社,2004年,第83页。

岁算起,那么在过去的五年里,她都在写作。她生在一个书香门第的好家庭,她在生活上几乎没有遇到过什么挫折。因着从小迷恋文学,所以一直喜欢读书写文章,这似乎也来得理所应当。直到她读了高中之后,好像忽然发现了文学深处的桃花源,闻到了一种最纯致的气味,她深信那是文学本身的气味。于是她发现自己过去写得东西都像是在一个小的紧口蒸汽瓶里升腾出来的气体,它们是人为的,刻意的,如果你愿意,这样的动作你可以重复千百次,而每次制成的气体成分相差无几。然而真正的文学是你走远了走得忘我了忽然伸出手去抓过来的气体,那是流动的,属于大自然的,其他的任何一个都不会和它雷同。所以她想要中止学业,离开这个城市,去自由的地方,抓住和她有缘分的那些气体。"她并没有经历过任何外部世界的纷扰,走上文学道路全然来自于个人的兴趣。这个平常的经历隐含的信息耐人寻味,即她的文学无涉家国大事,而是纯粹个人气质禀赋兴趣选择的结果。这似乎可以视为张悦然对自我创作的反省,意识到其写作的重复、狭窄和局限,但在小说里,作家这种意识到的危机仅仅停留在写作本身,根本是害怕失去读者的爱:"她变得有名气,许许多多年轻人给他写信,并在各种场合说,他们喜欢她的文字。出名并没有令她变成个不知天高地厚的家伙,相反的,她竟然变得很恐慌。因为她很珍惜他们对她的喜爱,越是珍惜她就越害怕失去,她想要抓住那些他们给予的爱,可是她恍恍地发现,根本无法抓住,除了她一直写,并且越来越好。她把自己关在房间里开始没日没夜地写,但是她好像忽然失去了表述的能力。"她的恐惧在于:"我常常觉得,眼前的这一切,没有什么是能够抓在手中的。身边的人常常告诉我,提醒我,我是个幸运的姑娘,我在变得越来越美好,拥着比别人更多的东西。可是我却不这么想。当我每一次低头看我手里握着的东西的时候,我觉得,它们的抵达,完全是一种偶然,是一种随机性的恩赐,并非是我通过不懈努力所能获得的什么。它们往往有太多不确定的因素,它们当然可以属于我,但是也可以不属于我,它们随时可能离开我,那也没什么好说的,只是我交了坏运气而已。所以其实我寻常得很,只是运气稍稍好了些罢了。而我的手中,什么也抓不住,也许某个早晨醒来,我睁开眼睛,就会发现手中已经空了,什么也没有,一点痕迹也没有。"[1]这种惶恐在小说中被转述为对于小说的认知:作家永远把捉不住确定性的东西。"她"试图突破,然而其方式却再次回到抽象层面,希望通过遁逃到"自由"的远方,而进入到"生活在一个像微微摇摆的小船那么悠缓的世界"。"前路是看不清的,年轻的孩子们只是纵情地迷蒙中相爱并关怀彼此"。这可以说是深刻而又狭隘的艺术之爱,但问题在于这种艺术观本身也是狭隘的。小说主人公错认了恐惧的来源:不安全感非关艺术的好坏,而是失去读者。这里又出现了一个错位,即作家本身一帆风顺,并没有任何迹象显示出有任何令人不安的因素,恐惧来自于她自己的认知。

那么她的认知又是从何而来呢?显然,她在直觉中朦胧地感到了一种不确定性,对于自己的文学成功主要归因于偶然性。文学在这个随机性中并没有靠自身的内容、意义或者价值观之类获得认可,其成功完全来自于运气,因而她的文学形象和世界随时可能在随机性中坍塌。同样在现实中一帆风顺的张悦然何以会写出这样的人物呢?我认为她是一个早熟的作家,虽然早熟并不意味着真正成熟,但她有种天赋的敏锐而在直观中形成了一种片面的洞察。如前所述,张悦然出

---

[1] 张悦然:《谁杀死了五月》,《十爱》,作家出版社,2009年,第197、198、218页。

场的时候,弥漫在整个中国社会中的是"新意识形态"。这种"新意识形态"与此前各种意识形态的区别在于,它是一种弥散性的存在,渗透在此前各种意识形态之中,如果说以往的各种意识形态话语确立自己的合法性都需要判定对立面的非法,那么这种新型的意识形态则是没有敌手的。因而身处在其中的人,连反抗都找不到对象,从各种集体与身份中解散出来的个人只能感受到无处不在的威胁,却如入"无物之阵"。正是这个"无物之阵"充满了各种可能性的风险和危机,让人感到不安全。

《水仙已乘鲤鱼去》中的女主角璟也是女作家,可以看作是《谁杀死五月》的分身和复杂化,她尽管成名了也同样深怀恐惧:"她知道,这其实是一种被害妄想,她从未有一个时刻,因她所拥有的而感到愉悦。她缺乏安全感到了不可理喻的地步,无论上帝把多重的砝码放在她的手心,一切亦不过都如少年时不小心松开手,旋即就会无情飞走的氢气球。"但璟的恐惧源于童年创伤,而她成长的故事堪称励志,只是她的动力完全来自于爱,也就是说张悦然一直在不停重写同一个故事,哪怕这些人物遭遇有着如何不同的面目,分布了怎样曲折的情节,但情感模式都是相似的。小说的标题可以看出,张悦然无疑希望璟最后像鲤鱼跳龙门一样跃出自我,成为一个强大自主的女性——这在小说结尾设置的对冷酷自私的母亲的勇气的描写中明确地表达出来,在经历从高峰跌入低谷、失去丈夫后中年怀孕的母亲终于承担起自己的命运,直面艰难的人生,而不再到处寻找男人的依靠:"时间刷的一下过去,这个女人的怨与愁都被压平了。此刻,她又光滑而平整地上路了"[1]。璟的

---

[1] 张悦然:《水仙已乘鲤鱼去》,作家出版社,2005年,第5页、第261页。

成长故事通过倒叙讲述出来,开头与结尾衔接,使得整个小说称为一种记忆的释放,如果熟悉弗洛伊德关于癔症(hysteria)的论述:"癔症患者主要是遭受回忆(reminiscences)的痛苦"[1],我们会发现这是由于恐惧、焦虑、羞惭和身体的不完满这一系列不愉快造成的癔症的自我治疗过程。自幼失怙、患有暴食症、身体肥胖、缺乏关爱的女孩,最终靠写作树立了自我,就像饱受痛苦记忆伤害的癔症病人"通过言语途径而发泄受压的情感,使其不产生作用。它借助于把这种作用力引入到正常意识,使其受到联想性的矫正"[2]。这是璟对文学的基本认知,因而最终即便是在终极审判式的结尾,她的爱人、朋友与偶像全部在大火中化为灰烬,她也可以通过文学获救。

记忆始终是一种顽固的执念盘旋在张悦然的文学世界,现实与文本之间的交错,使得璟的文学救赎也显得虚幻。2006年出版的《誓鸟》这部架空小说就一再围绕记忆展开,里面的人物与事件搁置在古代与热带南洋,时间与空间的双重隔离,加上梦呓式的情节与语言展开,营造出的异域情调,使记忆表现出一种带有原型意味的神话色彩。记忆成为主人公不假思索、毋庸置疑的追求,贝壳被表征为能够承载记忆的物品,"那里的人们不耕作,不打猎,只是采些野果勉强填饱肚子,其他时间都用来打捞贝壳。他们沉迷于贝壳的记忆里,用吸纳别人的往事代替了自己的生活。……那是一个消沉与迷醉的王国,记忆是每个人的瘾,每个人的毒药"[3]。这部小说最终传递的是但愿沉醉不愿醒

---

[1] 弗洛伊德:《癔症研究》,见车文博主编《弗洛伊德文集1》,长春出版社,2004年,第20页,译文略有改动。
[2] 同上,第25页。
[3] 张悦然:《誓鸟》,光明日报出版社,2006年,第309页。

的隐遁——用别人的往事代替自己的生活——也构成了"后纯文学"情感结构的转喻。这不免让人想起利奥塔的言词:"后现代在现代中,把'不可言说的'表现在'再现本身'中。后现代应该是一种情形,它不再从完美的形式获得安慰,不再以相同的品位来集体分享乡愁的缅怀。后现代寻求新的表现方式,并非要从中觅取享受,而是传达完美对'不可言说'的认识。"[1]那些不可索解的不可言说之物是历史与现实交织的"无物之阵",它们被悬搁于记忆之中。但张悦然在写作十年之后,已经从少女变成名人,《誓鸟》尽管缥缈无稽,却也暗示了一种成长的痕迹,她需要在惶惶不安中寻找某些稳固的东西,自我拯救也需要外部的支撑,哪怕是虚拟的毒药与他人的记忆。

三

2016年,张悦然推出长篇小说《茧》,显示出从被标签化了的"80后"作家中突围的企图。《茧》甫一面世,便引起广泛关注,因为它涉及曾经被视为无历史感的"80后"一代人如何面对历史的问题,这一问题同样以特有的青春与成长的故事形式呈现出。但身处所谓"小时代"中的一代人被认为已经与波澜壮阔的"大历史"擦肩而过,后者仅仅成为个人的记忆片段、间接经验,或者被他人诉说的传闻、被各类官方与非官方话语书写过的文本。事实上却是,历史并非与现实截然断裂的存在,而是延续乃至影响着当下,它们并没有分开,这才是为什么对于历史的关注经久不衰。历史在"小时代"也并不是匮乏了,事实上我们

---

[1] 利奥塔:《后现代状况:关于知识的报告》,岛子译,湖南美术出版社,1996年,第209页。

可能正处在一个方兴未艾的"大时代",只是作家对历史的感受变了。身经历史的人"只缘身在此山中",不会去想着如何打捞与追寻历史,所谓的"无历史"者才要去寻找历史。缺乏直接体验和参与机会的人们无法"正面强攻"历史,但历史担当作为一种责任又已经无可置疑地落在了有着人文关怀的人物身上,他们只能依靠"他人的记忆"以重塑历史感的方式进行。我不认为《茧》是张悦然创作的转型,这如她在某个采访中所说只是一个"自然而然"的过程[1]。张悦然的历史观其实在早年颇有"元小说"意味的《二进制》中就有显示,作家打算"用一场充实的相聚结束我的小说,开始新生活",但是"在湖山路上死去的人,魂魄将永远在湖山路上,怎么也无法离开"[2],这个颇富哥特色彩的小说最终让它的人物在轮回中转的地方不停地打圈,既没有走进也无法走出,呈现出一种悬浮的状态。《茧》是否完成了从历史的循环中突破了呢?

在 2009 年一篇颇受关注的短篇小说《家》中,张悦然已经显示了试图进入外部现实的冲动,主人公在具有"事件"意味的偶然性中走出小资产阶级之"家"的封闭性,进入到地震(大历史)的现场,这与现实中"80后"形象在大众媒体上的转型几乎同辙。但评论者往往夸大了这种进入外部社会的主动性,而忽略了张悦然的主人公所属群体自身的局限性,因为大众传媒凸显的只是一小部分小资青年,而对绝大多数"80后"是遮蔽的,城市小资青年并不具备"代表性";同时"事件"只是历史连贯性的间歇,并不必然带来整体性的自觉意识觉醒;再者,文本中内容的现实性并不一定会直接带出叙述的现实性。事实上,这些症候也体现

---

[1] "我只是自然而然地写出自己想写的东西,我自己在发生变化,作品也必然发生变化。"
蔡震:《张悦然:"80后"绝不是同一个面孔》,《扬子晚报》2016 年 9 月 12 日。
[2] 张悦然:《二进制》,《十爱》,作家出版社,2009 年,第 83、84 页。

在《茧》中"缺席的在场"与"在场的缺席"这一个结构性的矛盾之中。

《茧》是一个结构精致、语言细腻的文本,可以看到张悦然确实开始主动探讨个人与他人、内部与外部、现实与历史的联系问题,它通过两个人谈心的方式抽丝剥茧地呈现出历史的多重褶皱和复调式的秘密,进而在清点盘算历史的债务和遗产中重新理解过往,显示了当代中国记忆传承中的罪与罚。李佳栖和程恭两个人物交替的述说,构成了《茧》的对话与交流、坦白与倾诉的结构。少年时候的共同经验,成长期睽离的不同经历,多年后的再次相遇,提供了一个各自陈述过往、重新认识的契机,而这个彼此诉说的过程也是一个对于过去的再建构,同时自我在这种再认识中获得了厘清、纠正和成长。某种意义上来说,这依然是一个叠合式的青春叙事。这个过程中,那些风格化的叙述腔调本身成为文本魅力的组成部分,比如感伤、颓废、叛逆之类青春小说常见套路。他们都在诉说自己,涉及父辈时都是影影绰绰的印迹,这是两个未完成的青年继续发育的过程。因而这种套路恰恰是有用的,它在无意识中将政治、社会、文化话语的变迁始终融入到个人体验之中。

"谈心"使得关于历史的追溯成为一种精神与灵魂上的沟通,这种交流方式在小说中被视为属于过去(历史)的交流模式("谈心",我真的很喜欢这个有些过气的词,特别有 80 年代的气息,那个时候的人心还没有埋得更深,还是可以把它谈出来的[1])。李佳栖对于历史交流模式的倾心、模仿与投入,与此前张悦然无视外在而专注于个体情感和情绪的主人公不同的是,从一贯的自我言说到交谈,意味着个人在此处努力把个体感受与成长遭际与血缘、文化、社会共同体进行接榫

---

[1] 张悦然:《茧》,人民文学出版社,2016 年,第 76 页。

的努力。另一方面,"谈心"也指示出《茧》是另一种意义上的"心灵史"而不是"历史",也即个人对于历史的有限度认知。这种限度更多是现实造成,因为无法亲历者只能通过他人的讲述来了解历史,而讲述只是一种历史的记忆叙事,从记忆中得来的叙事于是便成为一种文本的衍生物。它采取的是情感维度而非工具理性维度,历史如同层叠密织的茧,个人可能在其中作茧自缚,困囿于历史中成为蛹;但也可能蛹化为蛾,破茧而出。

在"谈心"结构的抽丝剥茧之中,历史与秘密渐渐浮现出来,事实上那些过去的历史并没有消失,它们一直都是"缺席的在场",隐藏在当下生活的腠理之中,搅扰着现在的生活与感受。追寻秘密与真相的冲动挥之不去,必须去平息躁动不安的历史幽灵,至少在李佳栖看来是这样。但是李佳栖的心理动机并没有得到充分的展示,在她的自我表述中可能归结为童年的创伤记忆,但是无论是爷爷一代在"文革"时候的"钉子事件",还是父亲一代在 80 年代的政治风波,她都没有亲历,所以毋宁说她对于历史之谜的探究是出于一种不顾一切要了解真相的好奇。但是在旁人看来,这个驱动力未免有些薄弱,就像李佳栖的男友唐晖所说的:"很动人,不过也很好笑","你总是要把你爸爸的人生轨迹和宏大的历史捆绑在一起,好像觉得只有这样,他的生命才是有意义的,中国历史里找不到了,就到世界史里找。你就不能把他从历史上解下来一会儿? 给他一点自由不好吗?"[1] "爸爸"自己已经自由了——至少进入了现实的生活,哪怕这种生活千疮百孔,充满了新时代的暗影和形迹可疑的实践——李佳栖还被自己禁锢着。问题

---

[1] 张悦然:《茧》,人民文学出版社,2016 年,第 112 页。

的症结在于,她不想逃离历史,或者说她自觉到必须清理了历史之后才能继续前行,因为童年的阴影(历史的原罪)一直笼罩并且压抑着她。这里,她试图将弗洛伊德与马克思结合在一起,创造出一种新的历史感受。

因而,在李佳栖的个人寻觅与历史行程之间就产生了难以弥合的张力。创伤记忆成为沉默的禁忌,是历史的自然修复机制,死亡让一切尘归尘、土归土,依然得生活的人为了当下和未来采取积极遗忘或者消极遗忘的方式,作别可能不堪回首的往昔。李佳栖的挖掘行为就发生了一个错位甚至成为一种偏执。因为生活在重叠的时间当中,前辈的历史过于深厚与强大,仅仅要厘清过去就已经耗费了李佳栖全部的精力,那种笼罩性的"象征秩序"成为宿命般的背景性存在,因而她也就无意乃至无力建构自己的现实。李佳栖与程恭一个主动寻找,一个被动囚禁,其实都是生活在别人的历史中,而没有属于自己的现实,也就没有自己的历史。这真是一个吊诡的局面:李佳栖顽固地挤入祖父、父辈的历史,因而遗忘了现在,就像尼采所批评的那些被历史所压垮了的人:"由于过量的历史,生活会残损退化,而且历史也会紧随其后同样退化。"[1]从这个意义上来说,她的祖与父的积极遗忘与消极遗忘倒是现实生活得以继续的基础,而她也许只是在作茧自缚。实际中的情况是:历史本身保持了沉默(头脑中被楔入钉子的程恭爷爷成了无法言语的植物人正是历史最好的隐喻),它被后来者所讲述。

李佳栖典型地体现了"后纯文学"对历史的态度:她可能走出了无视历史的误区,却患上了历史洁癖,导致历史的阴暗面被曝光,然而这

---

[1] 尼采:《历史的用途与滥用》,陈涛、周辉荣译,上海人民出版社,2000年,第10页。

一切却没有导向于现实(也即历史的延续),生发出根本性的转变。也就是说清点历史的行为没有问题,只是缺乏目的,这逆向消解了清点行为的意义,使之成为一种盲动。历史留下了何种遗产？如何找到一种新的理解？《茧》所显示出来的,还是一种偏颇的历史认知,将历史视为债务而不是遗产,历史被理解为是负担或者至少是罪愆,而没有盘点历史的复杂性。遗产本身可能既包括债务,也包括财富,两者始终纠结在一起,不可能被黑白分明地切割开来,罪与罚之间的历史正义可能只是某个主观性视角或者意识形态宰制培育出来的产物。当新一代人在主观认为历史断裂的缝隙间尝试接续时,因为弥合已经不可能,指望个人内部的原罪感去承受历史的遗留负担,但集体、社会、他人、外部如果没有参与进来,就只不过是"杯水风波"。最为暗昧的地方在于,她在清偿历史债务的过程中,又犯下了新的罪恶而不自知。

这个新的罪主要体现在"在场的缺席"之上。我们可以看到《茧》中的历史是小资产阶级视角中的历史,其中的人物,无论是祖一辈的李冀生、汪良成、程恭的爷爷,还是父一辈的李牧原、汪露寒,还是子一代的李佳栖、程恭,都是社会的中层,底层视角踪迹不见,底层的前历史是不在场的。这就不自觉地缩减了历史的厚度。在涉及底层的部分,比如李佳栖的妈妈,李牧原作为知青下放时候结识的农村女孩,完全是漫画式的手法。她在知识分子眼中的那些"乡下人习气",给家庭生活中带来的不适应,让李牧原的出轨也获得了赦免。李佳栖自己对于亲情的冷漠似乎还可以从原生家庭环境中得到解释,但对男友的不负责任,以及与父辈男人的偷情也并没有得到反思,这些平凡生活中的罪愆较之"文革"那种被戏剧化的罪过,在叙述者那里似乎不值一提。而与李佳栖一起长大的校工或工人子弟大斌、子峰、陈莎莎的现实生活尽管在场却也是缺席的,他们被叙述者无视,不是被化约为暴发户,就是被歪曲成缺心眼的滥好人。尤其是陈莎莎,程恭挥霍她的爱心,并且客观上几乎犯了谋杀她的罪行,也不能因为他对李佳栖有爱就能豁免掉。遗憾的是,谈心者或者叙述人在这里让小说暴露出了其最大的缺陷:试图通过爱来进行拯救。如果不自我反思,那么这种爱不过是另一种诞妄的罪。用哲学家吕克·费里的说法,第一次人道主义是法律和理性的人道主义,第二次则是博爱、同情的人道主义——"爱的革命",这是与功利政治不同的"爱的政治",其绝对命令是"你的行动要使得你能够有希望看到你做出的决定同样适用于你最爱的那些人"[1]。从这个角度看,李佳栖和程恭的"爱"都是极其自私与狭隘的,因为他们无视了他人的痛楚和生死。这种爱的救赎以牺牲他人、成全自己为手段,还停留在要获得与消费的情欲阶段(eros),而没有抵达超功利的快乐之爱(philia),更遑论神性之爱(agape),所以谈不上真正意义上的救赎。

小资阶层的历史与小资自我的双重在场,与底层历史和底层现实的双重缺席,构成了《茧》不可能承受之真正的历史与现实之重。那些"缺席者"在文本幽暗与空白处无声的言说,指示了历史与苦难的承载者的状态:他们尚未被文学书写为历史的主体,这并非他们的耻辱,而是后青春文学的贫困。张悦然尽管有着接续历史的企图,但在历史认知上却无法摆脱"纯文学"时代(一种"新时期"话语)的历史记忆方式,没有提供新的经验。她以个人与爱的救赎试图重续历史,最终使得《茧》烙上了"后纯文学"的印记:放弃了现实主义的正面书写,也没有

---

[1] 吕克·费里:《论爱》,杜小真译,北京大学出版社,2017年,第208页。

采纳"纯文学"的反向重写,而是精神治疗的谈心式"讲述",并且时时有着逃离的欲望:"每个古老的国家都积下太厚的尘垢,离散是一个自我洁净的过程。那种夹杂着痛苦的自由,令我神往"[1]。这种欲望延续到最终真相大白的结尾:当程恭问她有何打算的时候,她不置可否,说也许会去南方,"那样就可以什么都不用想"了。而他们最终决定去留,靠的是抛硬币,这个带有通俗影视剧的场景其实是必然的选择,因为李佳栖与程恭都没有真正意义上确立自己的历史主体意识,因而决断何去何从时,只能靠无常的偶然性。小说的结尾意味深长,两个人站在雪中,听到日常生活的声音与气息——这一方面暗示了此前的追寻历史之旅完全是脱离日常的心灵躁动与挣扎,另一方面则暗示了也许这才是他们的最终归宿。张悦然所能找到的蛹化为蛾的出路,并非置之死地而后生的脱胎换骨,而只是并不自由(日常生活无论对于李佳栖们还是对任何人来说,都不可能是全然自由的)的孤独者的联合体。《大乔小乔》(《收获》2017 年第 2 期)尽管被视为张悦然的"超克",但因为个人的遭遇出自性格,而非社会,依然构不成时代的悲剧,而如同有论者所言是"自我催眠的受难者"[2],小乔结尾处的"做另外一个人"的机会又如何在普遍的意义上被获取[3],也是值得进一步考究的。

自恋者、躁郁者与缺席者,折射出后青春文学的叙述模式、情感结构与历史认知,从启蒙、叛逆到自我关注和消费的文学形象,是我们时代主导性文化生产模式的结果。这些形象如前所言,内在于新的生

---

[1] 张悦然:《茧》,人民文学出版社,2016 年,第 32 页。
[2] 深海:《自我催眠的受难者》,《长江文艺·好小说》2017 年第 6 期。
[3] 樊迎春:《张悦然的"超克"——评〈大乔小乔〉》,《收获》微信公号 2017 年 4 月 9 日。

产、生活方式及其意识形态之中,属于"后纯文学"的组成部分。而这样一种时代现状与文学现实,其实对文学提出了根本性转变的挑战,当历史上的"纯文学"之路已经走到尽头之后,后青春文学的贫乏之处也许正蕴含着历史前行的实在力量与动能——它如何应对现实、创造出自己的形式,还有很长的路要走。

第四章

传统位移、趣味主义与文化救赎

长安城里的一切已经结束。一切都在无可挽回地走向庸俗。

——王小波

世界充满了奇迹,超出人的头脑。

——舒飞廉

在传统生活淡薄的今天,武侠小说是中国人重温民族根性的一种方式,非雅俗所能概括。

——徐皓峰

一

1989年初,余华发表《鲜血梅花》,以先锋小说的理念颠覆了彼时流行的武侠小说中常见的复仇模式与成长主题:大侠之子阮海阔幼年就开始背负着为父报仇的命运,然而这种被迫接受的血亲责任并非其意志所愿,随着时间的远去显得尤为缥缈,他却又无法摆脱被强加的命运。这个虚弱不堪又茫然若失的少年刚步入弱冠之年,就被母亲驱出家门,开始了寻找仇人的漫游与遗忘的旅程:"他像是飘在大地上的风一样,随意地往前行走。他经过的无数村庄与集镇,尽管有着百般姿态,然而它们以同样的颜色的树木,同样形状的房屋组成,同样的街道上走着同样的人。因此阮海阔一旦走入某个村庄或集镇,就如同走入了一种回忆。"[1]这种"无知的行走"充满存在主义般的荒谬感,带着目标却又在行走中去目标化,只是被偶然性所左右,因而最终当宿命在无意识的选择中完成之时,他得到的并不是如释重负的释然,而是怅然若失的虚无。在1980年代金庸、古龙、梁羽生、卧龙生、司马翎等"港台新武侠"风行的背景中,这个作品颇有解构意味,如果放置在1985年后大陆文学界现代派成为主流的语境中,则又有一番建构的意味:精英与通俗的文类界限不再明显,不言自明的价值标准让位于含混暧昧的弥散意识,而指向于普遍性人生境况的隐喻,这种书写与想象很快就在即将开启的以市场经济和新自由主义为主导性意识形态的文学话语中成为主潮。

事实上,余华所身处的氛围已经是一个所谓的后现代语境,与政

---

[1] 余华:《鲜血梅花》,《人民文学》1989年第3期。

治经济上的急剧转型同构的是不同的观念、美学和手法并置杂糅、左冲右突,寻找某个可以锚定的落脚之所,但主流文学话语所趋之若鹜的无疑是现代主义观念及其技法。这意味着从1970年代末期开始的文化结构松动与文学思潮纷起,逐渐从政治性的一体化转向了艺术性与审美性的一体性追求。在大陆迟到的港台新武侠于此际不唯是文学多元化和精英民主化的表征,更多意味着受众群体的合流与文化观念上的转变。作为"通俗文学",武侠小说这一携带着悠久本土文化基因的文类原本不太可能生发出迥异于主流意识形态的革命性因素,从宋代勾栏瓦舍的小说、说经、说铁骑、讲史书,到清代完备的侠义公案小说,都带有大众娱乐与教育的保守特征。灵怪、烟粉、传奇、公案、朴刀、杆棒、妖术、神仙[1]的小说、话本、诸宫调之类,与士人精英的诗词言志与抒情并行为两条脉络。虽然晚清以来精英士人因为保种、新民等诉求而赋予侠义精神以民族主义的内核[2],但1920年代开始兴起

---

[1] 罗烨:《醉翁谈录》,古典文学出版社,1957年,第3页。
[2] 我曾经以旗人武侠小说为切入点,分析过有清一代武侠文化在整个中国武侠文化史中所具有的转型意味:侠在中国文化中成为一种强大的亚文化传统,得益于它从先秦时代的哲学、政治学和社会学上的抽身而出,成为诗学的主角,转化为一种想象性的存在。它的活动空间,从干涉朝堂的卿士到与统治权力两两相望的另类权力,再到市井街巷的平凡民众,最终只能化为缥缈的个体,畅游在恣情快意的幻想之中,延续两千年。而清代"尚武"重过"任侠"导致了对于既有秩序的保守倾向,直到晚清"侠义"精神中对抗强权的一面才在文化精英和底层民间获得复兴,武侠文化的反叛与自主意识也在地下组织、秘密社会的支撑下再一次得到张扬,并与民族主义相结合,构成了武侠文化的泛化。在晚清民国出现的武侠小说中,武侠文化的倡言者多是并无武技的文人,与在维新、革命等浪潮中涌现出来的知识分子慕侠、崇侠风气同辙。民众也在这种更多是想象层面的武侠文化中得以缓解焦虑、抒发豪情、凝聚民族精神,并接受最基本的情感规训和道德教育。在"武"已经失去实际意义的语境中被传承下来的"侠",更多地指向一种文化精神,并作为一种"小传统"纳入到中国文化的"大传统"之中。参见刘大先:《旗人文化与清代以降武侠文化的变迁》,《西南大学学报》2016年第5期。

的民国现代武侠小说继承的更多是通俗传统,而港台新武侠小说因为地缘环境的隔离与文化处境的飘零,则不免带有较之于北京"庙堂"位置的"江湖"自况和政治讽喻的伸展涵义,经过时空流转后在大陆的旅行与传播,奇异般地给文学生态带来了刺激性的活力。

这种刺激性直观地体现为将一度被政治规训和教化所压抑的娱乐性直接(如果说在《林海雪原》《铁道游击队》等"革命英雄传奇"中是隐秘而间接存在的话)带入到文学生产与接受场域,而深层次的影响则在于对于文学书写手法和观念上的启迪。事实上,余华偶尔为之的解构,在偏居于香港的金庸那里,至少从1969年开始创作的《鹿鼎记》时就开始了——他通过一个无赖式人物韦小宝的描写颠覆了之前带有民族主义色彩的大侠郭靖、豪气干云的豪雄萧峰、浪漫主义和个人主义的剑客令狐冲,尽管故事整体依然放置在江湖与朝廷家国政治的宏大隐喻之中,但从精神观念上显然嘲讽了黑白分明的道德观念与价值判断。颠覆崇高、放逐英雄、解构宏大叙事、消解既有历史观念,在先锋文学中的新历史小说那里并非新鲜之事,它们构成了20世纪最后十几年直至当下的重述历史主流语法。彼时尚游离在主流文坛之外的王小波可以说是这个整体性文学生态转折过程中的节点性人物。

如果从武侠文类的演变来看,王小波比余华还要更早地开始重写侠客的故事。虽然王小波不以武侠小说为专擅,但是从他开始到新世纪大陆武侠,再到徐皓峰,构成了晚近三十年武侠文学在文学场中起伏幽隐的线索,这条线索意味着精英文学与通俗文学这种二元划分的失效,进而显现出分众化文学的态势,在曾经的文学等级中处于较为低端的武侠小说反倒在90年代展开的后文学氛围中成为接续与重塑本土传统的一个途径。尽管在1997年去世之后成为一个现象级人物,但王小波始终是当代文学史叙述中的边缘人物。当然,从来没有人会把他跟武侠文化联系起来,但是在我看来,他之于写作中趣味的追求以及重述历史传奇的戏谑笔法,内在地影响了此后武侠小说的格调。对于单一思维、僵化制度和机械式意识形态压抑的不满,进而追求"有道理而且新奇"[1]智慧与思维的乐趣,是王小波从杂文到小说一以贯之的趣味。

大约从1986年开始,彼时在美国读书的王小波创作了一系列以唐传奇为底本的"唐人秘传故事"[2],重写了数个被文学史归为侠客类的故事,但他几乎都进行了游戏化的改写:《立新街甲一号与昆仑奴》把昆仑奴磨勒襄助崔生与红绡的故事与王二和小胡的当代蜗居故事并置,构成了"古今无不同"的世俗日常生活戏仿,凸显的是具有普遍性的人性与生存困境。《红线盗盒》则将袁郊《红线》[3]的故事从山西挪至苗疆,红线也成了一个泼辣天然的蛮女。《红拂夜奔》中浪荡无行的李靖、三从四德的红拂与意图强暴红拂的虬髯客,完全颠覆了《虬髯客传》[4]中具有宏大抱负的"风尘三侠"的形象。事实上,这几个人物也是港台新武侠尤其是梁羽生在《大唐游侠传》《龙凤宝钗缘》等作品中重写过的形象,如果将王小波的滑稽娱乐与梁羽生的庄重雅正做

---

[1] 王小波:《思维的乐趣》,见《王小波文集》(第4卷),中国青年出版社,1999年,第22页。
[2] 《唐人秘传故事》包括《立新街甲一号与昆仑奴》《红线盗盒》《红拂夜奔》《夜行记》和《舅舅情人》五篇,为王小波在美国期间所写,寄回国内后,因找不到出版社,自筹经费于1989年10月由山东文艺出版社出版。下文涉及的几篇,见《王小波文集》(第3卷),中国青年出版社,1999年,第149—251页。
[3] 袁郊:《红线》,《全唐五代小说》(第三册),李时人编校,何满子审定,陕西人民出版社,1998年,第1720—1724页。
[4] 裴铏:《虬髯客传》,《全唐五代小说》(第三册),李时人编校,何满子审定,陕西人民出版社,1998年,第179—1783页。

比较，可以清晰地观察到一种后现代式的猥琐与嬉戏感。这些作品在当时并没有获得任何意义上的成功，如同房伟所观察的："这类奇情异想的游戏历史小说，在当时虽作为'性意味'图书被包装处理，但并不被主流媒体和大众所接受——实际上，该小说既不是80年代末90年代初涌现的'流行先锋'，如《骚土》《废都》类的'性叙事'，也不是主流宏大叙事"[1]。那些在古典传奇与现代武侠小说中被浪漫化和符号化的大唐侠客们摆脱了历史沉积在身上的种种附加道德与价值，回归到"古今无不同"的最为本真的层面：本能、肉体与欲望。

这种外在于主流文坛的边缘写作可以说是一种试图逃离历史的反讽叙事。黄平曾归纳出当代文学中一条反讽的路径，王小波是其中重要的一环——作为历史的局外人形象出现的反讽者。王小波无论是在重写古代传奇还是当代创伤历史，都有一种逃逸的企图，这种企图表现为在主观上他无意建构某种价值确定性，但是客观上作为亲历过激进时代而又生活于后革命氛围中的一员，他又不可能摆脱掉大历史留在身体与心理上的阴影。"反讽是与历史的游戏，而不是取消历史，反讽的逻辑中始终有一个'我'。这个'我'解构一切真理后，最终要回落到最为个体化的身体层面上，这是无法虚无的剩余。"[2]所以，王小波的文学在骨子里是悲观的，在这种悲观里他终归没有全然虚无，而走向了趋向于肉体、欲望和常识的古典自由主义和个人主义。从这个意义上来说，王小波的《唐人秘传故事》与鲁迅的《故事新编》尽管在取向上有所不同，却终归从形式上的油滑幽默到内容上的古今杂

---

[1] 房伟:《王小波传》，生活书店出版有限公司，2018年，第210页。
[2] 黄平:《反讽者说：当代文学的边缘作家与反讽传统》，上海文艺出版社，2017年，第152页。

糅都有一脉相承的地方,而王小波的独特之处还在于他在语言上对于宋元话本和杂剧白话的戏仿运用,古典传统式的语言与现代自由主义观念之间的张力构成了一种无厘头般的美学效果,从而表征了一个时代文化转型的症候。

在 90 年代迅速展开的"去政治化的政治"中,王小波被媒体塑造成一个忧郁的"文化英雄",他所致力于拆解和摒弃的意识形态已经成为一种空洞的能指,成为后来者倒错的攻击目标,进而导向新自由主义时代思想骛乱的歧途——纯文学在一条堂·吉诃德式的虚无道路上愈走愈远。就武侠文学而言,一方面是商业化的娱乐消遣书写收缩为某些新兴期刊(如《今古传奇·武侠版》(武汉,2001 年创刊)、《中华传奇·大武侠》(武汉,2002 年创刊)、《武侠故事》(郑州,2002 年创刊)、《新武侠》(武汉,2004 年创刊)、《九州幻想》(2005 年创办,后分化)上的亚文化文学,就文学史而言它们可能是无效的,并没有提供新的经验或范式,却蔚为新世纪武侠的类型化潮流;另一方面则因为古典传统与革命传统的双重价值位移引发的焦虑,而反向促使武侠小说自觉灌注了文化救赎的想象,原先作为"王小波门下走狗"[1]一员的徐皓峰就是具有代表性的人物。前者可以窥见武侠小说从八九十年代的通俗文学到新世纪以来的大众化、分众化的转变,被商业资本收纳为一种文化产业生产方式;后者也不尽是精英文学求变、俗文学提升的问题,而是一种文学向文化泛化后的尝试;两者都有从文学延伸

---

[1] 徐皓峰最初的一些作品颇有模仿王小波的痕迹,如《处男葛不垒》,收入《王小波门下走狗第三波》,朝华出版社,2005 年;《流氓家史》,收入《王小波门下走狗第四波》,知识出版社,2006 年;《"者名"演员郭国林》,收入《王小波门下走狗第五季》,太白文艺出版社,2007 年。

到其他门类艺术与创意衍生品如影视、动漫、手游、手办的趋势,它们的合力为武侠这种带有本土特质的思维与想象带来了传统复兴与改造的可能。

二

新世纪大陆武侠在港台新武侠的羊水中孕生滋养,更多吸取的是语言风格和继承了江湖世界观的架构模式,意象和观念都颇为陈旧,已经不再或者说极少建立起独立的关系、结构与价值体系,而只是在先前的基础上做一些缝补和破坏的工作。姚晓雷认为:"从文学史发展的综合高度看,它更属于从传统的武侠小说的模式中脱颖而出的、继承和集成了这个时代各种审美元素的、以青春文化为底色、以商业消费时代的审美精神为底蕴的时代派生物"[1]。这些以生于七八十年代为主体的新武侠作者们具有挣脱传统精英文化和体制文化的话语霸权、寻求自我表达的代际特征,更多关注的是新环境下的自我意识、个体自由以及残酷的社会竞争中的人性变异,于此之中显然会沾染上时代世俗化的潮动。这种观察是准确的,新武侠作品中基本上已经不再能够看到现代武侠尤其是作为母体的港台新武侠的"侠之大者,为国为民"式的家国情怀或民族情感,当然也不会追溯到先秦侠文化的反抗强权与利他主义,以及唐宋传奇叙事中的诡异与烂漫。他们更多沉溺在 80 年代末即已开创的后现代式解构之中,洋溢着颓丧和

---

[1] 姚晓雷:《走向新时代的悄然转身或与时俱进》,见姚晓雷编选《新世纪小说大系:2001—2010 武侠卷》,上海文艺出版社,2014 年,第 6 页。

衰败的气息,这构成了新武侠作品在青春文化内部的吊诡的暮气:它们本来从属于青春文学的一个部分,却是后青春时代的产物,少年热血化成了中年危机或者失败者叙事——这倒是与所谓主流"严肃文学"的语法形成了同构互文,成为"时代精神"的一个显影。

萧拂《隋侯珠》讲述沐天风行侠仗义却因为世态浮薄而灰心丧气,因而留给弟子赵无常的教训是"各人自扫门前雪,休管他人瓦上霜"。赵无常作为一名镖师除了职责所在并没有打抱不平的主动性,而最终被逼与大盗龙在天对决时,更是认识到世道人心的浇漓,不仅要感慨世间再也不见"红马白衣的风采":"白衣胜雪呵,从那遥远的天际,嗒嗒嗒地,走过来,走过来,走入到故事中来,不见了影踪"[1]。富于隐喻意味的是当赵无常将获得的珍宝隋侯珠送给妻子时,后者并没有意识到它的宝贵,还以为是假的——侠客的英风神采就如同不被庸俗世人认识的随侯珠一样,注定要蒙尘埋没。踏雪《雨中行》用一种仿旧的白话、金庸式的腔调讲述了侠客在传说与现实中的不同活法,"飞天一刀"沦落为妓院的打手,而"无影刀"剿灭了金龙寨、解救了女童之后要去京城,只是因为她要将缴获来的铜锤卖个好一点的价钱——这些传奇人物在现实中困窘不堪,再也不可能英姿飒爽、潇洒来去。江南《春风柳上原》的开头有一段寄语:"宝剑生尘,英雄血冷……说英雄,道英雄,英雄就在这不竭的少年热血中——"[2],模仿的是古龙的笔法,但大侠早已经步入中年,被少女悲惨遭遇刺激才被迫勉强对抗武林世

---

[1] 萧拂:《隋侯珠》,见姚晓雷编选《新世纪小说大系:2001—2010 武侠卷》,上海文艺出版社,2014年,第319页。
[2] 江南:《春风柳上原》,见姚晓雷编选《新世纪小说大系:2001—2010 武侠卷》,上海文艺出版社,2014年,第14页。

家,全然没有豪气干云的爽快淋漓,"无论如何,曾经名满江湖的少年英雄,渐渐成了一个过时的传说"。那种旧式的侠义也不过是少年热血心中"过时的传说"而已。

这种暮气沉沉的"时代精神"在大众文化中得到最为真切的表达,可以归结为一种90年代以来对于强权屈服的主流保守主义逻辑,其代表性的作品是张艺谋改编自李冯同名小说的电影《英雄》。荆轲刺秦王在经过司马迁《史记》书写之后,已经成了中国侠文化中一个不畏独裁的母题式存在,历来关于这个母题的各类重写作品不计其数,多承继了颂扬刺客、抨击暴秦的传统,然而如同戴锦华所观察到的,从1995年周晓文的《秦颂》到1998年陈凯歌的《英雄》,再到2002年的《英雄》,"刺秦"母题中的刺客逐渐人格矮化,而文本中所显示的认同日益倾向于站在权力、强势和征服者的一方。李冯原作中的反叛者及反叛的可能(江湖)被彻底驱赶出了文本视野之外,一统了的"天下"则喻示着某种单一全球化逻辑的胜利,1950到1970年代的社会主义记忆成为一种被放逐的幽灵性存在,"新自由主义的实践逻辑已然成功地确立了其霸权地位"[1]。

除了观念上的保守与退缩,从生存环境来看,新武侠小说作为大众文化的一种,其发展空间在各类媒体兴盛的环境中日益被挤压,沿着武侠文学史脉络的写作也已经丧失了进行宏大叙事的信心,在武侠影视繁盛的溢出效应中,只能表现为微观政治式的写作。王晴川《雨霖铃》不仅在表述上仿佛"五四时代"的文艺腔,在观念上还重复了一

---

[1] 戴锦华:《"刺秦"变奏曲》,《昨日之岛:戴锦华电影文章自选集》,北京大学出版社,2015年,第348页。

个恍若"新文化运动"时期礼教冲突的故事。小椴《刺》将原本涉及家族与政治的复仇大义故事,收缩回到个人情爱之中。华发生《月儿光光照地堂》带有南国海屿气息,而这种地方性风味也与其格局的逼仄相照应:在官府与海盗黑白不分的世界中,侏儒虾仔只想做一个发育正常的普通人,而没有英雄豪杰的梦想。黄海涛《龙马》中身负巨大能力的侠客一心想着的是逃避自己的责任。原本"能力越大,责任越大"的侠客之所以如此,原因在于为众人抱薪者并没有得到温暖。李亮《浴火穷途》中游侠云舒怀舍家救人、除暴安良,但身染恶疾,导致容颜尽毁、目盲身残,虽然意外被救活并获得超强武功,表白感情却遭到拒绝,一系列遭遇如同古希腊悲剧一样让人震惊而恐惧。最终他因为被顽童戏弄嘲笑,委屈不堪,而控制不住怒火滥杀无辜,狞恶面孔上映照着悲凉沧桑和深沉的迷惘。人性中的恶与戾气被激发,无疑来自于外在的误解、恶意与冷漠,某种程度上折射了时代道德困境的发生学根源。这种英雄叙事的坍塌和宿命的感觉,与 1990 年代后弥漫在文化语境中的颓废感相并生。人们再也没有确立一种简单明确的道德界限和美好形象的信念与意志,只能随波逐流,这也意味着价值观和主体性的失落。

  侠客主体与意志的瓦解,与民众对于侠客已经没有心理需求互为因果,这是一个现代性进程中的故事。从刘盛亚《白的笑》到老舍《断魂枪》和王度庐《绣带银镖》,都一再重复着这个故事:热兵器的时代使得身体技术贬值,肉体能力所带来的能够对抗强权的异质性权力蜕化;交通与通讯技术的发展让速度加快、空间压缩,令浪漫主义的江湖飞地无处存在;现代法治与警察制度消弭了快意恩仇的异端执法和私刑可能性……这一切使得武侠小说这种"成年人的童话"类同于奇技淫巧看热闹,而无法产生投射式的沉浸效果。其结果是使得一些优秀的新武侠转化为一种才子书般的文人化、知识化格调。

舒飞廉的小说集《绿林记》中诸篇武侠小说都带有深厚的典故化色彩,这些作品取材于虞舜故事、神话传说,或者《金瓶梅》《柳毅传》《阅微草堂笔记》《金驴记》《西游记》《三言二拍》《雨月物语》《山海经》《聊斋志异》这些中外作品,是要在奇诡志怪的传统中生发出一种想象中的"奇迹"。《连琐记》以《聊斋志异》为底本,联翩鬼语,艳异行文,将豆棚闲话,邪僻之趣发展到了极致。《浮舟记》重释了柳毅传书的神话,使之转为江湖韵事,生死契阔、交谊、身世感喟都在悠远、隔离的语调中变得悠然,其人物的缘聚缘散有种清冷的置身事外之感,既没有礼俗顾忌的冲突,也没有壮怀激烈的激情,更没有缠绵悱恻的蜜意,因而有古笔记的去浪漫化之风,从而形成了一种常道化的江湖。《洞庭记》中无处不在的化典与互文,小说中不同的人物(动物)——乌龟、泥鳅、蚌、龙虾、鲤鱼——以讲述、酒话、闲谈这些古传奇常见的方式,重述了关于生态与环境的神话,可以说是去传奇化的传奇。《龙宫记》讨论奇迹的可能性:人作为主体的有限与无限,即便是仙,在更高的存在面前,也显露出无知的局限。《金驴记》的情节是一个简单的套路:争夺屠龙刀的比武,可以将其解读为自主与自由的问题,但从频繁的互文、戏拟、拼贴和挪用(比如他戏谑式地将胡塞尔、康德、但丁都置入到江湖场景)之中,已经不可能确立某种新的世界观,或者说作者原本就无意架构一个异质的飞地世界。在没有传奇的年代塑造传奇、讲述奇迹,毋宁说是浪漫主义孑遗的景观投射。

奇迹书写是对武侠小说知识化传统的当下发展,成为超越于现实的寓言。但典故化才子写作的雅化趣味,如果没有语境、文化背景和前理解,就很难显出效果,这是种高度依赖读者素养的写作,因而是依附性的存在,是作为想象空间的最后绝响,是世纪之交混乱与焦虑的万端思绪的芜杂表现。《金驴记》中隐侠赵文韶对张竖说:"这个世界存在着我们不知道的奇迹,去了解并追逐这些奇迹,也未必是什么大道,却也像那些真正好的女人,值得你浪费一生。"[1]这已经是由"为了艺术而艺术"般的观念蜕变而成的游戏与好奇心。

至此,武侠文学转化为一种趣味主义亚文化,这种亚文化抹去任何异议性、叛逆性因素,比如风靡一时的《剑桥简明金庸武侠史》[2]就煞有介事地戏仿了西方汉学中译的行文风格,对金庸小说世界与中国古代历史进行了考据式书写,完全成为一种文本增生物,它并不创造出形象与观念,而只是在趣味书写中满足闲情逸致的消遣。陈怅的"量子江湖"则用量子来诠释武功和江湖[3],更典型地体现出趣味主义的Cult式特征。《量子江湖·燕子坞》的后记中计划这个系列由七部书组成,分别是:《燕子坞》《姑苏城》《藏经阁》《终南山》《思过崖》《缥缈峰》《三生石》[4],被网友归纳为"物理学＋物理学史＋青春＋金庸同人＋悬疑天书"的模式,很难想象此种架空世界在娱乐之外的意义。不再追寻意义的道德立场,而着力于符号的嬉戏与形式的快感,不得不说是纯文学话语辐射到原本外在于纯文学之外的武侠文学中的结果。

---

[1] 舒飞廉:《绿林记》,新世界出版社,2010年,第94页。
[2] 新垣平:《剑桥简明金庸武侠史》,长江文艺出版社,2013年。
[3] 陈怅:《〈量子江湖〉设定集》,《今古传奇(武侠版月末版)》2011年第6期。
[4] 目前就我所见,已出版两部:《量子江湖·燕子坞》,北京联合出版公司,2012年。《量子江湖·姑苏城》,北京联合出版公司,2017年。

三

由传统位移所带来的趣味主义,在王小波那里是对刻板的形式主义和空洞的意识形态的不满,还有着它要颠覆的对象;但到新世纪武侠那里则已经不再有目标,而是对价值和道德观念的遗忘。但是对于武侠这一文类而言,价值观是其叙事基点,无论是利他性的主持正义与替天行道,还是个体性的自由追求与复仇成长,都是满足大众隐秘欲望的动力,一旦丧失了这一点,它必然要走向没落。当然这一点与现代文化变迁密切相关,武侠也在不同语境中与时俱进地找到了相应的变体:在社会主义中国成立之后,武术、国术统统被纳入到"体育"这一具有科学主义性质的话语范围之内,而武侠形象在20世纪下半叶则一直糅合着个人主义与民族主义的象征。当后现代式书写解构了这种象征却又没有树立起一种新的价值依托后,必然陷入到焦虑之中。曾经以王小波作为模仿对象的徐皓峰正是在这种焦虑中走向通过树立武士和武行的形象,创造性地在后文学时代重新发明了武侠文学,至少在武侠文化领域成为横绝一时的人物:他部分继承了王小波式的趣味,有时候甚至带有恶趣味——比如对于种族肤貌差别异乎寻常的迷恋,以及老男人与美少女搭配的喜好——但终归超出了纯个人癖好式的趣味主义,而将价值依归于带有怀旧色彩的文化书写。

目睹那些悠久绵厚的中华传统、价值与道德在近代以来经受络绎不绝的冲击,徐皓峰似乎一直都有着一种文化与秩序崩毁的焦虑感。他在论武侠电影和传统文化时判断,中国文人传统的恐惧是礼崩乐坏,儒家文化便是从这种恐惧中产生的,类型片诞生是为了解决这种恐惧和焦虑,而焦虑靠建立价值观来稀释和救赎。[1]在徐皓峰的历史观中,到了近代这个大转型时代,古典价值观不再神圣甚至被弃如敝履,蜂起的是劣币驱逐良币的功利现实,显然这是一种有别于主流进化论的退化论。这当然并不新鲜,它必然导向的是怀旧与礼失求诸野的诉求。他曾经整理过形意拳大师李仲轩、韩瑜的口述作品《逝去的武林》与《武人琴音》,便有留存史料之意。在这种视角中,武侠便构成一种以礼乐为中心的"传统",而礼乐被具体化为待人接物的规矩和生活的讲究,用徐皓峰的语言来说就是"样",也就是由礼仪而生成的威仪。尽管这种"样"在现代变成了皮相,与"威仪"形相似而质不同,就像《国士》中写到老奸巨猾的武术名家需得"养样":"养得有模有样,让人望而生敬,场面周旋占尽优势"[2]——礼仪揖让成为一种形式上的伎俩,而与精神情感上的素养分离了,因而具有讽刺意味的是,名家石凤涤的"样"并没有在习得新鲜军技的年轻人郝远卿那里被买账。尽管意识到了此间的吊诡,从内心而言,徐皓峰对古典的道德礼仪还是心向往之,比如如果用现代的观念来看,《刀背藏身》中的孔鼎义不过是一个误人误己的迂腐卫道士,但在徐的笔下无论是叙述者还是故事人物都仍然对他充满敬畏之情。

徐皓峰从来没有写过英雄,也没写民国武侠小说偏于写实类的作品中常见的日常豪客,而是邪僻之士。他是将"武侠"重新恢复成为"武士"。武士在春秋战国天崩地坼、王纲解钮之前是个现实存在,"士"本身便是包含了文士和武士的共同体阶层。但是秦汉之后,阳儒

---

[1] 徐皓峰:《无道之器:武侠电影与传统文化》,《刀与星辰:徐皓峰影评集》,世界图书出版公司,2012年,第1—13页。
[2] 徐皓峰:《国士》,见《刀背藏身:徐皓峰武侠短篇集》,人民文学出版社,2013年,第63页。

阴法的统治体系中,武士作为"以武犯禁"[1]的社会不安定因素被打压,遁入到想象性的诗学即武侠文化之中。所谓千古文人侠客梦,其实就是一种社会学武士向诗化武侠的转化。武侠不过是个虚幻的愿望,是民众创造出来抒发不平,造成的一种正义幻象。但武侠只有被压抑和剥削的底层人才会相信,而对于权贵则毫无约束力,诗学武侠营造出来的浪漫到礼教转型时代的现实社会中就会露出尴尬的面孔。武士的再一次短暂被政治与社会注意,是在武术被当作带有传统国粹意味的"国术"由革命党与教育家提倡起来的时候。1904年梁启超著《中国之武士道》意在通过梳理历史上有武德精神的人物来弘扬民气,塑造被专制制度压抑了数千年而孱弱的民族精神。杨度在序中补充认为,除了专制制度,学术思想上的"儒教为表,杨教(杨朱)为里",是造成人民自私、只注重生计安乐的另一层原因,因而在近代以来无法与日本武士道相颉颃,而提倡任重致远、轻死尚侠的目的要在于谋求国家社会的福利,以争雄于万国竞争的世界。[2] 蒋智由也是将武士道与民族性联系起来,认为"侠之至大,纯而无私,公而不偏","凡英雄者,为国家为社会而动者也"[3]。这可以说是"辛亥革命"前后精英士人对于武侠精神的重新发掘提升和普遍心理期待。1912年,形意派宗师李存义在天津创立"中华武士会",《武士会》写的就是武人在这段民族主义背景下的回光返照。

---

[1]《韩非子译注》,刘乾先等译注,黑龙江人民出版社,2002年,第792页。
[2] 杨度:《中国之武士道·杨序》,见《梁启超全集》第5卷,北京出版社,1999年,第1378—1383页。
[3] 蒋智由:《中国之武士道·蒋序》,见《梁启超全集》第5卷,北京出版社,1999年,第1377页。

"辛亥革命"前后所建构的武侠话语已经成为后来港台新武侠小说所继承的精神滋养,先秦的利他、友爱、信诺、叛逆的侠义观念,结合了外在于社会主义大陆的(台湾、香港地区)孤臣逆子、花果飘零的自我隐喻式想象,突出了个人主义、草根反抗与革命情感。但是到了徐皓峰时代,《武士会》中的民族主义和个人主义反叛观念已经消磨殆尽,而更多表现为一种文化展演式书写。徐皓峰立意展示一种明知不可为而为之的努力:在皇权崩溃,绅权上升,进而军绅勾结,原先具有文化精英意味的文官绅士阶层败坏蜕变为土豪劣绅之际,武士能够边缘崛起、力挽狂澜。形意门宗师李尊吾与杨放心(原型即为杨度)的交谈显示出徐皓峰对中华文化血统、法统和道统的见解。李尊吾在成立武士会时,阐述其宗旨是"立新阶层立新道德",有人应合:"武士会就像插在混混和官绅之间的楔子,在中间独立、在两头受力,才能保住社会结构不垮,如果武士会成了官绅的延伸,就像楔子成了一截柱子,不是这块东西了,会梁塌柱倒。"[1]乱世中试图保持武士的独立性(它本来就是依附性的存在)当然是痴心妄想,李尊吾最终不得不像那些浪漫武侠一样归隐林泉。"上古竞于道德,中世逐于智谋,当今争于气力",而现代政治权谋诡诈、阴机百出,完全不是人微言轻的粗豪武人所能理解和斡旋。彼时的现实社会情形是"绅军两个字,如果倒过来成了军绅,军人以暴力为自信,乡绅蜕变成暴力帮凶",武士会这种街面上的事物在军事政治上不可能有所作为,只可能成为军阀的雇佣和仆从,李尊吾的"为国为民"的想法不过是一厢情愿,袁世凯一针见血

---

[1] 徐皓峰:《武士会》,人民文学出版社,2012年,第214页。

地指出:"不自欺者为豪杰。骗自己的人也很容易受他人骗。"[1]但李尊吾终究有武人的一线理想主义,因而拒绝成为袁府的隐兵,他的无望的行动倒是接续了先秦武侠的精神风范。

对于武士和武行的无用,徐皓峰有着清醒的认知,《师父》中借邹馆长的口说道:"我们这一代习武人,都是客厅里摆的瓷器,一碰即碎,不能实用,只是主人家地位的象征。"[2]原本经过周密计划准备北上扬名的陈识最终认识到:"大清给洋人欺负得太惨,国人趋向自轻自贱。到建立民国,政府里有高人,知道重建民众自信的重要,但高人没有高招,提倡武术,是坏棋。""在一个科技昌明的时代,民族自信应在科技。我们造不出一流枪炮,也造不出火车轮船,所以拿武术来替代。练一辈子功夫,一颗子弹就报销了,武术带给一个民族的,不是自信,而是自欺。""开武馆,等于行骗——这是我今天开馆要说的话,武行人该醒醒啦!"[3]《柳白猿别传》里,匡一民也认为陈其美、蒋介石这样的人都是英雄豪杰,却不能把民众引入大道,所以选择辅佐保护杨杏佛,因为"中国老百姓不需要英雄豪杰,需要一个合理的制度"[4]。在这种形势大于人的语境中,不惟老一代的宗师李尊吾无能为力,《道士下山》里年轻一点的何安下也是懵懵懂懂,最终也不过少年子弟江湖老。之所以如此,就像徐皓峰在《兵书医书》一文所说:"传统社会对我们这代人是个谜。我们不按祖辈人的方式生活,所以不了解这方式的功

---

[1] 徐皓峰:《武士会》,人民文学出版社,2012年,第231页。
[2] 徐皓峰:《师父》,见《刀背藏身:徐皓峰武侠短篇集》,人民文学出版社,2013年,第35页。
[3] 同上,第41页。
[4] 徐皓峰:《柳白猿别传》,见《刀背藏身:徐皓峰武侠短篇集》,人民文学出版社,2013年,第218页。

能,每每被吓一跳。以后,不会被吓着了,因为祖辈人逝去得差不多了,我们将完全地按照我们的生活方式解释古人,五千年文明是三十年经济搞活的缩影。"[1]在他看来,中国传统文化尘满面,鬓如霜,纵使相逢应不识——就像《大日坛城》里写到的密宗仪轨,本是唐朝时传入日本,现代中国人已经了然无知,还以为是异端邪教——因而只能通过文字和想象予以象征性的布道,这使他必然走向文化主义的救赎之路。

《大日坛城》以棋圣吴清源为原型塑造俞上泉,实是将棋道、茶道、花道这些与武道一样作为文化传统的象喻。小说中写到唐朝密宗由空海传入日本,是因为他的传法师预测法难将至,秘法在汉地要灭绝,因而定下了"将法脉移于海外保全的计策"[2]。在这种道统外移的想象中,中国不再是中国,日本才是中国。然而在近现代之交,这种法脉道统因为现代性的到来在日本也面临断绝,传承唐密的西园家族对于明治维新后沾染的资本主义也颇多质疑——它摧毁三千年来的道德,使得唯利是图风气泛滥,未能在社会转型的关键时刻建立自尊的文明,其弊端在本土尚不明显,因为传统的惯性尚存,但一旦到国外,比如侵略中国的时候,其野蛮与兽性就暴露无遗。这不惟是西园的独特己见,而是明治维新后两代知识分子的共识:"大正年间出现'中国情趣'风潮,认为日本已变质,近代化进程中落后的中国反而保留着古典的所有美好。日本不再是日本,中国才是日本——这是当时许多文艺

---

[1] 徐皓峰:《兵书医书》,《道士下山(癸巳年修订本)·后记》,人民文学出版社,2014年,第259页。
[2] 徐皓峰:《大日坛城》,作家出版社,2010年,第40页。

作品的主题"[1]。从唐宋变革到日清之变,这近一千年间的道统旅行与流转,可见时势迁移中的文化主义。文化主义偏于精神,但落脚在技艺。小说中借一段研习孔门六艺十年未出门的老人牛多沉的看法直接进行了议论:"他认为孔子学问不在谈论义理的书中,而在这六种实事中。六艺的体验对人的精神改变,强于读书理解。正如围棋和唐密仪式千多年来改造了日本人气质,中国明清文化之偏,在于空谈义理,精神不能转成实物,所以不能发挥效能。他观中日之战,源于国人内在精神亏蚀,方招致外辱,退敌之法,首在振作精神。两千余年的孔门六艺,正可救当世危局"[2]。徐皓峰在叙写这些文字的时候,就像一个絮叨的牧师,但语气非常笃定。他东扯葫芦西扯瓢,牵着瓜蔓拽起藤,亮出各种新奇诡异的观点,夹杂无数耸人耳目的私货,兜兜转转地绕半天圈子之后,最后总归要回到"立规矩"上来。

立规矩体现在对于礼仪的强调:《武士会》中李尊吾与师弟沈方壶以命相搏,受伤后仍然让徒弟夏东来执弟子礼给师叔上药,这就是尊卑有别、长幼有序。然而,师徒关系显然并不是温情脉脉的浪漫侠义,而是彼此提防、相互利用,比如《道士下山》里的彭乾吾与赵心川,《师父》中的陈识与耿良成,相爱相杀,又荣辱与共。没有规矩,不成方圆;有模有样,而后有道,仪式感连带的是秩序与尊严。意在通过礼法的恢复、传统的仪式性复活,来缓解焦虑,消除文化变迁中的不安感与不适感。礼法见于日常的格物致知,其实是一种所谓的"匠人精神",即对细枝末节兢兢业业地从头做起,在心性空谈之外脚踏实地精雕细

---

[1] 徐皓峰:《大日坛城》,作家出版社,2010年,第360页。
[2] 同上,第313页。

凿,以此救赎蹈空进而浮泛的涽乱世道。"武侠小说与寓言、儿童文学近似,是一种受外界现实生活影响很小的小说,丰富故事,不靠补充现实生活的细节,而是靠补充文化典故"[1],徐皓峰以此解释金庸的抄书用典,实际上也可以用在他自己的作品之上。所以,他不厌其烦地铺排各种江湖秘闻、技法切口、手印义理,很多时候叙述者还忍不住站出来发表议论。他在道德递嬗、价值更迭中写围棋、密宗、禅宗、茶道,骨子里这些东西都是抽象的,它们是作为"传统文化"的符号外观出现——他要做那个古典情怀败坏中屏障百川的中流砥柱。

过多的议论和炫学其实是小说叙事的忌讳,所以徐皓峰在抓紧一切机会说教普及各种奇技淫巧、古奥玄谈时,都会采取一种炫人耳目的修辞手法。他有着高超的叙事技巧和控制力,文字极其精炼,收放有度,恰当好处的留白有着计白当黑的空灵。与强烈风格化的语言相匹配的是,他那去戏剧化、非故事性小说的松散结构与支离情节。因为对于意义的追寻和理念的观照,使得他总是在叙述中插入议论、说明和解释,对于术语、黑话、武技、意见的铺陈侵占了叙事的圆融与混沌,因而有时候难免失控,在刻意想寻求羚羊挂角、无迹可求的效果时失之于粗简。这种状况在长篇中尤甚,倒是无意中透露出作者本人焦虑中的躁狂。《大日坛城》前面惊艳,后半段浮躁散乱,俞上泉(以围棋圣手吴清源为原型的人物)疯了之后,有一大段情节不加节制的狂欢,如同老舍的荒诞小说《猫城记》,在前面四平八稳、宝相庄严中,忽然突如其来的是如同癫痫一样的疯狂胡话和黑色幽默。

---

[1] 徐皓峰:《论金庸作品的恶俗因素》,《刀与星辰:徐皓峰影评集》,世界图书出版公司,2012年,第35页。

文本中显示的这种躁狂感与文本外部社会的麻木感形成了照应,源于徐皓峰将现实想象为一个秩序沦陷、没有规矩、道义不存的世界。这个世界实际上是一个礼乐与制度分化了的现代世界,从所谓唐宋变革、理学兴起以来,"现实的制度本身已经不能像礼乐那样提供道德根源,对制度的陈述并不能等同于对道德的陈述,从而关于道德的论述必须诉诸一个超越于这个现实世界的本体……在礼乐的世界里,物既是万物之物,又代表着礼乐的轨范,从而物与理是完全统一的;(而当)……礼乐已经退化为制度,即不具有道德内涵的物质性的或功能性的关系,从而'物'在礼乐世界中所具备的道德含义也完全蜕化了,只有通过格物的实践才能呈现'理'。"[1]而随着"时"与"势"的变迁,"天理"世界观又受到了西来的"科学"世界观的冲击,尽管科学主义也有着自身的限度,然而它正是构成徐皓峰身处其中的认知背景。他在虚构出来的民国武士与武馆故事里,不得不割裂式地将实践放置在对于武术技艺的格物之上。

由于念兹在兹的是传统的沦陷与未来的迷惘,而只能以格物致知的古旧方式予以救赎,在怀旧激情的牵引之下,徐皓峰就不免言过其辞。因为"传统"作为历史流传物,总是在不断的言说和重新发明中获得新的生命,就像日本武士道不过是明治维新时代民族主义者的阐释性创造,以鼓励民气,中国的"传统"在近现代所遭遇的历次态度转变也离不开现实的诉求。"武技在国术、体育之后,如今成了非物质文化遗产的一个组成部分,后者变形为散打、自由搏击、摔跤,与柔术、泰

―――――――
[1] 汪晖:《如何诠释"中国"及其"现代"》,见许纪霖、宋宏编《现代中国思想的核心观念》,上海人民出版社,2010年,第375页。

拳、空手道、跆拳道等成为可以推广的赛事项目,从反面激发了对于传统武术的忆念性的回忆。……这是武林本身的悲哀,因为它已经被博物馆化了,在赋予某些价值(比如悠久的历史、本土的修身养性)之后,成为可以观瞻的身体技术,失去了实际的能力。因为小资产阶级对于肉体的挚爱,武术可以成为医学养生的途径之一。而那些从体育大学和武术学校毕业的学员们,练着套路或者散打,只能在武术比赛中露脸或者到某个影视城寻找成为武行的机会,将自身变成景观世界的一个部分。于是医学和科学的武侠诞生了,它们安稳可靠,像一切经过逻辑论证和试验运算的技术一样,安全、美观、点到即止,不会有汗与血、激情与放纵。……武侠于是成功地将自己重塑为可以被理性之眼观看的文化。"[1]

从这个意义上来说,徐皓峰是在消费主义时代书写一种非物质文化遗产,这份遗产在当下如何继承、转换,乃至发扬光大,便成为一个时代命题。徐皓峰的做法固然其情可嘉、弥足珍贵,但很容易陷入到另一种吊诡之中:他已经放弃了武侠原初的草根底层与反抗意识,而将之转化为一种具有象征意味的"士"的传统。而新世纪以来的"传统文化"正在被大众传媒固化为静止性的存在,并且分解和化简为中产阶级时尚生活方式的某些表现。当代武士不得不进入到市场消费的社会机构之中,变成了服务于表演业和娱乐业的健身教练、搏击运动员或者武术指导、武打演员,而武技则很容易同禅修、瓷器、香道、文玩、书法、茶道、藏传佛教这类流行文化一样,被符号化和媚俗化。从

---

[1] 刘大先:《侠与武的死亡与复活》,见刘大先《无情世界的感情》,安徽教育出版社,2014年,第35页。

最基本的器物和行为、举止、仪式、践行中进入传统当然是必要的途径,但这种表象背后的"道",也即某种经过时间淘漉后历久弥新的古典精神才是真正的旨归。文化的焦虑需要由匠人精神入手,需要警惕的倒是,如果沉迷于器技末节,则不免南辕北辙:老"内圣"开不出新"外王",这种格物致知如果只是成为一种脱离了草根民众的中产阶级文化,不进入到当代思想的生产之中,则既失去了其"下层启蒙"[1]的功能,也不会促成精英文化的创新,而只是一种姿态。

无论如何,与纯文学以欧美现代文学为圭臬不同,武侠文学日益成为一种回首过去、重释民族根性的方式,成为本土传统文化复兴的现象之一。这其中的遗产固然泥沙俱下,但未尝不包含着返本开新的可能,20世纪50年代至70年代的港台新武侠和新世纪青春文学及流行文学中的新武侠写作势能消耗殆尽,从王小波到徐皓峰这一脉以精英文学切入的武侠想象,在经历了反讽的解构之后,并没有全然陷入虚无主义,倒显示一种超出于既定文学秩序与生态的新的书写形式(不仅是文字的,也是影像的,不仅是平面的,也是附加衍生品的)。它与作为非物质文化遗产的武术一道,在价值观的重建中体现了对于古典的温情和对于当下的想象。

---

[1] 对于底层的教化一直是前现代时期俗文化的基本功能,晚清以来的近现代转型中新兴的大众文化同样有着教育与启蒙的意义。李孝悌:《清末的下层社会启蒙运动:1901—1911》,河北教育出版社,2001年。

第五章

当代经验、民族志转向与
非虚构写作

我们现在是在移动的地面上建构事物。不再有可以纵览全局、绘制人类生活方式图的地方(山顶),没有了阿基米德支点,可以从它出发再现全世界。山处于不断的运动之中,岛也一样:没有人能够毫不含糊地占有一个被圈住的文化世界,从那里开始向外的旅程并分析其他的文化。人类生活方式的相互影响、主宰、模仿、翻译和颠覆日益增长。文化分析总是陷于差异和权力的全球运动之中。无论人们怎么定义,此处不严格地使用的"世界体系"一词,现在已把这个星球上的社会联系在一个共同的历史过程之中。

——詹姆斯·克利福德

> 只有通过编造、伪造和编排才能达到通过别的方式所无法达到的更深层次的真相。
>
> ——赫尔佐格

> 任何文学写作者一定会带着他个人的前史、他的身心、他的理解、角度、修辞,在非虚构的写作中,他力图捕捉和确定事实,但与此同时,他是坦诚地自我暴露的,他站在那里,把他作为个人的有限性暴露给大家,从而建立一种"真实感"。
>
> ——李敬泽

一

约翰·霍洛韦尔(John Hollowell)在勾勒1960年代美国非虚构写作兴起的时候,将其产生归结为现实的冲击性与狂暴性的结果:"日常事件的动人性已走到小说家想象力前面去了"[1]。在二战后的大变革时代,每天发生的事情不断地混淆着人们的认知与体验,在一个如此流动和难以捉摸的社会里,社会现实主义的文学创作看起来在不断地让位于每天发生的事情,作为美国生活动乱的直接产物,标志着非虚构小说和它的作者的主要特征在于:创造了纪实作品形式和各式各样的公开陈述形式。在杜鲁门·卡波特、诺尔曼·梅勒,以及汤姆·沃尔夫等人的作品里,作家是以一个我们时代道德困境的目击者的角

---

[1] 约翰·霍洛韦尔:《非虚构小说的写作》,仲大军、周友皋译,春风文艺出版社,1988年,第3页。

色出现的——他们拒绝去创造虚构的人物和情节,而是将自己变为作品中的主角,常常像一个当代地狱之行的导游。作为一种故事形式,非虚构小说综合了小说、自白自传和新闻报道的各种特点。这个完美的故事形式的融合,引起了评论上困惑:什么是小说? 小说和非虚构文学之间的区别是什么? 一些作品在什么情况下是文学,又在什么时候仅仅是新闻报道? "世界末日"的感觉和灾祸即将来临的心境渗透在这些著作中,作家经常感觉自己像是最后一个人,因为人在这个大众社会里越来越非人性化,文化面临着无政府状态的威胁,文学看起来也行将过时,这一切不能不引起人们深深的忧虑。非虚构对现实主义小说家所面临的这一系列问题来说是一个尝试性的解决方法:对于在一个社会激变时代里激烈变化着的现实而言,它已被证明是一种适宜的叙述形式。[1]

在追溯中国"非虚构"写作渊源的时候,霍洛韦尔的这些观点经常被批评家和学者们征引为自身合法性的奥援。事实上在作家那里,也经常可以听到类似的表述:生活的冲突与诡异之处永远大于小说的戏剧性,现实的复杂与繁乱全然超过了作家想象力的承载限度。早在80年代中期的时候,那种出于见证刚过去历史的企图的非虚构写作已经现出这个苗头:冯骥才感到在面对巨大社会灾难时候虚构的无力,受美国记者和电视人斯特兹·特克尔(Studs Terkel)《美国梦寻》(*American Dreams*: *Lost and Found*, 1980)[2]的启发,开始用"口述实录"的形式记录"文革"受难者的"心灵历程",后来结集为《一百个人

---

[1] 约翰·霍洛韦尔:《非虚构小说的写作》,仲大军、周友皋译,春风文艺出版社,1988年,第21页。
[2] 特克尔:《美国梦寻》,毕朔望、董乐山等译,中国对外翻译出版公司,1984年。

的十年》。在实际的操作中,冯骥才逐渐意识到自己作为作家与记者之间立场与方法的不同,"于是我在对选择访谈者上,注重人物的独特性和代表性,还有口述内容的思想价值;在口述过程中着力追究访谈者的深层心理,还要彰显个性的细节"[1]。尽管没有非虚构之名,冯的操作和观念(个人视角、道德态度、主体介入以及实录精神)俨然已经具有后来的"非虚构"写作的种种特质。这种特质产生的原因当然可以像霍洛韦尔一样归结于当代社会的加速度(在1990年代之后的中国尤为显著)。因而我们无法用一种起源叙事将非虚构写作追溯出某个起点,诸如夏衍《包身工》(1935)那样的报告文学式书写;或者给出一个从王石、房树民《为了六十一个阶级兄弟》(1960)到徐迟《哥德巴赫猜想》(1978)、刘宾雁《人妖之间》(1979)的发展脉络,因为对于写实主义传统、深度报道以及新闻特写的刻意区别,正是"非虚构"写作一开始就明确标榜的诉求——这种新型写作方式的倡导来自于对社会现实和文学现状的有意识应对。外部现实不再是习见的"现实"了,现实与非现实、奇幻与事实之间的界限发生了混淆,给内部现实也即人们的主观认知带来了极大困惑,造成了写作者定义"现实"的困难和既有现实主义或者现代主义手法的窘迫,逼迫他们必须谋求新的写作形式。如果只是停留在现象描述与原因归纳之中,显然并不能真正理解和解决非虚构的中国问题。如我们所知,非虚构写作在中国文学界的兴起乃至兴旺,固然有着文学自身发展到特定历史阶段的困境的自发反应,更直接的事件性因素则来源于体制内文学刊物(比如《人民文学》)的明确倡导,进而带来大众媒体的跟风和受众群体的扩大。因

---

[1] 冯骥才:《激流中:我与新时期文学(1979—1988)》,人民文学出版社,2017年,第216页。

而,非虚构写作既是文学问题,也是媒体问题,当然更是社会文化整体性结构转型的问题,而它所应对的是中国当下经验的变革。

经验具有中国特殊的层面。中国自身有着内部地域、人口、语言、宗教、文化的多样性,仅从生产生活方式而言,就包含有工业、商业、游牧、农耕、渔猎等多种形态,而农耕方式里也会有稻作与麦作的不同,东南沿海与西南山区、西北高原、东北平原无论从物候到人文都差异极大:可能某个来自东南部的观光客在东北大兴安岭或者青藏牧区看到的是某种被现代性进程所废弃的生活,而新疆边境的某个少数民族成员一生中也没有见过一次大海。广袤中国的这种多元性与一般现代民族国家不同,所以有学者就将之称为"超社会体系"或者"跨体系社会"。王铭铭提出用"超社会体系"来理解中国,协调弗里德曼(Maurice Freedman)所说的作为一个思想方法的"中国"和施坚雅(G. William Skinner)所说的作为不同地区社会的集合体的"中国","针对的是社会科学'中国化'中面对的整体与区域、东部与西部、'社会'与'民族'之间关系出现的一些学术与现实难题"。[1]中国的区域多元、民族多元已经是客观物理事实,而如果按照亨廷顿(Samuel Huntington)将"文明"理解为超越政治实体的"宗教-哲学"地区性体系的话,它同时还具有"宗教-哲学"的多元:"中国自身是文明各方的汇合地,在这个板块上,不仅有'儒教',及其他'世界宗教',还有诸如中南美洲的'土洋结合'、非洲的'分裂与统一'之类的现象"[2],同时在单个民族、单个区域内部也是多元的。这使得如果要真正理解、呈

---

[1] 王铭铭:《超社会体系:文明与中国》,北京三联书店,2015年,第114页。
[2] 同上,第419页。

现和阐释中国问题,需要一定程度上超越"帝国"或者多民族国家的认知框架,将其视为超越但又包含社会性的体系,涵盖了诸多小于自身的亚社会存在和大于自身但作为局部又被涵括在内的因素。

这种由于空间多元带来的社会复合性,无需抽象的思考演绎也可以直观地感受到,更为复杂的地方还在于,空间差异性与人们的生产与生活关联起来之后,会转化为一种时间的差异性,而后者真正意义上带来了一种将当代中国从纵向的现代性同质化时间中解放出来的可能——它使得某种横向时间进入到认知当中,从而"将主体的活动——无论是宗教的还是世俗的,文化的还是政治的,经济的还是礼仪交换的,等等——放置在接触、交往、碰撞、融合、对立等关系之中解析其意义",如同汪晖在讨论"跨体系社会"作为方法时所说:"由于将横向关系置于中心,这个社会形成的模糊性、流动性、重叠性等要素不但不会被消解,反而能够被突显为社会构成的基本要素。社会差异在这里被转化为一种弥散性的关系,而不是一组并置但相互隔绝的主体。……在这种混杂性、重叠性基础上形成的'社会'的肌理不能化约为个别的元素,每一个'社会'成员可以从这个横向关系中建立自己的认同,但这个认同绝不是对这些实际的关心的排斥和遮蔽"[1]。这种话语试图超克现代以来的"民族-国家"以及一系列模仿民族主义的主体性论说,将主体放入到区域性的视野当中进行关系性、流动性的论述。

以上两种宏观理论规划,立基于理念类型的抽绎,而就流动性而言,中国作为一个后发现代性的特色社会主义国家,其变革的速度远

---

[1] 汪晖:《亚洲视野:中国历史的叙述》,香港牛津大学出版社,2010年,第314—315页。

快过发达资本主义国家。仅以1980年代实行改革开放政策以来的四十余年而论,政治经济层面的工业化、商业化、城市化,思想文化层面的人道主义、个人主义、自由主义、消费主义以及伴生的儒学与传统的复归,文学上的现实主义、现代主义、后现代主义的并生,几乎是以内爆的形式激进而又稳固地更改了既有的整体性文化风貌。从观念层面而言,作为有着"大一统"传统的多元国家,当下中国也正面临着启蒙的"态度同一性"的断裂:"1980年代以来,在中国的知识圈内部,基本形成了三个不同的文化权力场域:以重新塑造国家意识形态为中心的权力内部的理论界、以现代学院体制知识分工为基础的专业学术界和以民间的、跨学科的公共领域为活动空间的公共思想界。"它们很快发生分化:"90年代同80年代的一个最重要的区别,就是从'同一'走向了'分化'","公共空间被重新封建化、割据化,一个统一的公共思想界不复存在"。[1] 这种情形在新世纪以来近二十年的发展中呈现出尤为晦涩含混的面目,从表面上来看,伴随着消费与娱乐意识形态在整个社会层面的扩展,知识分子群体的分裂更为激烈,而话语的冲突更为尖锐;但是内底里一种分裂式的精神与思想状况则逐渐显形——以中产阶级及其模仿者小资产阶级为主导的思想观念正在成为一种潮流,并且将自己体现为一切彼此矛盾的话语的底质和基础,拥有了文化领导权般的面目。当知识分子群体分化而成的秉持各种不同价值取向的群落时,某种核心稳固的价值观正在艰难地探索过程之中,现在的情形是,它有没有足够的能力担当起如此的重任。

---

[1] 许纪霖等:《启蒙的自我瓦解:1990年代以来中国思想文化界重大论争研究》,吉林出版集团有限责任公司,2007年,第1—2页。

当代中国经验的这种内外挑战是非虚构写作产生的根本性原因。但这种经验还包括着另一维度：它既有着中国特殊性的因素，也有着超出于"中国特殊"的普遍性层面的多重现实，即市场化、资本化、消费化和技术化的全球蔓延，构成了几乎每个当代中国人都身在其中的环境，它由直接经验、间接经验和虚拟经验的多重部分组成。直接经验包括流动性的日常，肉体的感官所接触的外部环境的变化：在商业化和城市化的进程中，既有的形形色色共同体（包括血缘、地缘、宗教、族群等）纷纷瓦解，进入到一个以资本、技术与消费为法则的命运共同体之中，这是一种泰勒(Charles Taylor))或者吉登斯(Anthony Giddens)所说的"脱域"经验："社会关系从彼此互动的地域性关联中，从通过对不确定的时间的无限穿越而被重构的关联中'脱离出来'"[1]。人口与信息都在急遽位移，相应的间接经验则是全球性的娱乐休闲、个人关注、消费沉浸和新自由主义为主导的文化，它们从总体上构成了一种"时代精神"和认知范型，在教育和大众传媒的合力之下构成了当代人的生产、生活和理解世界的方式和框架。技术所带来的信息普及乃至爆炸，进一步让虚拟现实进入到日常现实、生理现实和物理现实之中，从而带来前所未有的感知革命。

二

历史发展超越于个体认知能力的无法捉摸，造成了定见的消逝，经验的多重则挑战着叙述现实的方法，非虚构只有放置在这种背景之

---

[1] 吉登斯：《现代性的后果》，田禾译，译林出版社，2000年，第18页。

中才能得到有效解释。人们发现当下中国的经验与表述之间发生了深刻的断裂，在文学中体现得尤为明显。现代以来所形成的文学制度与系统之中，小说是强势文体，而以古希腊戏剧为源头的模仿诗学延伸到现代所伸展出来的再现与表现手法，形成了现实主义与现代主义的并行潮流。就中国文学而言，从批判现实主义到社会主义现实主义、从先锋小说到新写实主义而下的发展，将浪漫主义的抒情、自然主义的写实、现代主义的变形与荒诞糅合在一起，形成了一种关于小说写作的主流。但是，一方面在信息日益庞杂与碎片化的时候，现实主义的整全性受到了质疑，而与之相关的关于"现实"的信念也被打破。另一方面，当扭曲、抽象、象征、寓言式的隐喻写作试图在总体上表现社会、时代与现实时，很容易走向脱离公众的歧途，并进而在日趋私人化中失去它的传播力。还有一方面则是伴随着市场制度及其意识向文学领域的延伸，一种以娱乐与消费为目的的写作在侵袭着文学的社会担当和伦理责任，矮化了它的社会形象。这就是我们在 80 年代以来形成的文学话语中所见到的现状，它腾挪辗转的空间即便没有全然封闭，也已经变得极其狭小，而至其末流，则使得文学写作从形式到内容都日益趣味化和风格化，从而放弃了它的公共性，失去它在现代以来的文化参与性潜能，而重新退缩降解为前现代时期的形式卖弄、个人抒怀表达或后现代式的娱情遣兴和被资本所驱遣的消费。这里面固然有着言论空间拓展的原因，即政治思想、制度改革、自由与民主化诉求无需再借助文学的曲折途径而直接言说自身，文学自己的疆域化和封闭化也难辞其咎。顺理成章的，对于多元而又统一的中国而言，曾经以东部或汉文化为主要题材和观念的写作，在地方性和文化多样性兴起的当下也失去了其普泛化的解释力与效用。

我们可以说,对于现实主义和现代主义的双重不满是非虚构写作诞生的前提。这种情形在60年代的美国表现为:"小说分离成虚构的和经验的模式并不必然地预示着形式的死亡,但它确实反映出文学艺术与经验的关系中的一个重要的转变。在现在的文学转变时期,现实主义的小说衰落了,这是很清楚的事情,因为它不能将我们经验的巨大变动的意识表达出来。小说家们对现实主义的不满导致他们在语言和故事形式方面进行试验。尽管虚构主义可能是小说家们应付眼前困境的一条出路,但到了60年代末,像非虚构小说这样的纪实文学已成为重要的选择形式"[1]。有意味的是,与这种文学上的非虚构趋向几乎同时,在社会科学上(尤其是历史民族志、文化政治学、文化批判、日常实践和隐形知识的分析、情感的结构批评、异想世界的符号学)则呈现出逆向而驰的情形:由后结构主义所引发的"语言学转向"倾向,对于叙述、符号、修辞、书写形式在"科学"中所起到的作用有了近乎范式转换式的认识。体现在人类学民族志中的"写文化"式反思,将再现的透明性与经验的直接性置之于反省的境地:"民族志解码又重新编码,说明集体秩序和多样性、包容和排斥的根基。它描述创新和结构化的过程,而它自身是这些过程的一部分"[2]。也就是说,"文学"程序渗透到"科学"话语的生产过程之中,任何一种用语言所表述的话语都无法摆脱语言、符号自身的暧昧、多义、隐喻、风格与修辞,哪怕它在客观理性的外表之下极为稀薄而又竭力掩饰其存在的痕迹。

---

[1] 约翰·霍洛韦尔:《非虚构小说的写作》,仲大军、周友皋译,春风文艺出版社,1988年,第29页。

[2] 詹姆斯·克利福德:《部分的真理》,见克利福德、马库斯编《写文化:民族志的诗学与政治学》,高丙中、吴晓黎、李霞等译,商务印书馆,2006年,第31页。

毫无疑问，到20世纪中叶之后，斯诺所说的"两种文化"的分歧呈现出弥合的倾向，至少在社会科学与人文科学领域如此——文学向科学渗透，社会科学式的方法也进入到文学之中，它们彼此都不再拥有那种假想的纯粹。事实上，很多时候我们可以将列维-斯特劳斯(Claude Levi-Strauss)的《忧郁的热带》或者巴利的(Nigel Barley)《天真的人类学家》[1]当作妙趣横生、细致精妙的文学作品来看，也可以从奈保尔的一系列旅行记类作品[2]、张承志《常识的求知》中的篇章读到田野调查式的观察和堪称严谨的学术考证。这些非虚构作品以其经验的质感和个人化的思考，较之被现实映照得乏力的虚构作品，在读者那里引起更大的兴味。

就像人类学家格尔茨(Clifford Geertz，另译吉尔兹)所观察到的，在非虚构写作最初兴起的年代，全球知识界同样发生了扑朔迷离、斑驳不清的影像，令人难以捉摸：哲学探讨看上去像是文学批评，科学性的讨论却形似文学的小品文，巴洛克式的奇情幻想展现为不带情感的试验性观察，历史则由方程式、图标和法庭的证言所构成，文献读起来像是忏悔录，理论性的论文格调如同旅游观感，意识形态的争论则如同是一种史料学的质询，认识论研究好比政治性的小册子，方法学的争论则写得像是一种个人的回忆录……这种范式转型如同奔腾而至的海浪，冲击着社会与人文写作几乎所有领域，"那一类诸如严格地区分理论和资料，'残酷的真实'的理念；那创设一种规范的分析语汇来

---

[1] 奈杰尔·巴利：《天真的人类学家：小泥屋笔记》，何颖怡译，上海人民出版社，2003年。
[2] 如《印度三部曲》《幽暗国度：记忆与现实交错的印度之旅》(1964)、《印度：受伤的文明》(1977)、《印度：百万叛变的今天》(1990)，"美洲三部曲"《重访加勒比》(1962)、《失落的黄金国》(1969)、《南方的转折》(1989)，以及《非洲的假面具》(2010)之类。

净化所有的主观性的参照观念,亦即'理想的语言'的理念;以及那种要求道德中立和奥林匹亚式的公正观念,亦即'上帝的真理'的观念——在解释事物和其行为的结合至它的本质而不是解释行为对它的决定意义时,上述种种观点没有一种可以获得成功。""在社会生活中思想和行动之间的关系已不再能被以专业的知识性来替代智慧性的认知。"[1]人类学上的这种由理想类型和静态抽绎向叙述与解释的转型,形成了一种新的认识论。这种认识论,按照格尔茨的说法:"典型的人类学家的方法是从以极其扩展的方式摸透极端细小的事情这样一种角度出发,最后达到那种更为广泛的解释和更为抽象的分析。他面临的是和其他人——历史学家、经济学家、政治学家、社会学家等等——在更为重要的背景下所面临的同样宏大的实在:权力、变革、信仰、压迫、劳动、激情、权威、优美、暴力、爱情、名望;但是,他是在默默无闻的情景中面对它们的……'那些令人不寒而栗的大字眼儿',在这种朴素平凡的情景中采取了平易可亲的形式,然而,这恰恰是优越之处。世界上深奥的东西已经够多的了。"[2]"正是因为具有这种由在限定情景中长期的、主要是(尽管并非无一例外)定性的、高度参与性的、几乎过于详尽的田野研究所产生的材料,那些使当代社会科学痛苦不堪的巨型概念——合法性、现代化、整合、冲突、卡里斯马、结构……意义等——才能得以具有可感觉的实在性,从而有可能不仅现实地和具体地对它们思考,而且,更重要的是,能用它们来进行创造性

---

[1] 吉尔兹:《模糊的体裁:社会思想的重塑》,见其《地方性知识:阐释人类学论文集》,王海龙、张家瑄译,中央编译出版社,2000 年,第 41,42 页。
[2] 克利福德·格尔茨:《文化的解释》,韩莉译,译林出版社,1999 年,第 27—28 页。

和想象性思考。"[1]取消代表性或者说典型性,也即微观式的以小见大的规律化或者自然实验式的类比推导的思维模式,而在具体情境中言说具体观察与思想,这种阐释人类学理念所奉行的深描方法论和要达到的目标也是非虚构写作的理想方法与目标——后者正是力图从渐趋僵硬的文学分类学中挣脱出来,面对具体经验的实际,并且从前者学会(至少是模仿)了其实际操作方式,比如参与式观察、自传式描写和解释式的叙述,并且试图达到一种"智慧性的认识"。

就当代中国文学系统内部的演变而言,出于对既有方式的不满,非虚构获得了其兴盛的土壤。因为与之对应的虚构无可避免地日益显示出其缺陷:体制化令写作者日益文人化,生活的广度和宽度受到限制,思想深度必然有所退缩,很多时候成了为文而文、为名而文、为利而文的勉强行为;商业化诱惑写作则成为一种牟利和投机,让写作变得粗鄙和轻浮,削弱了文学的精神厚度;纯文学的观念又易于在商业的反方向上自我抚摸,走上闭门造车、孤芳自赏的封闭局面。尤其是在晚近三十年来,由纯文学话语所形成的个人化、形式化、虚无主义、价值相对主义成为文学生态中的主潮,而这个貌似繁荣的主潮正如前文所言,已经不能认识现实、描摹现实、反映现实,更遑论把握现实、塑形现实了。这使得文学在那些有着超出纯趣味观念的人那里产生了良心和道德的危机,而美学的探求并不足以支撑其获得主体完备的感受。伴随着形式、结构、技巧的枯竭,需要发明新的赋形形式,非虚构在此背景中自觉地被提出就不仅仅是一个中国文学命题,也是一个全球化时代带有共通性的命题。

---

[1] 克利福德·格尔茨:《文化的解释》,韩莉译,译林出版社,1999年,第30页。

三

当文学生态被认为窒息了文学的生机和它原本被期许的创造使命、社会意义和价值担当的时候,非虚构就成为了一种带有知识分子意味的写作,它是自我指涉与双重指涉的复调性书写,即便是非知识分子身份的一般民众写作,从方法论上来说也具有这种特质,并且在更广泛的意义上体现了文学的民主。"写作"而非"文学",意在突破关于此前文学史知识与教育所形成的惯习与陈见,其突出表现为作者对于自己写作当中的自我指涉是有自知和反思的。当然,我们可能在"新小说"或者一些后现代主义作品中同样见过具有自我指涉功能的"元叙事",但非虚构的自我指涉不是为了创造出某种修辞性的间离效果,而是要凸显叙述者的介入性力量。写作者不仅仅是由外部进行观察,还要有主体的参与和移情,道德的敏锐性和情感的细致性成为关于"非虚构"的基本特征——一种既不同于虚构文学,又不同于社会科学的准人类学方式。

吕途关于中国"新工人"的作品某种意义上来说就是这样的非虚构之作。她在那些类似社会工作文本中所讨论的虽然更多是底层的农民工,但关涉整个社会体制和经济运行方式,与每个人都息息相关。这种息息相关不仅体现在我们很多人的生活乃至社会关系与农民工有着这样或那样的交汇,同时还因为农民工纠结了工人和农民这两大中国最主要人口群体的问题,是我们时代最重要的社会现象和问题。在新自由主义式的全球化过程中,除了极少数权贵与资本家,绝大多数人无论从事的行业是什么、收入水平怎样、文化品位如何,都是我们时代的"新工人"——因而这个话题关乎每个人的命运与未来。2013年出版的《中国新工人：迷失与崛起》讲述打工者的故事和经历，勾画打工群体的整体状貌：待不下的城市，回不去的农村，迷失在城乡之间，同时指出打工群体只有树立"新工人"的主体意识，才有可能找到出路。吕途在叙述中放弃了常用的"农民工"的概念，而采用"新工人"这一命名，是要召唤起一个日益庞大、人数已达三四亿的群体的主体性自觉，谋求一种新的文化和阶级意识。因为问题的重要性，所以尽管她的叙述、分析与理论探讨都显得有些粗糙，却依然引发了广泛的讨论。2015年新出的《中国新工人：文化与命运》是该书的姊妹篇，延续了讲述个体生命故事、抽绎社会问题的方式，由此引发关于新工人的工作、生活、人生目标与意义、创造并实践一种新文化的讨论。吕途在"后记"中总结的两个根本性命题：一是"知道自己是谁"，这决定个人的命运；二是"做什么样的人"，这决定社会的命运。[1]问题的关键在于个体与社会的共同合作。单一个体之间的关系如果不集体化，就是原子式的存在，就像马克思所批评的，不过是麻袋里的一堆土豆，人与人之间的关系是镶嵌在人与社会的关系之中的。个体无法靠自身解决社会问题，它需要对工作本身和制度文化进行反思和批判。工作与人类生命意义的断裂甚至相悖，是造成现代人迷茫的重要原因：如果工作仅仅是为了满足生存需求或物质享受的谋生手段，与生活的目的和意义失去联系，在过程中就得不到乐趣和意义，只是消耗时间的方式，而不是享受生命。吕途由威廉斯的文化观念出发，回答"做什么样的人"的问题时，提出"整体的生活方式"，即成为一个生产、生活、服

---

[1] 吕途：《中国新工人：文化与命运》，法律出版社，2014年，第449—451页。

务不再相互剥离的人,唯有如此,社会也才是有机的。在这样的作品中,可以看到非虚构写作的社会关切,无论它通过描摹与思考所规划的道路准确与否,也无损于它的问题意识,并且指向于实践的"希望空间"。吕途本人就参与到工人文化的工作中去,2012年元旦我也曾在北京东城区社区服务中心观摩过由赵志勇、陆璐和康乃瑶排练的"打工妹之家"的戏剧《我的劳动、尊严与梦想》。在这些实践中可以看到知识分子与打工者相结合及行动的尝试:将文学融入到生活之中,从而培育新一代工人的团结、互助、合作和集体精神。这种非虚构的实践对于书斋中的学者和沉溺在个人狭隘空间中的文人来说,是生动的教育和感召。

与吕途相似的是顾玉玲的《回家》,它记录了全球性流动当中杂糅与混搭、交融与抵抗、同质化与乡愁式的多元想象与生活。《回家》与顾玉玲之前的《我们:移动与劳动的生命记事》相仿,只不过前者的主角是台湾的菲律宾移民劳工,《回家》则聚焦于从台湾返乡的越南移民劳工。作为一个社会工作者,顾玉玲来往台湾与越南之间,集中走访北越的北宁、广宁、太原、河南、河内、下龙湾等市镇县乡,也涉及南越的芽庄,以亲历的一个个具体劳工生命故事为单元,将社会观察者的宏观视野与深度洞察、细腻的女性体验和共情理解,以及细致入微的深描,有机地结合在一起。它有意义的地方在于,不只是一个具有认识与娱乐功能的文本,而且带有教育意味和实践意义,有着明确的倡导性旨归,从而摆脱了"文学"的狭隘格局,还成为一种可资借鉴与参考的社会学文本。顾玉玲没有仅仅呈现出那些"裸命"的生存状态和欲求,而是夹杂着参与观察中的思考。那些北越劳工在越南经济腾飞的21世纪初流向台湾家政、看护和一些制造性夕阳产业。在求生原欲式的移动中,他们被迫进入到跨国资本体系之中,其公民权利与传统的国民身份脱钩,重新按照市场导向的个人竞争力在资本市场进行再分配,很快陷入到精致的治理技术和威权统治之中。在聘用、工作压榨和逃亡的经历里,权利无法得到保障,一方面被吸纳进自由市场制度之中,另一方面又被排斥在基本生命的权利之外。这是没有回头路的旅程,无论是物理空间意义上的,还是精神家园意义上的"家"都难以返回。最为冷峻的是,消费主义观念由远方被带回家乡,成功与失败的标准被改变或者说单一化——唯有经济上获得富足,具体体现为盖了华屋美宅,过上像欧美中产阶级式的生活才是"成功"的——这给人心带来的腐蚀性影响无以计量。这种隐形的新殖民主义,不再像早期充满血与火的肮脏暴力,而是带着美好生活指标的诱惑,让人主动地投身其中,没有掌握权力和资本的大众不得不遵循资本制订的游戏规则。而那些关心劳工问题的国际组织人员,则体现为一种中产阶级知识分子式的疏离态度和工作模式,其实是隔靴搔痒,与真正的需求脱节。但人民也不是毫无主动性的客体,它蕴生的自发力量固然盲目,却在多样性的抉择中充满可能性。就像顾玉玲写到的汹汹之势:"看到水淹上来了,每个人莫不是忙于垫高自身位阶免遭灭顶,随人顾性命。但若终究得面对这水将满溢淹没众人家园,只有百分之一的人独占保命的高岭呢?贫富两极分化已然代代世袭,个别人的努力攀爬无法让下一代免遭集体崩坏,眼前拼死垫多垫少的微弱地基也不敌洪流冲击……也许我们终将看见彼此,侧身相互牵引拉拔,穿越地域与种族的边界,形成有力的横向集结,改变水流的引道,寻求集体的出水口罢。"[1]人民、社

---

[1] 顾玉玲:《回家》,台北 INK 印刻文学,2014 年,第 339 页。

会与国家的关系也许只有在底层大众的团结友爱中,才有可能重新布局。散布在全球范围内的离散者,在这样的写作中获得了一种联结,而不再是孤立个人无明而恣睢的命运。

在这些写作中,最为鲜明的无疑是写作者的姿态和立场。写作者对自己的叙述与描写对象首先有明确的社会属性方面的关怀,同时对写作行为本身有方法论上的自觉和反思。他(她)在写作当中有一个考察、认知、理解与共情的过程,进而意图在效果上达到同理和交感,其好处是一方面可以避免科学主义、客观主义的那种隔膜;另一方面又可以避免在其他社会科学中过度理性判断的焦虑——因为那样难免造成"见林不见木"的概括和化约。在理想状态中,非虚构写作试图在保持主客观之间的平衡当中寻求某种问题导向,要看、要呈现的不仅仅是某个典型人物、时间、地点与性格,也不仅是表达自己写作的某种话语模式,而是在主动观照社会性方面,预先设定某个目的论式的目标,通过感性事实呈现出某种事物、某个现象或者是某种趋势,是包含总体性的强烈现实性文本。[1]

四

政治动机和社会结果的预设,使得非虚构更多关注边缘人群及其生活。但此种主题和工作也同样可以由社会科学的其他相关门类完成,作为一种写作,非虚构如果要呈现出自身的独特性,形式的探索必不可少。碎片化信息需要被叙述,才能在"有意味的形式"中重新书写

---

[1] 刘大先:《作为知识分子式写作的非虚构》,《长江文艺》2016 年第 19 期。

经验,进而在文体的更新中重置认识论和世界观。非虚构在这个意义上构成了后纯文学时代重新发明文学的方式之一。

关于非虚构的形式,可以对刘禾的《六个字母的解法》略作讨论。该书糅合了侦探小说、随笔、散文、游记、诗歌等多种文体,是一个难以归类的文本,它有着侦探小说式的外表,却讲述了类似学术考证的过程;它主线简单,中间却时不时穿插旁逸斜出的周密细节;它的叙述过程充满实证与严谨的理性推导,但显然并不是工具理性的信徒,而夹杂了天马行空的想象和灵光闪现的议论。叙述从对纳博科夫的一个疑问开始:为什么他一辈子都租住在别人的房子里?带着解开这个疑惑的好奇,刘禾开始搜集有关纳博科夫的各种资料,最初的动因是希望在传记式的研究中寻找到某种心理逻辑,进而给研究对象的古怪行为一个合理的解释。然而,随着资料的汇集,研究愈变得扑朔迷离,且偏离主题,"我"后来几乎全然放弃了对于流亡者寄居缘由的追索,而开始对纳博科夫笔下的一个人物 Nesbit 的来源进行探究,进而以 1919 年、1948 年、1989 年作为一个个关键性的历史节点,勾连起 20 世纪中欧美知识界一系列人物的关系网络,20 世纪历史、政治与思想本身的关联也在这个过程中得到有意味的点化与解读。虽然在走访纳博科夫旅居宾馆时也涉及对于最初缘起即纳博科夫租房的猜想,但无疑它已经由最初的启动点变成了行进路程中的一处风景。

为了解开 Nesbit 是谁这个谜,叙述者对这六个字母进行了拆字游戏,并且利用开会、差旅、社交的机会走访故居、图书馆、档案馆,通过查询资料、访谈、闲聊、逻辑演绎来追踪一个个字母背后的可能人物。叙述者以一个现实中比较文学学者的身份呈现在文字之中,然而她时不时跳出材料之外进行的悬想,又让现实身份带上强烈的主观色彩。

现实与虚构之间的真假莫辨,印证了探索和认识活动及其过程本身的局部、有限和主观性。在一一排除了贝尔纳、李约瑟、沃丁顿、布莱克特等人之后,叙事似乎走向愈趋明朗——戏剧家、记者普利斯特利从外貌、教育背景、人生经历看来是最接近猜想中的 Nesbit 本尊。然而当"我"赶往英国布莱德津市去求证真相时,因为阴差阳错的火车晚点,终究在最接近谜底的时候失之交臂,尽管在国家媒体博物馆的门口看到了一尊手握烟斗的塑像,符合她猜想中的 Nesbit 形象,却终究无法坐实。这个开放性的结尾,留下了探索还需继续的悬念。读者在阅读中也逐渐明白,结局必然敞开,探索是个永远的进行时,因为偶然性与现实线索的歧路丛生,让任何一个个体的探究都不得不成为一个部分的真相。"历史上有太多难解的谜团,多重的偶然性和时间脉络意外地交叉在一起,迷雾重重,幽深难辨……我一直认为,因果关系是我们人为地建立起来的分析模式,而由偶然性和时间脉络构成的意外交叉,则大不同,它也许更像气候,更像地球的生态,那里面的因缘脉络无比庞大和复杂,如同科学家所说的蝴蝶效应"[1]。这里刘禾实际上提出了一个认识论问题。个体的局限性与世界无穷尽的复杂性之间构成难以化解的裂缝,在既有的带有理性和客观面目的历史叙述之外,她提到诗人的想象力也许更能唤起我们的灵感。因为"世上发生的很多事情,如果说它们之间有什么联系的话,通常也都是时间和地点上的交叉和巧合,或者还有佛家所讲的因缘。遗憾的是,历史学家经常趁人不备,把它们想象出来的因果关系和历史逻辑,强行塞进这

---

[1] 刘禾:《六个字母的解法》,中信出版社,2014 年,第 22 页。

些复杂的巧合里面,然后利用叙事的手法说服我们"[1]。历史学家式的理性的诞妄与僭越如果不自知,就会形成一种遮蔽,进而将历史的复杂性化约为某些特定认知范型中的简单结论。这种冲突与妥协、政治立场与审美态度之间的纠葛恢复了历史中人与事的立体性和全面性。因而,她在叙事中所表现出来的种种交叉分支的歧路、节外生枝的人物、陡然跃进又跳出的细节,不是一种现代主义意义上的叙事技巧、美学试验,而是世界本身的存在状态。

尽管强调了个体想象力的重要,似乎应合了亚里士多德式的诗比历史更真实的遥远回声,然而刘禾对于纯粹审美化的观察并不欣赏,甚至有些厌恶。这里涉及理性与情感、历史叙述与文学写作之间的融合,从而让文体的错杂不再成为一个问题。核心问题在于叙述者的眼光。中国传统文类丰富,在先秦、魏晋甚至晚清都有着纷繁复杂的文类。只是,随着现代西方知识体系的迻译与影响,文学分化和窄化,形成了今日文学文体的分类法。即便如此,在广阔范围里包括少数民族语言文学的中国文学里来看,维吾尔有达斯坦、哈萨克有阿依特斯、蒙古族有胡仁乌力格尔……保留了诸多叙述的形态与样貌。对于多重维度的恢复,在《六个字母的解法》中就是在拆字游戏式的文学诡计中展开对符号世界的还原。尽管"真相"永远在无限接近当中,然而这种努力却完成了一次文学创作与历史叙述的双重变革。

如果说这是非虚构的诗学,那么对于"写真实"的强调则是其政治学。从文学外部的复杂性系统变化而言,当信息太多的时候,就会既淹没了真相,也遮挡了谎言,于是进入了一个所谓的"后真相"与"后事

---

[1] 刘禾:《六个字母的解法》,中信出版社,2014年,第54页。

实"年代,谣言与辟谣纷起。在互联网媒体的全景世界中,现实在虚构"假性真实"(比如我们在互联网和自媒体中每每遭遇的不断发生情节反转的新闻事件),而作为虚构的文学只能反其道而动,以非虚构来对抗。显然,对于文字的不透明性以及表意过程的间接与含混,任何一个叙述者都心知肚明——他(她)不可避免地要带有先验的、主观的认知模式进入到书写之中。倡导与践行非虚构写作的人在明知"虚构"是几乎所有表意行为前提的情况下,还是强调"非虚构"的真实性,恰恰包含了政治上的关怀——要让那些曾经被精英式文学所遮蔽与淹没的另一种广泛社会意义上的"真实"而又多元的声音呈现出来,从而促成一种文学的民主化进程——"非虚构"在这里不是目的,而是手段。[1]

这里需要注意的是,事实与真实之间的区别,也就是纪录片导演赫尔佐格(Werner Herzog)所说的"事实与真相"的问题,他在很多纪录片中都通过想象来创造和处理"事实",从而将"事实"重构,"带到了一个真相的更深层次,哪怕我并没有完全地遵循事实"。在记录第二次海湾战争伊拉克撤出科威特前点燃油田事件的《黑暗的教训》一开始,他煞有介事地引用帕斯卡的话:"恒星宇宙的崩溃会像它的创造一样恢弘壮丽",但其实这句听上去很像帕斯卡的话不过是他杜撰出来的。之所以这么做,因为叙述者总是一个"讲故事的人"。[2] 任何一个非虚构写作者就如同纪录片导演一样,不可能纯粹做到"我的摄影机不撒谎"的客观主义记录——那种自视甚高的说法中忘记或者说隐

---

[1] 刘大先:《写真实:非虚构的政治学与伦理学》,《山花》2016 年第 3 期。
[2] 保罗·克罗宁编:《赫尔佐格谈赫尔佐格》,钟轶南、黄渊译,文汇出版社,2008 年,第 249 页。

匿了一个基本事实,那就是摄影机固然不撒谎,但是操控摄影机的人——那个记录者在选择和剪辑中却不能保证完全超然。也就是说,任何一种对现实的描写,哪怕摆出客观、理性、中立的名目,归根结底都是一种掺杂了主观性体验和感受的建构。怎么样在消息中提炼出一种认知,将新闻事件和人物转化为文学形象,将信息通过书写塑形成一个叙事?并非是在记录、见证、目击以后就已经完结,那只是开始。非虚构进行的尝试可以说是对于个体书写的局限性有着意识到的自觉,在变化了的新现实当中,要从无以量计的消息之中进行表述,它追求的不是某种放之四海而皆准的真实,而毋宁说提供了一种尽管片面却独特的观察视角。

这种独特的视角要获得自身的合法性,那一定是建立在区别于"大他者",也就是社会总体语境的话语:或者提供了曾经被掩盖不得彰显的幽暗角落和人群的故事,或者体现出既属于个人又具有同理共情的感受——这也是在《人民文学》最初提倡"非虚构"写作之时有意要区别于新闻写作的地方:"文学和新闻的分别绝不仅仅是文采辞章问题。显而易见的一个分别是,记者是职务写作,这从根本上不是他的个人创作,尽管这里肯定包含着他的理解,但边界是很清楚的,他不应该把他的个人观点和对事物的个人兴趣过度地混到新闻报道中去。……但就文学的非虚构而言,记者不能做和不应做的事,恰恰是作家能做和应做的。""说到底,新闻不是记者的作品——那些人、那些事和一份包含观点的报纸才是新闻真正的作者,但非虚构作品一定是作者自己的作品。……任何文学写作者一定会带着他个人的前史、他的身心、他的理解、角度、修辞,在非虚构的写作中,他力图捕捉和确定事实,但与此同时,他是坦诚地自我暴露的,他站在那里,把他作为个人的有限性暴露给大家,从而建立一种'真实感'"。[1]在非虚构提倡者看来,新闻文体遵循了一种通行的政治主导性话语,是话语(大他者)在写作,执笔者不过是话语之手,这使得它无法从新闻文体中超越出来获得宏大话语之外的独特性。更主要的是,新闻文体带有已经完成了的道德判断和价值厘定,封闭了阐释的回环,无法给公众带来持久的情感冲击和可供不断开发的美学兴味。非虚构写作则要把概念还原为具体的人与事件,努力呈现出事件、心灵与情感的多重复杂度。但在我看来,两者也并不会产生二元对立,因为报告文学自然要有自己的立场,它所代表的国家话语体现了一种叙事维度,正因为它的存在才映照出非虚构写作的意义。所以,非虚构必然是风格多样、题材多元而观念差异的,只有这样的兼容并包才符合其最初关于独特性的想象。

报告文学与非虚构写作的不同,可以通过对比两部同样书写道路建设的作品得到更清晰的认识:赵瑜《火车头震荡:宜万铁路始末》与张赞波《大路:高速中国里的工地纪事》,两者的区别在于雄心勃勃的权威叙事人的确定性与富有同情心的外部观察记录者的犹疑。2008年2月到3月,我曾经跟随"中国多民族作家宜万铁路采风团"走访了宜昌、恩施、利川、万州等地的工地,赵瑜就是那个团的副团长。返回后,我再也没有去过。赵瑜则回访了多次并查阅史料,两年后推出了《火车头震荡》。该作从晚清詹天佑起笔到2010年宜万铁路运营,以历时的顺序讲述了"中国最困难山区铁路"的前世今生,其主旨在讴歌

---

[1] 李敬泽:《致理想读者》,中国人民大学出版社,2014年,第90、87页。

改革开放的成就与中国人的坚忍意志。[1]张赞波原先是北京电影学院的老师,我是在2006年10月北京宋庄美术馆举行的开馆展"人之道影之道"独立电影论坛上认识他的。2009年那个电影论坛更名为"北京独立电影展",我看到张赞波的一部纪录片《天降》,此后再也没有见过他,直到《大路》这本书出版才知道他2010年到2013年间在断断续续围绕溆怀(溆浦至怀化)高速公路第14合同段项目部做田野调查和纪录片拍摄。《大陆》是影像书写之外的文字书写,围绕着高速公路建设中的拆迁及对地方农民生计的影响、民工的劳动生活与娱乐、地方政府与路桥公司的博弈等,进行了全方位的描写,中间夹杂着叙述者本人的议论和自我反思。这是一个微观深描式书写,却包孕着时代命题:"当'发展'成为这个时代的永恒主题,那是一条更漫长、更宽广、更有力的道路。没有人能置身其外:外来者与本地人,城里人与乡下人,劳心者与劳力者,富贵者和贫寒者,权势者和无权者,既得利益者和被侮辱被损害的人……他们虽然彼此对立,各走一边,却不得不共同向前。没有人能和这条大路背道而驰,逃脱它制定的轨迹、方向和速度。滚滚向前的,是永不停息的时光和宿命"[2]。作为一个记录者,他无力改变被记录者的命运,然而正如在自反性的言词中所说:"我希望我呈现的事实是客观细致的,但我也并不忌讳我流露出的情感是主观强烈的。……我确实只站在'自己的立场'。某种意义上,我最终呈现的这条宽广的道路,也是我自己的一条道路。"[3]"自己的立

---

[1] 赵瑜:《火车头震荡:宜万铁路始末》,作家出版社,2010年。
[2] 张赞波:《大路:高速中国里的工地纪事》,广西师范大学出版社,2015年,第371页。
[3] 同上,第315页。

场"意味着对于叙述本身限度的体察,也正是非虚构写作的个体化书写与报告文学的代言式书写之间的差异,而影像与文字之间的互文也体现出在多媒体时代文学书写的新型形态。

五

自我立场必然带来多元化。体现在非虚构写作的题材上,可以看到既不乏"宏大叙事",更多的则是个体观察与生命史的记录,只是这种生命史并不是将个人置入到既成的历史叙述中,通过小人物的命运来映射大历史的变革;而毋宁说将大历史叠加在人物性格与遭际之上,通过个人的视角去重新书写历史。宁肯写中关村从"文革"时代到当下共享经济的《中关村笔记》,整个作品格局宏大,笔致独特,以人为经,以事为纬,把历史贯穿起来,显示了中国当代历史前三十年和后四十年之间的历史延续性。从"文革"时代数学家冯康一代的提玄钩要,到柳传志、陈春先创业一代的浓墨重彩,再到吴甘沙的智能汽车和程维的共享模式的锐意创新,无不体现出打破僵化的体制,将科技转化成生产力,并且服务于生活的进取精神。宁肯既是写人,也是写空间,同时更是写一种精神,显示了非虚构作品的磅礴与厚重。它的写法主体上与报告文学并无二致,但在章节结束时特别加入了作者的笔记体随感,在形式上是报告文学的一脉相承和局部创新。从这个意义上来说,非虚构与报告文学并不构成替代关系,也显示出非虚构仅仅是一种指代性的用法,充满包容性和流动性,并没有固化为某种体裁,而它也许会对虚构写作产生反向影响的能动作用,如同宁肯所说:"我已彻底忘掉了小说,成了一个记录者、沉思者。当然,我会再次回到小说上来,也希望再有一种不一样的回来"[1]。

宁肯是以一个曾经操持"先锋小说"的资深作家进入非虚构的叙事,而像古稀之年才学会写作的姜淑梅的《穷时候、乱时候》[2],家政女工范雨素的《我是范雨素》,以及在界面"正午故事"、网易"人间"、腾讯"谷雨故事",还有媒体人雷磊所创办的"真实故事计划"等平台中涌现出来的无数匿名非匿名写作者,则是以非文学从业人员的身份讲述他人或自己的故事,进一步凸显出后文学时代"全民写作"的一种趋向。他们的文字素面朝天,之所以能够感染乃至触动很多人,恰恰因为它切入的视角与书写的内容,在主流文学书写场域中很少见到,是来自广阔社会的普通平民的经历,这种经历在亲历者的笔下显示真切的痛楚、坚韧和动人心魄的力量,无法被任何宏大话语所掩盖。作者对世界、时代和社会的观察和观点,也许有其局限性,但这种局限性本身构成了与主导性意识形态话语和知识分子视角之间的对话。非职业写作者的非虚构写作似乎印证了人类学家费希尔(Michael M. J. Fischer)的一个判断:"就像游记和民族志成为探索'原始'世界的形式,现实主义小说成为探索早期工业社会中布尔乔亚的生活方式和自我的形式,少数族群自传和自传体小说也许也可以成为探索20世纪晚期多元化的后工业社会的关键形式"[3]。他们的意义也许在于,有意无意之间以个体的写作参与到见证与构建特定社会与时代的记忆

---

[1] 宁肯:《中关村笔记》,十月文艺出版社,2017年,第4页。
[2] 姜淑梅:《穷时候、乱时候》,浙江人民出版社,2013年。
[3] 迈克尔·M·J·费希尔:《族群与关于记忆的后现代艺术》,见克利福德、马库斯编《写文化:民族志的诗学与政治学》,高丙中、吴晓黎、李霞等译,商务印书馆,2006年,第241页。

与形象、理解与造型之中。

这里提示出非虚构写作的核心性的立基之点就是,它是一种有局限性的选择性书写,这使得它具备了接受中的真实感,"真实感"而非"事实性"(当然,事实必不可少)是它打动人的根本因素。但自然主义式的呈现、片面的洞察或者局限性本身并不是归宿,它所透露出的信息有着丰富的阐释空间,从而使得读者可以窥见社会总体性的面相。这里还需要辨析"真实感"与"真实(事实)/真相"之间的差异,尤其是当歇斯底里的真实、不顾一切的真相成为一种被普遍接受观念的时候。"真实感"指向于"真相",但真相并非细大不捐的琐碎事实的累积与堆叠。当下的共识话语消解之后,对于真理性真实的疑惑,以及承认有限性基础上的主观局部性真实,使得个人视角的皈依和个体实证主义的方式与手法成为非虚构写作的基本语法。"个人的体验成为不可被化约的有关真实的原点"[1],个人经验的涉入与具体的客观性赋予了个人书写的合法性——这里我们可以发现非虚构写作在反叛80年代文学的同时又接受了80年代所形成的遗产,纯文学的幽灵依然徘徊不去。这固然有其亲和力的优势,但另一方面自然会带来非虚构写作常见的困境:缺乏整体性与总体观。如同黄文倩所谈到的非虚构的深度问题:"过多的现场细节和口述独白,大幅分散、中和甚至削弱了作品的整体思想深度,成为碎片式的田调景观",为了防止庸俗化与滥情化的常识、现场或感觉,在重构与建构中获得历史感,"以虚构的精神为他者"[2],仍不失为一条可取之径。

---

[1] 刘卓:《"非虚构"写作的特征及局限》,《文艺理论与批评》2018年第1期。
[2] 黄文倩:《"非虚构"的深度如何可能》,《今天》第115期。

"虚构"与"非虚构"的辩证、"真实"与"真实感"的论辩,对于写作而言,很容易陷入到现实真实与艺术真实、事实真实与心理真实的纠缠之中,这个问题并不新颖。另外一方面,即便实证主义式的描写和叙述也很容易陷入到一种温森特·克拉潘扎诺(Vincent Crapanzano)所说的"赫耳墨斯的困境":"当赫耳墨斯担任了众神信使的职位时,他向宙斯许诺,绝不说谎。赫耳墨斯并没有许诺要说出所有的真相。宙斯理解这一点"[1]。我们可以进一步说,赫耳墨斯(事实的传递、翻译、叙述者)事实上根本没有能力说出所有的真相。因而,真正有意义的是将真实性问题转化为可信性或者说服力的问题。如果不具备可信性和说服力,那再多的事实也是无用的,必要的修辞与美学手段并不妨碍真实本身。

时下的非虚构写作如果粗略划分有三大类:一类是延续了报告文学手法与观念的主导性话语叙事,如何建明、宁肯、赵瑜的作品;一类是个人化视角的观察分析式叙事,如吕途、顾玉玲、梁鸿的作品;还有一类则是网络自媒体和各类大众媒体上甚嚣尘上的兜售焦虑的消费式、流量诉求式的作品,比如《摩拜创始人套现15亿背后,你的同龄人,正在抛弃你》之类"100000＋热文"和贾行家《纸工厂》之类视频演讲作品[2]。而非虚构作品如果要获得文学史的主体性尊严,就需要避免猎奇与狭隘的情形,如同丁晓平所说:"在微观历史、口述史和非

---

[1] 温森特·克拉潘扎诺:《赫耳墨斯的困境:民族志描述中对颠覆因素的掩饰》,见克利福德、马库斯编《写文化:民族志的诗学与政治学》,高丙中、吴晓黎、李霞等译,商务印书馆,2006年,第83页。
[2] 2018年6月25日,在北京大学静园二院的"当代中国视野下的东北表述"工作坊上,淡豹对《纸工厂》做了详细的文本细读,将其叙事解读为讲述新的荒野上新的欲望动物的故事,非常有启发性。该文尚未正式刊发。

虚构写作泛滥的今天,我们的历史写作和历史阅读,已经出现了一种'捡了故事(微观的局部的片段或细节),丢了历史(宏观的整体的过程和因果)'的现象"[1],这需要通过整体与历史的眼光去重建写作、现实与生活的连贯性。

对于真实感、历史性、整体观的重视,是非虚构写作的立身之基,从来没有任何一种写作如此强调伦理问题。我曾经在一篇文章中简要论述过非虚构的伦理学[2],此处不妨进一步概括一下,它至少包含着三方面的维度:一是写作伦理,不仅包含技术上的对于经验之海的社会学、人类学式的雄心,同时也包括观念上对于写作大众化、人道主义乃至民主与平等的吁求;二是价值伦理,它的自我表述与世界坦诚相见,而他者表述则始终要对外部世界保持高度的关怀,即便聚焦于个人经验,也要通达普遍的感受,以社会与最广范围人民的福祉为价值追求;三是实践伦理,那种写下了就封存了,就卸下了心灵的重负或道德歉疚的写作,本身是轻薄为文,非虚构写作还需要有反馈意识和行动自觉,如果无法直接反馈,至少有着留存与反哺的自觉。这种伦理显然无法由简单和浅薄的"情怀"和姿态所能够达至,它需要的不仅是技术、道德观和美学品味,更要有勇气、洞察力和参与性的实干精神。非虚构因此意味着叙述权力的分散与下移,充满了泥沙俱下的驳杂泛滥和精神冲突所带来的情感折磨,同时在突破权威话语笼罩的书写中又暗自包含了反霸权的冲动和通向社会行动的潜能。

---

[1] 丁晓平:《文心史胆》,北岳文艺出版社,2017年,第31页。
[2] 刘大先:《写真实:非虚构的政治学与伦理学》,《山花》2016年第3期。

第六章

城市的胜利与城市书写的再造

如果中国需要建设强大的民族工业,建设很多的近代的大城市,就要有一个变农村人口为城市人口的长过程。

——毛泽东

城市既是人类解决共同生活问题的一种物质手段;同时,城市又是记述人类这种共同生活方式和这种有利环境条件下所产生的一致性的一种象征符号。

——刘易斯·芒福德

全球彻底工业化是必然的趋势,全人类在一方面为商品生产或流通作贡献,一定程度上参与资本积累过程,另一方面为了生存又愈发依赖对这些商品的购买。……一个新的科技无产阶级明显正在诞生,但它是否真的这样定位自己就是另外一码事了。

——乌苏拉·胡斯

如果确有一种"新城市规划",那么它不会以秩序和全能这两个相似的奇思妙想为基础;那将是不确定性的登场;它将不再关注对或多或少的永久性研究对象的整理,而是关注潜能对研究领域的浇灌;它将不再以稳定的结构为目标,而是以创造新的领域为目标,这种领域能够调节拒绝形成具体形态的过程;它将不再是关于细致的定义和对范围的限定,而是关于对概念的延伸,对界线的否定,不是关于对实体的区分和识别,而是关于对难以命名的混合物的发现;它将不再为城市所困扰,而是关心如何运作基础设施以满足无休止的强化、多样化、捷径和重新分配的需要,这一切都是心理空间的再创造。

——莱姆·库哈斯

一

任何一个普通人,哪怕没有任何经济学及城市规划的常识,也可以直观地感受到晚近三十年中国城市化速度的迅疾,对于乡村的开疆拓土仿佛"恋爱中的犀牛","毁灭桥梁,烧干河流",向着城市奔驰。吊诡的是,貌似非理性的城市扩张背后,却是一套严密而坚决的理性逻辑。它起源于由农业国向工业国转变过程中的制度设计,但在与工业化、商业化、科技化密切相关的进程中,因为主客观条件的移易尤其是

"公""私"之间的制度与观念转换,而衍生出一种"经济人"式的单向度思路——一种在发展的诉求下谋求各类资源整合从而最大程度上获取资源、赢得在内外市场竞争中的优势位置的努力。

近现代以来城乡二元格局的界线在这种现实之中似乎正变得愈加模糊,但无疑所谓的"城乡一体化"并没有回复到前现代时期那种城乡互为支撑的浑朴未分状态,而变成城市缺乏回馈的单向汲取。回首现代文学以来关于城市知识分子"返乡"书写、农民"进城"母题、带有怀旧意味的"乡愁"缅怀,不免让人有恍如隔世之感。以"农村包围城市"奠定胜利基础的中国革命原本是农村的胜利,但革命胜利之后,首先面对的要务是"进京赶考"式的"进城",并以"城"为新的根据地来进行以公有制为核心的新国家、新社会、新人的改造、规划与建设。这个规划程序形象地体现在周而复构思《上海的早晨》(1958)时的线索上:"第一部写民族资产阶级猖狂进攻;第二部写打退民族资产阶级进攻,开展五反运动;第三部写民主改革;第四部写公私合营,对私营工商业进行社会主义改造,第一步走上国家资本主义的道路,也就是改变资产阶级私有制,逐步过渡到公有制,消灭私有制"[1]。作为农业大国,农村的公有制改革当然也是重要任务,合作化运动对个体小农经济的改造,其目标也在发展农村的工业企业和促进农业工业化——这必然意味着从革命的"农村的胜利"向建设的"城市的胜利"的转型。

这种转型一方面基于国内生产方式与生产关系的调整,另一方面则是应对国际竞争和冷战格局所要进行的工业化举措。工业化的设想早在人民共和国建立之前就已经在领导人的设想之中,1945年,毛

---

[1] 周而复:《七十年文艺漫笔》,文化艺术出版社,2004年,第441页。

泽东在中国共产党七大的政治报告《论联合政府》中指出:"如果中国需要建设强大的民族工业,建设很多的近代的大城市,就要有一个变农村人口为城市人口的长过程。农民——这是中国工业市场的主体。只有他们能够供给最丰富的粮食和原料,并吸收最大量的工业品","为着打败日本侵略者和建设新中国,必须发展工业","在新民主主义的政治条件获得之后,中国人民及其政府必须采取切实的步骤,在若干年内逐步地建立重工业和轻工业,使中国由农业国变为工业国"[1]。进入北京之前在西柏坡的七届二中全会上,他又重申了这一点。1954年9月,周恩来在第一届全国人民代表大会做《政府工作报告》中明确提出了"四个现代化"的愿景:"中国的经济原来是很落后的。如果我们不建设起强大的现代化的工业、现代化的农业、现代化的交通运输业和现代化的国防,我们就不能摆脱落后和贫困,我们的革命就不能达到目的。"[2]这套顶层设计的"现代化"构想要改变分散的小农经济,整合资源,凝聚力量,快速发展,其结果必然是将资源向城市集中,预示着革命话语向现代化话语的让位——尽管在当时的文学主流表述中这一点并不显豁。

因为生产资料与消费市场的有限性,彼时不得不采取的措施是城乡二元制度的安排,并最大程度地汲取农村、农业与农民以供给城市,从而造成了城乡差别的鲜明化。在持续了数十年的"工农业剪刀差"之后,农村、农业与农民尽管在政治地位上虽然仍然是领导阶级工人

---

[1]《毛泽东选集》第三卷,人民出版社,1991年,第1077、1080、1081页。
[2] 关于"现代化"提出的简明线索,参见王金峰编《前进号角:四个现代化构想首次提出》,吉林出版集团有限责任公司,2009年,第4—16页。但该书将"现代化"构想的提出全然归为周恩来,并不全面客观。

阶级的盟友,但经济地位上却日益下滑,这造成了农民在主体性上的挫伤。我们可以看到柳青《创业史》中立足农村并力图改造家园的梁生宝式新人在经历了"一大二公"激进化运动失败后的蜕变——他们重新成为周克芹《许茂和他的女儿们》(1979)、古华《芙蓉镇》(1981)中的自私、奸猾的郑百如、王秋赦,或者高晓声《大好人江坤大》里主体性萎靡的无原则"好人",与"老中国的儿女"如出一辙,变成了需要重新进行"国民性改造"的对象。对比西戎《宋老大进城》的自信昂扬与高晓声《陈奂生进城》的猥琐卑微,可以看到城市已经成为一种新启蒙的表征,一个充满诱惑力的所在,而农村则成了有待启蒙、亟欲远离的对象。[1] 农民中那些不甘心于现状的雄心勃勃的人物,则如同司汤达笔下的于连和巴尔扎克笔下的拉斯蒂涅,一心要摆脱既有的身份限制,进入到城市及其所表征的具有优势资源的体制之中,比如路遥《人生》(1982)中的高加林。庄稼人与干部、工人的区别不仅仅在于经济上,更多还有来自于文化上的差异:高加林让刘巧珍刷牙以及用漂白粉对井水进行的"卫生革命",无疑更多带有模仿现代性的象征意味。

高家林的个体人生遭际是整体性身份政治的悲剧,因为在户籍、粮油供应、教育、就业等方面的城乡二元制度安排,限制公民迁徙自由、禁止农民转工进城等规定,当其实施时是应对现实困境的权宜之计:粮食供应困难,人口流动的交通、住宿、就业压力等。但是一旦形成制度后,就具有刚性的压抑意味,某种程度上它挤压了农民的权利,使得个人在面对集体"大局"时被迫做出牺牲。但是"经济自由是城市

---

[1] 刘大先:《三农问题与"社会分析小说"的得失——公私之间的高晓声》,《中国现代文学研究丛刊》2018年第2期。

化的根基"[1],现实的"单干"实践反向倒逼国家权力向松动管制、放宽政策、承认农民更多的自由并给予保障的方向改革。《关于一九八四年农村工作的通知》[2](20世纪80年代第三个中央"一号文件")中写道:"各省、自治区、直辖市可选若干集镇进行试点,允许务工、经商、办服务业的农民自理口粮到集镇落户",这可以视作农民由乡入城合法性的起点,用周其仁的解读来说:"改革开放是从扩大底层消极自由的空间入手的"[3]。农民进城的合法化加速了城市化进程,与新中国初期自上而下集中资源所形成的工业化城市如北方的沈阳、长春相比,这是自下而上的商业化推动力,主要由华东及南部沿海一带展开,它在90年代市场经济转轨之后得到更进一步的发展。

"新时期"以来的现代化话语之下,公与私,国有、集体与民营、个体之间的关系在关于城市题材的书写中突出表现为工业化改革中的艰难,而阻挠改革进程的无疑是前现代的思维与行为方式(被简化和嫁接为"封建"的旧思维)。张洁的《沉重的翅膀》(1981)中郑子云与田守诚所表征的其实是不同观念的人格化,而该小说从诞生到获奖中屡次主动、被动修改的过程也凸显出社会转型的艰难[4]。在类似这样的作品中,主人公以巨人的形象行进在时代之中,城市场景是被无视的,或者说空间在时间性命题(改革的历史与现实进程)中并不重要。这种情形在孙力、余小惠的《都市风流》(1988)中发生了改变,这个以天津为原型的小说,一开头就描绘了中华区、新市区、卫海区及至普店

---

[1] 周其仁:《城乡中国》,中信出版社,2017年,第70页。
[2] 《经济日报》1984年6月12日。
[3] 周其仁:《城乡中国》,中信出版社,2017年,第96页。
[4] 苏奎:《〈沉重的翅膀〉的"沉重"修改》,《中南大学学报(社会科学版)》2014年第5期。

街的地理区隔,这个城市空间是规划性和等级性的,对应的是市委书记、饭店经理、街道大妈等不同人物。空间成为人物活动的静止的制度化舞台与背景,虽然通过市政工程改造展现了城市化的一面,但这种空间的生产并没有衍生为人物心理与精神空间的生产。

巨大的变革发生在 90 年代中后期,伴随着市场经济兴起的是商品化、日常生活美学和消费主义。那些"正面强攻"国企改革题材的作品再也无力形成影响力,比如谈歌的《城市守望》,需要靠个人的牺牲来挽救企业的命运,本身就构成了自我的解构。小说开头是西北风越刮越硬的年底,太阳机床厂面临燃眉(燃煤)之急,经历了一系列曲折,结尾依然是"漫天大雪飘飘落得正紧"[1]。这个无意中形成的闭合结构,暗合了在资本与权力结合之下,旧有体制的回天乏力,被锁死在时间之中。与此同时,我们可以从王安忆《长恨歌》,池莉的《生活秀》、《来来往往》,甚至那些以"主旋律"之名出现的如刘醒龙《分享艰难》等不同题材的作品中感受到一种市民社会意识形态的兴起。它们呈现为两种脉络:一种是"新写实小说"所展示的庸凡人生,一种是逆向地在怀旧中缅想逝去的黄金城市形象(尤以民国上海以及其他具有历史记忆的老城市为主)。与之在现实中相应并行的,则是社会主义实践中建立起来的老工业基地如同"锈铁带"般在体制转型中的衰败(那种休克式震惊体验,需要很长时间消化,到当时下岗工人的下一代双雪涛、班宇、郑执那里才获得形象上的自我表述),以及符号消费与拜物主义在东南沿海城市的遍地开花。世纪之交的这个转型与"新时期"伊始不同的地方在于,城市化在此际才在中国大地上大规模展开,它

---

[1] 谈歌:《城市守望》,百花文艺出版社,1997 年,第 423 页。

伴随着土地从城市国有、乡村集体所有逐步向商业租赁的私人权利让渡而出现,城市作为主题真正被刻意书写是在这个时候。

就90年代中期以后城市化的实践而言,一方面是巨型城市的出现,它使得自身成为一种黑洞式的存在,吸附了周边乡村的物力与人力资源;另一方面则是由于不平衡发展与地方性文化相结合的小城镇的蜂起。下岗工人、失地农民、新兴"成功人士"、带有虚无主义倾向的小资阶层的出现,不仅改变了社会阶层结构的组成,也同时在城市书写上表现为不同的途径。因而新世纪以来的城市题材出现了两种强劲的主流:一种是纯文学中的城市日常体验与情感遭遇的个人化叙事,而以制造并消费欲望与焦虑的商业化文学,尽管看上去与前者不同,两者其实都分享了共同的模仿式中产阶级价值观与美学底色。但这种带有复辟色彩的价值观与美学无疑有着自我瓦解的意味,刘复生雄辩地论述了从王安忆《长恨歌》到金宇澄《繁花》所证明的不过是怀旧与重建市民社会的不可能[1],而堆砌商品及炫耀性消费的卫慧《上海宝贝》、郭敬明《小时代》则更证明了小家子气和暴发户般的粗鄙和刻奇。另一种是"底层文学",这个由"流水线上的雕塑"[2](新工人)、技术无产者(新穷人)组成的后现代的"流浪者"[3]与"脱嵌"(disembedding)[4]的异乡人,无疑是现代性和城市化进程的牺牲品。

---

[1] 刘复生:《一曲长恨,繁花落尽——"上海故事"的前世今生》,《小说评论》2018年第5期。
[2] 许立志:"双手如同机器/不知疲倦地,抢,抢,抢/直到手上盛开着繁华的茧,渗血的伤/我都不曾发现/自己早站成了/一座古老的雕塑"。见许立志《新的一天》,秦晓宇编,作家出版社,2015年。
[3] 鲍曼:《后现代性及其缺憾》,郇建立等译,学林出版社,2002年,第97—111页。
[4] 吉登斯:《现代性的后果》,田禾译,译林出版社,2000年,第18—25页。Charles Taylor, *Modern Social Imaginaries*, Durham and London: Duke University Press, 2004, pp49~68.

进城的新工人遭遇的是阶层日益固化、上升路径重重阻碍的困境,个人奋斗已经被《涂自强的个人悲伤》(方方,2013)所证明失效。老工人随着体制化城市规则的瓦解同样失去了原先的主人翁地位,如果说曹征路的《那儿》(2004)以左翼革命的激情抒发工人阶级落魄的愤懑,双雪涛的《飞行家》(2017)则用幽暗的笔法营造出集体所有制瓦解后的迷茫。而"底层文学"经过十几年的发展,无论从文字到结构都从粗糙转为精致,然而也失去了原初粗粝的冲击力,其情感结构也从愤怒到悲凉再到怅惘,大致在纯文学话语中将激情规训为忧郁。但中国现实的复杂性在于,即便如此两种主流叙事之外,高加林的那种要进城的执拗,仍然延续至新世纪以来刘庆邦《红煤》的宋长玉、《到城里去》的宋家银那里,只不过前者那种带有启蒙者的高贵已经荡然无存,蜕化成卑劣投机——这是新的城与人之间互动的结果。

二

晚近四十年的主流城市书写多呈现为都市想象,它与社会主义中国初期的城市改造不同,更多在"进城""到城里去"中体现出价值的转移——"城市"被表现为"现代化"毋庸置疑的价值标尺所在,已经无需"改造"与"建设"。1990年代之后,尤以市民社会意识形态和日常生活审美占据主导地位,表征为符号消费、景观社会和内倾化的个人。关于上海想象的论述已经较多,我想以北京书写中的形象嬗变略作归纳,从而管窥城市书写的实绩与不足。

这个形象谱系的开端无疑是"新时期"伊始的"改革者",张洁《沉重的翅膀》中的郑子云就是其中代表。这个"优秀的人"无疑承载着时代的重负勉力前行,然而在他伟岸的主体性背后也留存着阴影——可以抵抗宏观改革的阻力,却无法面对真实的内心,"为了把自己塑造成一个高、大、全的形象。他可以说出许多科学的,马克思主义的社会学观念,然而在许多时候,却是执行旧观念的楷模。高、大、全的形象又是为了什么?难道在为事业而献身的后面,没有一点对个人功名的追求吗?有的,有的,何必不敢正视这一点呢!哦,他怎样地为自己描绘着一张圣徒的像啊,为了头上那道光圈,他抛却了一个人的真情实感"[1]。这种自我剖析是一个先觉和先行的精英者的反思意识,但是遵循某种"礼制"、维护"高大全"的形象,在《都市风流》中已经被喷薄欲出的欲望逐渐侵蚀,新的恋爱、婚姻、家庭乃至性的观念,映照着渐呈教条之态的意识形态观念,到了王朔的《橡皮人》(1986)、《顽主》(1987)那里则已经荡然无存,那些油腔滑调、玩世不恭的主人公经历着崇高意识形态消退而商品观念日益兴起过程中的迷惘和无奈,出于对僵化观念压抑的不满,片面强化乃至漫画化了"一个人的真情实感"。"改革者"与"顽主"只会出现在北京这种有着高度意识形态背景的城市,某种程度上他们都充盈着时代弄潮儿的隐秘欲望。"顽主"们的反讽表面上是精英意识的降解,实际上在"混不吝"的"痞子"皮相中依然有一种傲慢,并不能全然转化角色投入到市场中去,因而他们并非虚无主义的表征,而是思想困惑的新多余人。如果要做一个精神分析式的推导,不妨将其视作大院子弟感受到了市场力量涌起的威胁和自身原先由于体制性原因而具有的"特权"在这种威胁中的沦陷,却又不屑于全然投入到泥沙俱下的商海潮流之中的折射。

---

[1] 张洁:《沉重的翅膀》,北京:人民文学出版社,1981年,第383—384页。

王朔得风气之先,敏锐地体验到了某种变革前的山雨欲来之势。1988年有四部根据王朔小说改编的电影上映,分别是米家山执导的《顽主》,夏钢执导的《一半是火焰,一半是海水》,黄建新执导的《轮回》以及叶大鹰执导的《大喘气》,因而这一年被戏称作"王朔年"。但这种辉煌的巅峰自身就隐含着文学的黄金时代即将落幕的消息——影视文化开始在大众那里成为声音最响、传播最广的媒介,它从技术与市场两个方面夹击着文学,随之而来的则是接受维度上的转变,此后可以观察到的当代文学史事实是,几乎所有重要的小说作品都或多或少与影视结缘,并借助于大众传媒的传播优势获得更广泛的受众。看上去相辅相成之中,轻重之势已然发生不以人意志为转移的位移,城市化和商业化的脚步预示了以平面载体为主的纯文学的式微。

出于对迅疾的商业化及与之同行的人的情感结构与伦理观念的变迁的反拨,一种退缩式的怀旧骤然兴起。这股潮流的复杂之处在于,它也是内在顺应了新时期以来对于革命话语的"去革命化"的总体潮流之中,其突出体现为叶广芩对于"旗人后裔"的书写。对比于邓友梅《那五》(1982)中对于"八旗子弟"的"国民性批判"式描写,出身叶赫那拉氏的叶广芩在《采桑子》中对于金家大宅门子弟群像的书写则不免有缅怀叹惋之意。小说通过"我"——"金舜铭"作为世家衰落和子弟遭际的穿针引线者,既是所有事件的听说者、参与者、见证者和转述者,又是评述者,这注定了"我"是精神分裂的:既有对失势家族昔日辉煌繁华的怜惜及其所代表的精英文化的认同与怀念,也有对同类子弟的同情和怜悯;有对于家族走向历史的必然衰败的无奈,还有对于"倒驴不倒架儿"的末世子弟四体不勤、五谷不分,只会"提笼架鸟熬大鹰"的批判和讽刺;更有在时过境迁后,隔了岁月烟尘逝水的距离返观历史的冷峻审查。因为是在过去缺席的情况下通过想象重组出一个曾经烈火烹油而今花果凋零的家族往事,这必然使得整个小说笼罩上一层乌托邦的幻梦色彩,主观上的情感认同与客观上的理性认知之间的撕裂使得这个重建的乌托邦注定要坍塌。[1]然而废墟之中亦有遗产,体现为下沉到老北京底层市民那里延续着的礼仪传统。在新世纪之后以"京剧"剧目(比如《逍遥津》《状元媒》《大登殿》《盗御马》等)为题的系列中短篇小说中,叶广芩刻意营造了一种礼失求诸野的原型书写。这些作品都可以视为文化记忆:那些在首善之区的悠久历史中凝结为民众生活集体无意识的风俗、习惯、情感与价值认知,都被置诸时代变化的考量之中,它们必须应对市场化的消费社会、后革命时代的焦虑与忧郁、被新媒介手段改变了日常生活方式的现实。她的所有主题都指向了一个追问:在我们喧嚣剧变的时代,如何让"传统"与时代进行对话,如何激活那些文化与精神遗产中还有生命力的东西,进而使它们成为连绵不绝灌注而下的涓涓清流。叶广芩在各种文本中屡屡表现出对于礼仪和规矩的重视,固然有着旗人文化积淀的影响,同时也是在新的社会变迁中对于"礼崩乐坏"的忧虑。"旗人重礼"固然是满族文化的一个重要特点,在这里则泛化为北京文化的基质,那就是尊重社会秩序、规范道德伦理、人情的古道热肠等所构成的整体性文化场域。这个场域在当下无疑遭受着来自商业逻辑与权力变异的双重冲击,既定的文化构成已经千疮百孔,而新的道德尚在建立当中,转型的过程中充满了创伤与阵痛,叶广芩捕捉这种时代的讯息并将之铭刻在文字之中,从而在失落的记忆中尝试留影存真。

---

[1] 刘大先:《失乐园的重建与坍塌——论叶广芩家族小说》,《东亚学刊》2004年第2卷。

正如芒福德(Lewis Mumford, 1895-1990)所说,城市"无一不是时间的产儿","历史文化遗迹遗产一代代保护下来了,时间就会向时间挑战,时间就会与时间发生冲撞:以往历史上的各种文化习俗、价值观念、生活理想,都因此流传到来世……就这样连续积累,一层叠一层,以往的时间记录不断积存在城市之中,直至城市生活本身都感到透不过气的威胁:于是乎,纯粹出于保护的目的,现代人发明了博物馆"。[1]叶广芩的此类小说也可以视作"博物馆小说":塑造出一个在时间中沉积的城市文化形象,过去的时间及其携带的文化如同琥珀被凝结在空间之中,从而具有了永恒性。事实上早在1999年,铁凝的《永远有多远》就将这种永恒的城市象征发挥到了极致,小说中胡同女孩白大省那"傻里傻气的纯洁和正派,常常让我觉得是这世道仅有的剩余",虽屡遭欺骗、背叛、利用仍不改初心,其性格的极端化和静态化使得她成为一个符号人物。正是基于白大省的理想化存在,才使得北京具有了"永远的性质",她以及她的胡同已经与某种城市精神达成同构,让一个外来者找到归乡的感觉:"就是脚下这两级边缘破损的青石台阶,就是身后这朝我背过脸去的陌生的门口,就是头上这老旧却并不拮据的屋檐使我认出了北京,站稳了北京,并深知我此刻的方位。'世都''天伦王朝''新东安市场''老福爷''雷蒙'……它们谁也不能让我知道我就在北京,它们谁也不如这隐匿在胡同口的两级旧台阶能勾引出我如此细碎、明晰的记忆"[2]。北京被赋予了"仁义"这样具有普遍与永恒意味的价值。我们会发现,北京的白大省与从上海到台北

---

[1] 芒福德:《城市文化》,宋俊岭等译,中国建筑工业出版社,2008年,第2页。
[2] 铁凝:《永远有多远》,收入铁凝《蝴蝶发笑》,辽宁人民出版社,2013年,第3页。

的"总也不老"的交际花尹雪艳尽管在身份、背景、性格、经历上截然不同,却都葆有了超越时空的特性,后者所表征的现代风流与世故让她在不同的时空里都游刃有余:"尹雪艳站在一旁,叼着金嘴子的三个九,徐徐的喷着烟圈,以悲天悯人的眼光看着她这一群得意的、失意的、老年的、壮年的、曾经叱咤风云的、曾经风华绝代的客人们,狂人的互相厮杀,互相宰割"[1]。她们都是外在于历史与现实的存在,某种意义上来说是现代文学话语的构拟物,是现实的逆向折光,因为此时由于社会整体性语境变化已经出现了全然不同于她们这样悬想人格的"都市新人类"[2]——类似于 1930 年代上海由"Light,Heat, Power"催发的"新感觉派",驳杂混乱的当代都市也生成了自己的新感受力。喧嚣不已的"变"促生出怀旧为底色的"不变",正是都市现代性发生以来经久不衰的母题之一。

时隔多年再回头看 90 年代中后期所书写的"当代都市感",北京与上海并没有太大区别,作为时尚与流行文化在文学中的反映,新的感受力被窄化了,留下的仅是符号化与物质的碎片,然而区别于由老舍时代所确立的"老北京"、新中国初期的"新北京"及新时期与"改革北京",90 年代末到新世纪以来的"欲望北京",其书写明显与主位/局内人/土著视角区别开来。由刘庆邦、邱华栋、荆永鸣、徐则臣所塑造的外地人,他们是野心勃勃的外省青年、挣扎生存的打工者、疲于奔命

---

[1] 白先勇:《永远的尹雪艳》,《白先勇自选集》,花城出版社,1996 年,第 136—137 页。
[2] 邱华栋《摇滚北京:小说家感觉的都市新人类》勾勒各类都市新出现而面目尚未定型的新人群,中国文联出版社公司,1998 年。值得一提的是,这是"外省人在北京"丛书中的一种,另外尚有古清生《漂泊北京:流浪作家进京的自白》,洪烛《游牧北京:行吟诗人眼中的北京》等,显然书写北京的视角愈加多样起来。

的北漂、失败的奋斗者……农村已经远远地被抛在了身后——因为那里早已不再是牧歌时代的桃花源,而是滕尼斯意义上的"共同体"崩溃后的人心涣散、无法生存的所在。城市则提供了巨大的可能性,用邱华栋1995年的《手上的星光》开头的话来说:"我和杨哭从东部一座小城市来到北京,打算在这里碰碰运气。我们都很年轻,因此自认为赌得起,更何况北京是一座轮盘城市,传说这里的机会就像退潮后留在沙滩上的漂亮小鱼儿一样多,我们来到这里也就在所难免。我们都是属于通常所说'怀揣着梦想'的那类人。……灯光缤纷闪烁之处,那一座座大厦、购物中心、超级商场、大饭店,到处都有人们在交换梦想;买卖机会、实现欲望。……当我们站在三元立交桥上眺望遥远的北京城区时,我想我们想在这里得到的不只是名利、地位,还有爱情和对意义的寻求。……我们站了许久,我取出了巴尔扎克的《高老头》,我朗读了该书中的一个充满了雄心的人物拉斯蒂涅,站在巴黎郊外一座小山上,俯瞰灯火辉煌的巴黎夜景时所说的一段话:'巴黎,让我们来拼一拼吧!'"[1]"我们"与拉斯蒂涅的互文饶有意味,凸显出如同资本主义上升期的信念与信心。

在铁凝、叶广芩那里寄托着温情记忆的胡同不会出现在野心勃勃的外省青年的视线中,即便身处其中,主位与客位的视角所带来的感受也不同。"自从有了外地人,这里的秩序就变了","到这个城市里来的外地人不是为了梦想,就是为了生存"[2]。在荆永鸣一系列直接以"外地人"为名的短篇小说中,城市与乡村之间候鸟一样来去的外地人

---

[1] 邱华栋:《手上的星光》,《邱华栋小说精品集》,华文出版社,2001年,第1—3页。
[2] 荆永鸣:《抽筋儿》,见荆永鸣小说集《外地人》,文化艺术出版社,2006年,第208、210页。

背井离乡是被动与主动结合的无可奈何之举,而城市并没有给这些底层人士以"仁义"的呵护。事实上,无论是"为了梦想"的小资还是"为了生存"的底层,他们都是城市的"闯入者",必然要迎头遭遇震惊乃至痛击。他们共同的城市感受,就像邱华栋曾写道的:"觉得自己是这座森林中的一只鸟,一只奇怪的鸟,也许还瘸了一条腿,像某种鹳类那样在大街边向城市眺望"[1]。邱华栋乐于书写外省青年如同大街边的鹳类一样眺望城市——"眺望"意味着他们面对的是一个景观化的、充满新鲜而危险体验的异质空间,而不是一个熟悉而惬意的栖息家园,然而,尽管意识到当代城市的本质如同绞肉机,他们也要奋不顾身地投入进去:"在我们面前,毁灭和新生的力量和实践一起在等待着我们,等待着我们以城市为战场与它交锋"[2]。在这个战场中,温情脉脉的老北京浑然不见了,只有尔虞我诈和丢弃良心的搏杀。"这个时代的骄子们,也正是在这里进行着厮杀拼搏,勾心斗角与明枪暗箭,你来我往与利益均沾。在城市中那复杂的人际关系里,在蜘蛛网一样的利益格局里,各种各样的社会成员都在寻求自己的最大利益。在一个转变的大时代里,谁能够成为一个利益链条中的上游分子,谁就铁定赢了",并且"时代不一样了,传统制造业占据的地方,如今全部都变成了现代商业、金融业、传媒业和网络经济业的地盘。这里过去都是一些衰落的国有企业的老厂房,像什么机床厂、木材厂、纺织厂、轴承厂、酒厂什么的,都衰落下去了。现在,老厂子通过土地置换和买卖,把自己置换到郊区去了,继续苟延残喘,十多年的时间里,在这些老厂房的

---

[1] 邱华栋:《闯入者》,《邱华栋小说精品集》,华文出版社,2001年,第213页。
[2] 邱华栋:《手上的星光》,《邱华栋小说精品集》,华文出版社,2001年,第57页。

地皮上,很快崛起的就是这些新的写字楼和高级公寓建筑群了。在高级公寓里居住的,是这个社会新出现的中产阶级和富人新贵们,他们就是这些新兴行业的从业人员,白领、金领、职业经理人、老板和传媒从业者、艺术家"[1]。因为1990年代中期的体制改革提供的巨大而混乱的空间,当初那野心与信心兼具的青年在"十多年的时间里"就有可能成为富人新贵,他们的生活对于普通人而言是神秘而封闭的,在上引的长篇小说《教授》中,中产阶级也无法窥探真正的富人阶层生活之一斑。

这是一个资本飞升的短暂时代,绝大部分失败者永远无缘得知"成功"与"失败"的真相。邱华栋笔下对着北京三环经济中心意气洋洋的外省青年,在短短十年后到徐则臣的北漂那里,面对四环就感到心虚气短了:"车子上了四环,北京就变得阔大和荒凉了。四环外一片野地,灰蒙蒙的夜晚开始从野地里浮起来。四环里面万家灯火,灯光一个比一个高,一个比一个亮。在这样的冬天傍晚,环线内外比较一下,真的让人心里没底"[2]。那些办假证的、买光碟的与摆地摊的、收垃圾的都处于底层,一旦他们试图跨越阶层的鸿沟,就不得不铤而走险,如同石一枫写到的陈金芳那样,用骗来的搬迁费去进入到资本市场,其结果不免头破血流——而陈金芳的故事其实还暗含着另一层乡村试图进入城市努力的新失败,这个失败造成的结果只能是堵死农民通过个人奋斗达至阶层晋升的可能性:世间已无陈金芳。北京的现实在晚近三十年中呈现出的魔幻面貌,似乎只能用科幻才能铺展。然而

---

[1] 邱华栋:《教授》,长江文艺出版社,2008年,第70—71页。
[2] 徐则臣:《我们在北京相遇》,见其小说集《人间烟火》,春风文艺出版社,2009年,第160—161页。

在乌托邦想象和批判性上,比如郝景芳的科幻小说《北京折叠》中,关于城市的想象依然是19世纪式的,以工业文化作为基本的构思前景,因而我们可以看到在其继承了19世纪伟大的批判现实主义传统的同时,其实是滞后于资本全球化形态的认知的。

这个从改革家到顽主,从仁义市民到溃败的底层的形象画廊,部分折射出城市化进程中的一个面相,但是匮乏于知识分子视角以及"时代英雄"维度,也没有开掘出新的可能性,那种可能性隐藏在流行文化、非虚构作品中,而人物的形象也许有着金融家、开发商、创业者、科技英才等不同的维度。这可能是职业作家的去精英化所带来的对于社会结构高阶层面暧昧的结果。如何揭示土地、资本、权力与人在城市化过程中彼此博弈的关系,进而发现中国当代城市化从工业化的源起到商业化的狂飙突进,再到因为地方多样性和区域不平衡发展所带来的新质,重新表述其中的复杂性,而不是在某种习得性的惯性认知中重复"传统"与"现代"的二元模式,可能是再造城市书写的掘进方向。

三

当整体秩序变更,政治与文化资本兑换成的文化货币通货膨胀和大幅度贬值的时候,城市生活就成为一场冒险生涯,所有人都生活在岌岌可危、摇摇欲坠而又容易失控的氛围与环境之中。这在新世纪以来的城市书写中导向两个方向:一是以暴力与死亡呈现的激烈场景;一是以内倾反抗及虚无与犬儒呈现的佛系生相。前者突出地体现在刻绘貌似稳定秩序的不稳定性上,聚焦于核心家庭的破产以及平静生活下的危机四伏,这在中青年作家那里比比皆是,比如张楚的《七根孔雀羽毛》、鲁敏的《三人二足》《坠落美学》、黄咏梅的《负一层》、孙频《我看过草叶葳蕤》《万兽之夜》、宋小词《直立行走》,多以罪行和不可遏止的噩运结局,弥漫的是社会结构转型中的不安与焦虑。这种情绪与状态无疑是当代城市中产阶层(或者更准确地说小资阶层)普遍性的情感体验,就文学书写而言则未尝没有模仿欧美中产阶级美学的意味,隐约可以从中看到《美国丽人》《绝望主妇》的身影——"二手生活"似乎与"二手写作"达成了默契与同构。后者则体现了更年轻一代的情感结构:当社会流动变得日益艰难的时候,知识、技术与奋斗的激情也无法改变命运,即便没有被时代飞轮甩出去,也顶多只能充当其中的一个螺丝钉时,他们就成了更新一代的"零余者"——他们甚至丧失了前一代零余者赖以愤世嫉俗的象征资本。甫跃辉的一些短篇就直接将主人公命名为"顾零洲",他们居住在逼仄的出租屋里,城市幻化为动物园,他们则成为城市动物,"会有种窒息的感觉,就如一条被闷在水箱里的鱼,他将什么也做不了,就像那头走来走去的狮子,只能不停地走来走去"[1]。困兽已无斗志与野性,那些在被单维化的城市价值观形塑的"失败者"转而从犬儒主义转化为虚无感,逃避到遁世般的"无所谓"和"宅"之中,周嘉宁的《假开心》、马小淘的《章某某》《毛坯夫妻》就是直观的体现。我们可以从中解读出对于进取型资本主义观念(那种如同邱华栋的外省青年所普遍接受的价值观)的消极抵抗[2],然而渺小的个体在庞大的城市之中的主体性孱弱乃至消解则是无

---

[1] 甫跃辉:《动物园》,上海文艺出版社,2013年,第55页。
[2] 刘大先:《新城市青年的情感结构——论马小淘的自我做戏与内倾反抗》,《当代文坛》2017年第5期。

疑的。

在上述两种趋向中,个人都是城市化大历史的牺牲品、溃逃者与失败者,城市的主体变成了惟恍惟惚的符号与物质,空间在以一种单向度的方式产生自己的对应物,城市想象则在以经济主义为主导的思维模式中变得日趋以上、中产阶级为目标对象。雅各布斯(Jane Jacobs, 1916-2006)在《美国大城市的死与生》(1961)中认为,城市的各种要素之间是互为关联的有机整体,它"就像生命科学一样是一种有序复杂性的问题"[1]。但是城市现代思想史却一直模仿物理科学的方法,比如霍华德(Ebenezer Howard, 1850-1928)开创的"花园城市"规划概念主要就是住宅(人口)数量和工作数量构成的两个变数体系;而到勒·柯布西耶(Le Corbusier, 1887-1965)的辐射式梦幻之城规划则采用的是概率和统计分析。雅各布斯讨论的基本上是霍尔(P. Hall, 1932-2014)在《明日之城:一部关于20世纪城市规划与设计的思想史》中梳理的历程,在她看来这一系列的观念和计划其实都与城市的运转机制无关,城市成了牺牲品,而城市的根本是人的生产与生活,这需要创造一种具有自我再生能力的"充满活力、多样化和用途集中"的城市。这些理想规划试图调和城市与乡村,然而经济学家往往更多强调城市的发展。在大众读书界颇为流行的格莱泽(Edward Glaeser)《城市的胜利》一书,吸收了雅各布斯的许多智慧,但是他并不同意前者过于平民化和个人化的一些观点。在他看来,城市对人类发展的种种好处首先是收入水平相对农村的大幅度提高,其次是密集的人群对文化、艺术、科技进步起到的重要作用。好的城市注重商业、贸

---

[1] 雅各布斯:《美国大城市的死与生》,金衡山译,译林出版社,2005年,第485页。

易、教育与创新,同时积极接纳新进入的移民,这样的城市是可持续发展的,如纽约。依靠重工业、受教育不多的工人的城市,在产业升级竞争力下降后必然会衰落,如底特律。当然,城市也可能是不平等的地方,尤其是贫富分化,环境污染、治安混乱等社会问题层出不穷。从芒福德以来,城市观察者们往往都会将城市描绘为罪恶的渊薮、堕落的根源、暴力和丑陋的策源地。尤其是与田园牧歌式的乡村作比较的时候,城市的道德也是颓败的,我们在狄更斯的《双城记》、雨果的《悲惨世界》中屡屡会遭遇这样的场景。但是格莱泽认为这一切不过是在浪漫主义怀旧病下构想出来的二元对立,这些问题不是城市造成的,即以城市的贫困而言,贫民窟不是造就贫民的原因而是农村贫困的结果,他以里约热内卢为例,说明贫民窟比边远穷困的农村的生活还是要好——有意义的统计数据是长期处于贫困线下的人口百分比,而不是静态的贫困人口比例,因为城市的吸引力之一正是大量改善贫困的机会。城市贫困因而会产生悖论:城市越是花力气解决贫困,它就越会贫富分化,因为会有更多的贫困人到城市去;也许不是城市导致了贫困,而是乡村的贫困人口被城市所吸引。

格莱泽有着经济学家那种"理性人"的市场迷恋:相信竞争能够使城市提供更好的服务和维持较低的成本。比如,限制高度和保护老建筑能确保价格的可承受性,而价值实际上是由供给与需求决定的。保护建筑遗产并非总是错的,却是有代价的,巴黎曾经因为接纳落魄艺术家而闻名,而现在是只有富人能享受得起的精品店城市。而高密度尤其是向高度垂直发展的城市,可以使得更多的自然土地得以留存,反而更环保。这种观点无疑与人文关怀大相径庭,但也并非一无是处。比如发展主义者揭示出保护城市遗产话语背后的"邻避主义"诅咒——它的危险在于很容易从原先的以抵制危害性风险为主转变为抵制一切可能改变现状的建设和生产,结果就是走上了冻结现有可能毫无历史文化价值的普通社区,更严格一点说,是"剥夺其他人的权利和降低其他人财产的价值"[1]。邻避主义隐藏着两种巨大的心理学偏见,一种是现状偏见,即抱残守缺地依附于当前状态;另一种是影响偏见,过高地估计某一事件可能给他们的幸福带来的莫须有影响。从这个意义上来说,城市文化的保护、传承与创新需要辩证地来看。

以上"城市的胜利"论调颇有为集约化大城市鼓吹的意思,其实城市与乡村的分野是个现代性问题,传统中国的城市直到 20 世纪初期还保持了与乡土的密切联系。即便是现在,城市也不足以构成对乡村的诋毁,特别是公共服务完善的发达乡村。无论是城市的垂直发展还是水平发展,根本问题是程度优化的问题。需要回答的是城市社会学家伯吉斯(Ernest W. Burgess)在 1960 年代就发出的追问:"城市的地域面积以及技术方面的发展,可以在多大程度上与社会组织的自然但却恰当的调整相匹配? 一个城市能够与社会组织的变化相同步的正常扩张速率应该是多少?"[2]城市发展从长时段来看就像是生物的演化,是特定时期特定政治经济条件下的结果,其大势不会为规划师或某个政府的抉择而改变。格莱泽的长处是从能源和交流角度拓展建筑学与城市规划的视野,但缺陷在于历史视角的不足,只有带有历史的眼光观察人与城的认同、情感联系与现实利益,才能指向一种有切实未来感的瞻望。另一方面,他有意无意将城市集约的管理成本问题

---

[1] 格莱泽:《城市的胜利》,刘润泉译,上海社会科学院出版社,2012 年,第 241 页。
[2] 欧内斯特·W·伯吉斯:《城市的发展:一个科研项目的导言》,见《城市文化读本》,汪民安、陈永国、马海良主编,北京大学出版社,2008 年,第 424 页。

淡化了,也没有涉及资源供给的问题,仅仅强调人的聚合和创新不可能解决复杂的城市实际问题。城市的规模、人口的密度在何种程度上才能发挥聚集的最大效益,如何合理地安排城市空间才能让城市真正达致最优的人居环境,有待更良好的公共服务、更完善的教育、更恰当的产业转移和升级。所以,问题不是城市的胜利,而是什么样的城市才能够胜利。

经济学的城市及其文化的规划如果脱离政治学进行单纯的讨论,往往容易丧失现实感。尤其是回到中国现实的时候,与城市化同行的市场化过程中,农地、农房能否入市以及如何入市,怎么样分权、分责、分利才是关键。如何打开城乡之间的市场之门,是"以城带乡"地进行"新土改"?[1]经济学家往往采取此种单面思路,但是城市化是一个综合工程,即便仅从经济学角度而言,奥沙利文(Arthur O'Sullivan)在其经典的城市经济学著作中所设立的分析框架就除了市场化、土地租赁与使用模式,还有贫困与住房、政府管理机构、交通、教育与犯罪诸多方面[2],更别提文化生态等问题。晚近三十年中国城市化进程中,地方政府、资本与农民/市民在土地使用上的利益分配可能是最为突出的问题,正是土地征用与房地产的过度开发造成了诸如流动与迁徙、房价与"蚁族"、环境与交通等社会问题。问题的复杂性呈现为既有正面的经济上的提升、基础设施与配套医疗、娱乐机构的发展,也有负面的失业、贫困、犯罪、污染、交通堵塞以及既有道德伦理、情感模式的转变。晓航在其科幻长篇《游戏是不能忘记》的中对工具理性规划

---

[1] 周其仁:《城乡中国》,中信出版社,2017年,第540—551页。
[2] 奥沙利文:《城市经济学》,中信出版社,2002年。

的"城市胜利"进行了反思:"一个可持续发展的城市,必须是一个平衡的世界,既拥有好人所秉持的道德,又拥有大多数人所渴望的利益"[1]。我们最终要考虑激情/欲望与利益的统一,它不是目的论式的规划,而是实践论的生成——"即使在最恶劣的环境中人类依然是强大的,乐观的,具有韧性的,他们从古至今一直在上演关于解放、关于自由的舞蹈,从未停止……"[2]而从技术的角度着眼,智慧城市、创意城市、景观城市和文化城市的建设也正在以特色化的道路,重构着人与城、民与国、地方与全球的关系。互联网大会永久会址的乌镇同时也是全球戏剧的展示舞台;贵阳安顺新区这样一度处于偏僻腹地的城市如今发展为大数据产业的中心;杭州、西安、成都则既是有着古老文化遗产的古城,也在数字文化生产和IP构建中呈现出创意产业城市的风貌……这个过程中产生的情感劳动(affective labor)、情感劳工和情感消费,已经不仅存在于"传统"服务业,更遍布于直播平台和视频网站和APP之中。面对中国城市进程的现实,走出既有关于城市书写的想象与运思模式,需要建基于此种现实感与主体性之上,如此才可能不仅仅止于描摹、拟仿或者解释,而参与到城市文明的批判与再造之中。

四

在对资本主导的城市文明批判之中,社会主义革命与集体性的遗

---

[1] 晓航:《游戏是不能忘记的》,北京十月文艺出版社,2018年,第391页。
[2] 同上,第392页。

产焕发出奇异的力量。石一枫《特别能战斗》构成了一个值得分析的文本。全民所有制的电子设备制造厂退休职工苗秀华这个人物可以说是近年来的城市文本中少有的新形象,作为一个"特别能战斗"的大妈,她继承的是从集体制时代的精神遗产,从起先的被动战斗到后来集体制瓦解之后的主动战斗:"新的体制和新的创造又会带来新的困惑,于是只有战斗变成了永恒的真理"[1],葆有着不畏任何强权(从官方体制性领导到资本家)的"单纯"的特质,以至于在与物业公司维权的斗争中,作为旁观者和被动参与者的"我"都不禁要感慨自己的暮气沉沉和她的昂扬激情之间的差异。苗秀华通过激活革命时代的话语方式和思想资源几乎孤身应战,既令人惊叹又不免让人心生怜悯,她那采取"搞运动"的方式在已经变化了的社会语境中注定难以持续。其背后的原因如同鲍曼(Zygmunt Bauman)所分析的,因为乌托邦政治的失败,一个想象的/假设的整体崩坏,可以说社会的顶部被摧毁了,"幸福社会不再是国家的责任,它取决于无数的个体本身。现代国家政治曾经宣布要负责的任务都落入了生活政治的领域","追求幸福和有意义的生活成了生活政治的主要使命,这种使命从建设一个美好的明天转移到热切地追求一个不同的今天"[2]。个人化与当下化,是现代城市及其价值观始料未及的后果,"我"和其他人几乎都是这种价值观的产物,而苗秀华必然要成为此种乌托邦消散的生活政治的牺牲品。有意味的是,"我"作为一个城市新移民也未尝不包含着诸种创造性的可能。

---

[1] 石一枫:《特别能战斗》,北京十月文艺出版社,2017年,第70页。
[2] 鲍曼:《被围困的社会》,郇建立译,江苏人民出版社,2005年,第23页。

非虚构作家桑德斯(Douglas Saunders)曾大胆预言到21世纪末,"人类将成为一个完全生活在城市里的物种",农业人口迁徙的规模与范围在人类历史上将后无来者,上一次如此剧烈的迁徙潮发生在18世纪末与20世纪初之间的欧洲与新大陆,其结果是直接造成了人类的思想、统治、科技与福利彻底的改头换面,大规模的城市化造就了"法国大革命"和"工业革命",并随之带来巨大的社会与政治变革。而当下的这次迁徙则是全球性的,他通过对五大洲二十多个国家与地区的采访与考察,预言这场人口流动的前景是移民将过渡的地点变成扎根的落脚地。[1] 这种全球城市化的过程会带来阿帕杜莱(Arjun Appadurai)所谓的"消散的现代性"[2],因为人口与信息是同时双重流动的,必然使得现代化话语中的城市权重发生位移,地方性的生产也成为一种新的空间力量。

这一点放置到中国内部,由多样性和不平衡空间所造成的城镇化趋势可以说是鲜明的印证。如同有学者观察到的,近十年来,"80后""90后"出生的"农二代"引发了代际革命,在经济特征上体现出期望更好地融入城市经济的倾向,在社会特征上则表现为很强的入城不回村的倾向,在文化价值观方面普遍对城市价值更为认同。这一方面使得乡土变成故土,另一方面则是新型城乡关系的形成,单向度的城镇化转向了城乡的互动与融合,城乡分工的明确与合理化,进而是城市文明与乡村文明的共融共生。中国已经向乡土中国告别,处于城乡中国

---

[1] 桑德斯:《落脚城市:最后的人类大迁徙与我们的未来》,陈信宏译,上海译文出版社,2012年。
[2] 阿尔君·阿帕杜莱:《消散的现代性:全球化的文化维度》,刘冉译,上海三联书店,2012年。

的阶段。[1]"城乡中国"最为突出的特征是处于城乡中间状态的"小镇",我曾经以参差不齐的"灌木丛美学"描述过当下中国文学中的城镇书写,在通约性时间中的不平衡空间显示了城市想象的潜质:"小镇如同两栖生物,如果以进化论的角度来看,小镇似乎是乡村向城市发展中的未臻完成状态,是城市的半成品,但其实它们是不同的生物,就像动物不是由植物演化而来的一样。小镇是乡村与城市的中介,连接着两头,与它们有着切割不掉的联系,但自己也是独立的一分子。它构筑了一种城乡结合部式的暧昧空间,这个空间在世界日益被某种相似的语法所统治的语境中显示了自己的异质性存在——它是全球化中的一个个凸点,突显了在各个方面发展不平衡的事实,因为它们的存在,世界才不是那么光洁顺滑地成为平的"[2]。林森的海南小镇(《小镇》《关关雎鸠》《暖若春风》)、田耳的佴城(《天体悬浮》《风蚀地带》)、路内的戴城(《少年巴比伦》《追随她的旅程》《花街往事》)、鬼子的瓦城(《瓦城上空的麦田》《被雨淋湿的河》《上午打瞌睡的女孩》)……所呈现的正是这种混杂空间,它们的城乡结合部式的粗粝、庸俗和"土味"无疑区别于乡土与农村书写,也冲击着20世纪末盛行延及当下的都市中产阶级美学,并且反哺这二者,改写着"现代化"的秩序与规范。

另一面,从工业化向信息化的组织性变革与智能城市构想的出现,也突破了工业化思路中想象城市的方法。如同卡斯泰尔(Manuel

---

[1] 刘守英、王一鸽:《从乡土中国到城乡中国:中国转型的乡村变迁视角》,《管理世界》2018年第10期。
[2] 刘大先:《文学小镇与灌木丛美学》,《福建文学》2018年第2期。

Castells)描述与分析的,信息化使得提高利润率手段增多,也是加强政府对资本积累和支配进行干预的强有力工具,构成经济全球化的基础。而信息化发展模式的组织部分,在知识生产过程和决策过程的集中不断加强。系统灵活,改变了劳资关系是一方面,模糊了公司界限是另一方面,也能更为机动地应对世界范围内的市场变化。权力集中的公司转化为由形式不同的公司机构组成的权力下放的网络系统。"新的社会形式和新的空间变化从这个历史性的融合中产生了"[1]。卡斯泰尔主要是以20世纪80年代的美国城市区域化为例进行讨论,如果搁置在八十年之后的中国,会发现这个历程更为剧烈与明显,如果要举例子,张江和中关村可以说上海和北京的城外之城,一种异乎既有关于城市的定型想象中的存在,更主要的是信息化改变了城市运行和城市文化的法则。

不平衡发展与技术带来的信息化,让新的城市文明悄然生发,突出地体现在喊麦、抖音、动漫、电游这些泛称的新媒体大众文化之中。我们会发现技术如同温和改良和暴力革命一样,解放了生产力和创造力,不仅带来物质与现实世界的变化,而带来了心理、认知和感受力上的实践。与劳动、生产、传播、消费并行的人口及其社会角色的变化(科技无产阶级的形成),让某些怪异的、"接地气"的、不能为主流中产阶级话语所接受的新文化也许蕴含其中。回到关于城市的具体规划之中,库哈斯(Rem Koolhaas)曾经有段宣言式的言说:"如果确有一种'新城市规划',那么它不会以秩序和全能这两个相似的奇思妙想为基础;那将是不确定性的登场;它将不再关注对或多或少的永久性研究

---

[1] 卡斯泰尔:《信息化城市》,崔保国等译,江苏人民出版社,2001年,第35页。

对象的整理,而是关注潜能对研究领域的浇灌;它将不再以稳定的结构为目标,而是以创造新的领域为目标,这种领域能够调节拒绝形成具体形态的过程;它将不再是关于细致的定义和对范围的限定,而是关于对概念的延伸,对界线的否定,不是关于对实体的区分和识别,而是关于对难以命名的混合物的发现;它将不再为城市所困扰,而是关心如何运作基础设施以满足无休止的强化、多样化、捷径和重新分配的需要,这一切都是心理空间的再创造。城市已经四处扩散,因此,城市主义再也不会关注所谓的'新',只会关注'更多'和'改进'。它不会关注文明社会,而是关注文明欠发达的社会。"[1]这种理念与其说是理想预言,不如说是应对现实的必然选择。城市发展从工业向服务业的倾斜,商业化被资本化所笼罩,新兴技术与媒体可能会提供替代性的选择,与城乡融合通行的是媒介融合,进而是文学形式与理念的变形与转化。关于城市的书写同样也遭逢如此巨变,它必须意识到既有当代文学沉积的模式与惰性,同时挖掘过往被遗弃的遗产,更主要的是意识到一个纯文学的时代无论从技术、形态到观念与价值上都行将终结,我们需要寻找包含文字、图像、动态视频、参与式的多样化书写形态,并将自己归入到再造文明的实践之中。

---

[1] 莱姆·库哈斯:《城市规划问题到底怎么了?》,见《城市文化读本》,汪民安、陈永国、马海良主编,北京大学出版社,2008年,第380页。

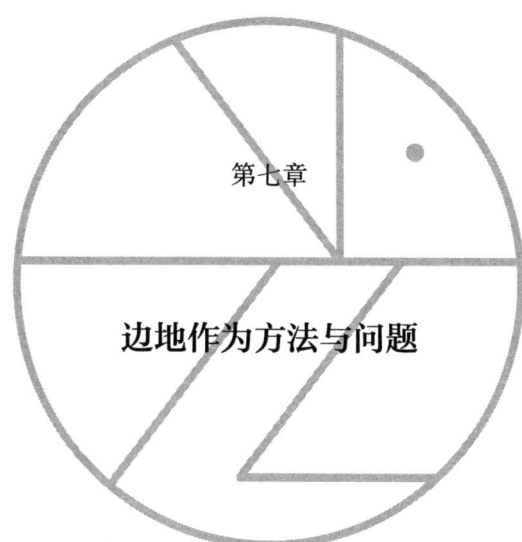

第七章

边地作为方法与问题

取塞外野蛮精悍之血,注入中原文化颓废之躯,旧染既除,新机重启,扩大恢张,遂能别创空前之世局。

——陈寅恪

无穷的远方,无数的人们,都和我有关。

——鲁迅

对于一个成熟的人来说,美德的一个来源就是,一点一滴地学习改变那些可见的,可变的东西,然后就可以将他们全部放在身后。热爱自己故乡的人只是一个软弱的初学者;一个以他人的家园为家的人就有了力量；一个以世界为陌生之地的人则是一个完美的人。一个软弱的人只把爱着眼于一个地方；坚强的人把自己的爱普济于世；完美的人则超脱于此。

——圣维克多的雨果

新世纪以来可以观察到的一个文学现象是，原先处于文学话语"中心"和"集散地"之外的"边地"涌现出不容忽视的文学力量。西藏、新疆、青海、内蒙古、宁夏、广西、云贵川黔等边疆和边区出现了新兴作家群体和文学形象上的"边缘的崛起"，这是自20世纪80年代以来文学生态的一个结构性变化。边地虽然并没有构成替代性的中心，但是地理空间意义上的边地，显然已经不再是文学意义上的边缘，文学体制的空间等级和差异被日益便捷的交通和信息传播方式打破，如果说北京、上海此类现代文学中心依然具有文学生产传播、标准确立和解释与经典化的强大影响力，但已经不再是垄断性或覆盖性的了，整个中国文学的地图日益成为一张由各个不同的平行节点所构成的复杂网络。究其原因，一方面是马克思所谓的艺术生产与物质生产之间的不平衡发展关系导致："它的一定繁盛时期绝不是同社会的一般发展成比例的，因而也决不是同仿佛是社会组织的骨骼的物质基础的一般发展成比例"[1]——技术与经济落后的偏远地区与族群未必不会产生文学的繁荣；另一方面则与区域性地方政府刻意鼓励与扶持文化创意与文学生产的发展策略有关，呼应着文化多元

----

[1] 马克思：《政治经济学批判导言》，中共中央马克思恩格斯列宁斯大林著作编译局《马克思恩格斯文集》，人民出版社，2009年，第591页。

主义的全球性意识形态话语。如果从思想史的脉络考察,现代文学以来的边地,是由普遍性时间(现代性)中的主流价值在差异性空间(地方)中不平衡播散的结果。得益于全球化经济方式的扩张和媒介技术的更新,边地的差异性空间在新时代语境的文学中获得敞开,并行的是关于文学观念和文学意识的自觉改变,进而显示出其变革性的意义。

一

1938年2月,闻一多从长沙跟随湘黔滇旅行团徒步前往昆明,从益阳、常德西行经过沅陵、芷江、晃县,再到贵州的玉屏、三穗、镇宁等地入云南〔1〕,路经河山壮丽,眼见边地侗、苗、布依同胞雄强旺盛的生命力,不禁感慨主流文明过于熟烂,应该汲取边地民众的野性力量。他在次年为刘兆吉的《西南采风集》作序的时候,写到那些乡野歌谣:"你说这是野蛮,是野蛮。对了,如今我们需要的正是它。我们文明得太久了,如今人家逼得我们没有路走,我们该拿出人性中最后最神圣的一张牌来,让我们那在人性的幽暗角落里蛰伏了数千年的兽性跳出来反噬他一口。"〔2〕1946年5月,在昆明看了彝族音乐歌舞《阿细跳月》等演出后,闻一多又写道:"从这些艺术形象中,我们认识了这民族的无限丰富的生命力。……为什么不让它给我们的文化增加更多样

---

〔1〕 闻黎明、侯菊坤编《闻一多年谱长编》,湖北人民出版社,1994年,第522—540页。
〔2〕 闻一多:《〈西南采风录序〉》,《闻一多全集·2》,唐达辉整理,湖北人民出版社,1993年,第195—196页。

的光辉?"[1]在民族面临帝国主义入侵的时候,闻一多对"文明"极其不满的看法是忧国忧民的知识分子在外部刺激中寻找内部曾经一度被遮蔽的精神资源的共通见解。老舍在1944至1945年连载的《四世同堂》中也尖锐抨击"老大中国"的主流文化"过熟",以至于陷入琐碎、僵化与陈腐:"当一个文化熟到了稀烂的时候,人们会麻木不仁地把惊魂夺魄的事情与刺激放在一旁,而专注意到吃喝拉撒中的小节目上去",从而认识到"'雅'是中国艺术的生命源泉,也是中国文化上最贱劣的油漆"。老舍也看到底层的力量:"知识不多的人反倒容易有深厚的情感,而这情感的源泉是我们古远的文化。一个人可以很容易获得一些知识,而性情的深厚却不是一会儿工夫培养得出的",作为时代新人物的瑞宣远走西北,看到秦岭和黄土高坡,"他想,新的中国大概是由这些坚实纯朴的力量里产生出来,而那腐烂了的城市,象北平,反倒也许负不起这个责任的"[2]。这种体验与感受,既是地理的新视野,也是文化的再发现。1930年代以来的历史研究,也呼应着类似的说法,最为著名的莫如陈寅恪猜测李唐一族之所以崛兴的原因,在于"取塞外野蛮精悍之血,注入中原文化颓废之躯,旧染既除,新机重启,扩大恢张,遂能别创空前之世局"[3]。

如果说闻一多与老舍是城市精英的眼光向外,从边城到都市的沈从文在从湘西边地寻找到"希腊小庙"般的人性之美,则是"乡下人"进

---

[1] 闻一多:《为彝族乐舞团演出题词》,《闻一多全集·2》,唐达辉整理,湖北人民出版社,1993年,第246页。
[2] 老舍:《四世同堂》,第295、713、443、1026页,人民文学出版社2001年。
[3] 陈寅恪:《李唐氏族之推测后记》,见《陈寅恪集·金明馆丛稿二编》,北京三联书店,2001年,第344页。

城后返观故乡的眼光向下。在他看来,这种人性美的本质在于生命力,因而在小说散文中刻意推崇勇敢,肯定野蛮下面的雄强,书写湘西民众生命中的野性力量和原始活力。他在《看虹摘星录》后记中写道:"吾人的生命力,是在一个无形无质的'社会'压抑下,常常变成为各种方式,浸润泛滥于一切社会制度,政治思想,和文学艺术组织上,形成历史过去而又决定人生未来。这种生命力到某种情形下,无可归纳捐注时,直接游离成为可哀的欲念,转入梦境,找寻排泄,因之天堂地狱,无不在望,从挫折消耗过程中,一个人或发狂而自杀,或因之重新得到调整,见出稳定。这虽不是多数人所必要的路程,也正是某些人生命发展的一种形式,且及生命最庄严一部分。"[1]苏雪林在评论时指出:"沈从文虽然也是这老大民族中间的一分子,但他属于生活力较强的湖南民族,又生长湘西地方,比我们多带一分蛮野气质。他很想将这分蛮野气质当作火炬,引燃整个民族青春之焰,所以他把'雄强''犷悍',整天挂在嘴边。他爱写湘西民族的下等阶级,从他们龌龊,卑鄙,粗暴,淫乱的性格中;酗酒,赌博,打架,争吵,偷窃,劫掠的行为中,发现他们也有一颗同我们一样的鲜红热烈的心,也有一种同我们一样的人性。"[2]这样的观点是20世纪三四十年代知识分子的共识,他们在民族危亡的关头,基本思路是认识到"边缘的活力",将处于边地的民间和族群文化作为替代性的文化的换喻与象征。以此作为一种观察视角和另类叙事,进而试图用"边地"的多元价值去疗救和置换衰朽的主流价值,这种对于"边地"的发现,某种意义上将边缘文化因子纳入想象的

---

[1] 刘洪涛、杨瑞仁编《沈从文研究资料》上,天津人民出版社,2006年,第64页。
[2] 苏雪林:《沈从文论》,《苏雪林文集》第三卷,安徽文艺出版社,1996年,第353页。

共同体之中,也是在重新发明和塑造一种新的"中华民族"文化。

通过在"地方"和"民族"之间建立联系,"边地"进入到想象中国的文学叙事之中。"地方"是从20世纪20年代末的革命文学就已经开始讨论的一个话题,延续至40年代时,经历了因应不同语境的变迁,显然有着现实情势所带来的文学反省。"地方"牵涉"民族形式"与大众化和通俗化,如果从启蒙主义批判"国民性"的视角来看,过于突出地方性可能会对新文学的普遍性理念产生背离;而随着外部形势的变化,从民族主义的角度来看,强调地方性则会对中国整体性的民族性建构有一定的疏离。[1] 但这些争议和犹疑在反对殖民和帝国主义的同仇敌忾中,达成了一种差异性的共识。如同胡风所说,对于彼时的中国而言,一方面社会经济发展不均衡带来各地文化发展不均衡,另一方面大众的统一的国语尚未诞生,方言语系的分布原有历史基础,因而抗日民族革命战争期中的文化运动的一面不得不是发展"地方文化"的形式[2]。从延安的大众文艺运动到大后方的"民族形式",从解放区的文艺试验到国统区的文化反省,精英文人在深受外部影响的城市文明中看到的更多是"传统"的窳败和西化的颓废,而"乡土中国"尤其是多样性的边地作为中国文化的博大根基,则可能隐藏着广阔深厚而充满活力的因素,是彰显地方、振兴本土文化的价值所在和精神资源。

这些生物学隐喻式的思考方法来自于官方"大传统"和民间"小传

---

[1] 这方面的晚近研究,参见李松睿《书写"我乡我土":地方性与20世纪40年代中国小说》,上海人民出版社,2016年。
[2] 胡风:《论持久战中的文化运动》,《胡风评论集》(中),人民文学出版社,1984年,第40页。

统"之间的互动,从而形成了边地亚文化对主流文化补苴罅漏、救偏补弊的认知,一度成为后来在20世纪80年代盛极一时的"文化热"的源头活水。80年代起初几年,汪曾祺陆续发表了《异秉》《受戒》《大淖记事》等作品,重新将散文化笔法与传统文人般的抒情传统引入到小说的写作之中,在这种语言文体的变革中将原先集中于精英阶层吟风弄月、闲情偶寄的形式改造下放为一种日常生活实践的现代抒情,"纯真的爱欲、唯美的诗境完善化了一个乌托邦空间"[1],从而使得表面上极其地方性的书写包孕上了普遍性的宏大主题。熟悉文学史的都知道,1939年夏,19岁的汪曾祺从上海经香港、越南到昆明,考入西南联大中国文学系学习。[2] 他在40年代的早期作品中充满意识流动和文体实验,颇具现代主义色彩,而四十年后回归的作品则风格迥异,实际上是一种文学书写中于无声处听惊雷的变革——早在朦胧诗和先锋小说之前,就以乡土中国的美学复兴和自由人性的书写与刚刚过去的压抑与异化人性的时代进行对话。汪曾祺承接的是传统文脉,而直接受沈从文亲炙,云南边地的经历与影响隐伏在起承转合的个人与时代命运之中,成为表现苏北高邮地方风情人物的内在指针。他在1993年为《沈从文谈人生》写的序中,提炼出一个核心命题:"黑格尔提出'美是生命'的命题,我们也许可以反过来变成这样的逆命题:'生命是美'。"[3] 沈从文的"美"的观念和崇尚自然人性,成为汪曾祺晚年恢复现实主义、联结传统文化的内在理路。

---

[1] 黄锦树:《抒情传统与现代性——传统之发明,或创造性的转化》,陈国球、王德威编《抒情之现代性:"抒情传统"论述与中国文学研究》,三联书店,2014年,第686页。
[2] 陆建华:《汪曾祺年谱》,《文教资料》1997年第4期。
[3] 汪曾祺:《美——生命》,《汪曾祺论沈从文》,刘涛评,广陵书社,2016年,第114页。

沈从文、汪曾祺的地方书写,内在理路上成为"寻根文化"思想路径的先导。作为对意识形态一体性文学的反拨和对新兴的西方现代主义潮流的反省,"寻根文学"在西学蜂拥而至的新启蒙时代发掘与彰显地方的民族文化与民间文学。"边地"在此种潮流中与彰显中国传统文化的海外"新儒学"一道,被赋予了文化主体性的意义。虽然经历了各种文学潮流此起彼伏的冲刷,寻根文学所表征的边地资源一直绵延不绝,并且有机融入魔幻现实主义、先锋小说和少数民族文学话语之中。可以说,地方性文化在20世纪末到新世纪以来,获得了一种几乎"政治正确"的文化多元主义加持。尤其在保护"非物质文化遗产"和弘扬文化多样性的政策设计中,"边缘的活力"具有了作为中华民族文化复兴的活力因素的内涵。其实中国内部对于边地、边疆、边缘的重新发现,可以追溯到由于东南沿海的两次鸦片战争、1874年日本入侵台湾、1864年西北新疆的阿古柏叛乱和1871年俄军入侵伊犁等一系列边疆问题所引发的"海防"与"塞防"之争[1],关心时势的文人对边疆史地、器物风俗乃至地缘战略这些关系富国强兵的实学的关注,超过了对道德心性之学的关注。进而在学术上是晚清经世致用的西北地理等边地学的兴起,与之并行的则是海外东方学家、间谍、商人和冒险家对于西北、西南边疆的探险与考察。

这种"边地"的发生学历史,始终伴随着不同文化交流碰撞尤其是现实地缘政治斗争中的文化与情感焦虑,进而促成了对于"中国"的空间与人文的再认知——当整体性的中国文化面临外来冲击的生死存亡关头,边地成为中国文化与文学想象民族共同体、凝聚团结民众、塑

---

[1] 李元鹏:《晚清关于战略重点的"海防"与"塞防"之争》,《中国军事科学》2002年第2期。

造认同、建构身份不可或缺的力量。"五四新文学"对于"旧文学"的批判也是从民族、民间之中汲取营养,底层和"边地"不仅仅是知识分子理念上"到民间去"的主要处所,而且也是国族观念中"边政"的实施之地,更是新旧民主主义革命乃至社会主义建设中的实践空间。

二

新文学作家冰心的先生、著名的人类学家吴文藻1942年在讨论"边政学"的时候称:"中华民族之形成史,是即一向边疆,一向海外,两路自然发展的史实,其中尤须追溯此族迁徙混合的迹象,移植屯垦的功绩。其次,则为御边理藩的积业,开拓疆域的成果,乃至中原农业文化与边疆畜牧文化冲突混合的历程。"[1]也即,"中华民族"的形成过程,历史地包含着中国内部多样性文化的碰撞、交流与融合。但是主流文化与文学书写中对于边地和边民的误解和傲慢,往往来自于对于这种内部的他者的无知。如同民族学家马长寿所说:"文化的不同,或由于环境与历史的不同,或由于文化演进的迟滞(culture lag)。因而文化不齐是非常自然的现象。一个民族对于自己的文化大致都有'家有敝帚,享之千金'的心理,实在由于敝帚自有其敝帚的功能。(人类学)演进论派所谓'遗脱(survivals)'的概念,似多为异民族对本民族的看法。遗脱未始没有功能的。所以,估量文化的价值时,当以本民族的生活为其首要的尺度。"[2]他提到的"以本民族的生活为其首要的

---

[1] 吴文藻:《边政学发凡》,《吴文藻人类学社会学研究文集》,民族出版社,1990年,第274页。
[2] 马长寿:《人类学在我国边政上的应用》(1947年),周伟洲编《马长寿民族学论集》,人民出版社,2003年,第11页。

尺度"实际上与后来的人类学家马林诺夫斯基或吉尔兹所谓的"文化持有者的内部眼光"异曲同工[1]。因为"边民心理并非'前逻辑'或'不逻辑的',所不同者由于他们的逻辑范畴与我们的不相同而已。逻辑范畴不同,因而信仰不同,制度各异。"[2]这种"不齐""不同"和"差异"形成参差多样、差异互补的文化结构,如果要创造一种新型的文化与文学,容纳内部的"他者"——边地与边民——的比较的视野、理解的共情与多样的包容就必不可少。

边地、边民及其文化生活的历史实践,在比较的视野、理解的共情和多样的包容中,形成了一种理论上的方法论转型:置换观察的角度,拆解固有的文化等级制,颠倒或消解中心与边缘的二元文化模式,从而形成一种彼此互动促生的文化间性。这种方法伴随着文化民主化和多元化思想观念的兴起而来,但并不局限在本质化的多元之中,而是要在流动与变异中应对变动不息的现实文化生态。在经过后结构主义、后现代主义和后殖民主义等一系列认知范型转变之后,对于西方现代以来的启蒙现代性所主导和型塑的单一认知模式的反思日趋深入,此前处于现代性暗昧之处或者被"祛魅"化的工具理性所压抑的各类"小传统"纷纷谋求自己的话语权和主体性。基于"边地"生发的认识论,不仅在中国文化和文学的内部具有千灯互照、万象共生的意义,在资本和消费主义日益跨越边界、填平鸿沟的全球语境中同样具

---

[1] 吉尔兹:"力图按事物本原结果所呈来操作,而不是按人类学家在心灵上所认其为应是如此或需要如此的结果而操作"。吉尔兹:《地方性知识:阐释人类学论文集》,王海龙、张家瑄译,中央编译出版社,2000年,第74页。

[2] 马长寿:《人类学在我国边政上的应用》(1947年),周伟洲编《马长寿民族学论集》,人民出版社,2003年,第12页。

有保护文化多样性的启示功能。

回到中国文学的现场来看,走出某个文学观念"中心"而以边地作为方法,会发现现代以来文学制度、文学教育、文学批评和研究体系中所形成的"文学性"、文类体裁、文学观念的缺失之处。但我并不是要做"边地"与"中心"的移形换位,我想说的是地理上的边地与文化上的边地之间的差异。地理空间的边地涉及政治疆域的划分,比如1935年划定"瑷珲-腾冲线"的胡焕庸所讨论的国防地理中的边地[1]。在口语与文字表述中,人们通常也会将不同区域的边地称为"塞外""绝域""口外",而称内地为"中原""腹地""关内",其背后隐藏着或明或暗的分界线。有意思的是,在另外一种含混的表述中,虽然东南沿海诸地,以海为界,本来是边疆,却并不被视为边地;相反甘青川黔位居地理腹心,反倒被视为边地,这显然是文化上的边地。文化上的边地是因为语言、风俗、信仰、生活方式、人口构成等因素造成的有别于文化权力核心区的差异性区域。这个差异性区域的文学一旦被重新发掘与发明,就会焕发出巨大的文化能量。比如在少数民族抒情诗和叙事传统之中,作为"活的传统"的口头文学所包含的文学与生活之间的密切联系,就会倒逼对以审美为中心的现代文学观念的重新思考。新疆柯尔克孜族的《玛纳斯》,藏族的《格萨尔》、蒙古族的《江格尔》等史诗中的颂歌传统和英雄叙事,则在总体性和"类"的意义上展现了集体生活的文化传承和文化创造。它们构成的美学风格和潜在影响隐约出现在有着边地经验的徐怀中的小说,闻捷、郭小川的诗歌之中。而随着新世纪边地文学书写,那些源于边地的原型母题在重述中,也得以

---

[1] 胡焕庸:《中国人口之分布——附统计表与密度图》,《地理学报》1935年第2期。

呈现出其光洁如新的面孔，像彝族的典籍《指路经》就催生出吉狄马加《让我们回去吧》、阿库乌雾《招魂》、阿兹乌火《彝王传》等一系列诗作。

云南诗人雷平阳两首耳熟能详的短诗可以作为解读边地文学的范例。一首是《亲人》："我只爱我寄宿的云南，因为其他省／我都不爱；我只爱云南的昭通市／因为其他市我都不爱；我只爱昭通市的土城乡／因为其他乡我都不爱……／我的爱狭隘、偏执，像针尖上的蜂蜜／假如有一天我再不能继续下去／我会只爱我的亲人——／这逐渐缩小的过程／耗尽了我的青春和悲悯"。[1] 这首诗与汉娜·阿伦特的著名表述非常相似[2]，与那种向外扩展到"博爱""泛爱众"的理念不同，诗中所要表达的是一种具体的、向内的、聚缩的爱，这种情感真切与有力；前者因为不及物而易于流向伪饰和空泛，后者则因为具体而落在实处。这其实隐喻了一种关于身份与认同的形成模式，所有对于宏大主体比如国家、民族的认同必须要经过一系列可以感知的立足点与中介，因而表面上背向而行的对于边地与个体的执拗的情感归属，倒是更广阔的认同的根基，就如同费孝通说到的"差序格局"——"以'己'为中心，像石子一般投入水中，和别人所联系成的社会关系，不像团体中的分子一般大家立在一个平面上，而是像水的波纹一般，一圈圈推出去，愈

---

[1] 雷平阳：《亲人》，《雷平阳诗选》，长江文艺出版社，2006年，第1页。
[2] 1963年7月20日阿伦特致格尔斯赫姆·朔勒姆的信："我在自己的一生中从未'爱过'任何一个民族或者集体，德意志民族也罢，法兰西民族也罢，美国也罢，更加没有爱过诸如工人阶级之类的群体。事实上我只爱我的亲朋好友，至于别的爱我无能为力。"见阿洛伊斯·普林茨：《爱这个世界：汉娜·阿伦特传》，焦洱译，社会科学文献出版社，2001年，第173页。

推愈远,也愈推愈薄。在这里我们遇到了中国社会结构的基本特性了"[1]——情感与忠诚的模式像石头在水中击起的涟漪,一圈一圈往外扩散。如果没有对于边地的偏执,就不可能有整体的真诚信仰。另一首是《小学校》:"去年的时候它已是废墟。我从那儿经过/闻到了一股呛人的气味。那是夏天/断墙上长满了紫云英;破损的一个个/窗户上,有鸟粪,也有轻风在吹着/雨痕斑斑的描红纸。有几根断梁/倾靠着,朝天的端口长出了黑木耳/仿佛孩子们欢笑声的结晶……也算是奇迹吧/我画的一个板报还在,三十年了/抄录的文字中,还弥漫着火药的气息/而非童心! 也许,我真是我小小的敌人/一直潜伏下来,直到今日。不过/我并不想责怪那些引领过我的思想/都是废墟了,用不着落井下石……"[2]这首诗很容易被解读为与过去历史的和解和宽恕,而我想提到的一点是,在一个极小的边地意象中蕴藏着的丰富与阔大。就像汪曾祺在高邮故里的明子与小英子(《受戒》)、巧云(《大淖记事》)、薛大娘(《薛大娘》)那里发现的自然人性:"性格没有被扭曲、被压抑。舒舒展展,无拘无束"[3],从而以美学的方式应对着刻板的意识形态教条。雷平阳在创伤记忆中发掘出了一种历史的悲剧性和对于这种悲剧性出于自然的理解和消化。边地的文学在这里消弭了文学地理中的等级制,让边地与中心一样具有普遍性。显然,在雷平阳这样的边地文学中,边地获得了其独立的主体性和自信。

---

[1] 费孝通:《差序格局》,《费孝通学术精华录》,北京师范学院出版社,1988年,第361页。
[2] 雷平阳:《小学校》,《雷平阳诗选》,长江文艺出版社,2006年,第17页。
[3] 汪曾祺:《薛大娘》,《汪曾祺精选集》,北京燕山出版社,2014年,第280页。

但边地文学的主体性往往会以一种符号化的面目呈现。就传播与宣介而言,地方文学往往特别愿意树立某种群体性形象或代表人物,并且予以命名。这个历程从市场化初期就已经开始,1993年上半年,陈忠实《白鹿原》、贾平凹《废都》、高建群《最后一个匈奴》、京夫《八里情仇》和程海《热爱命运》五部长篇小说不约而同被北京五家出版社推出,形成"陕军东征"热潮。其后河北作家何申、谈歌、关仁山推出一系列以贴近老百姓、关注新时代、揭示新矛盾、展现新生活的新写实主义作品,而被称为河北文坛"三驾马车"。宁夏则有陈继明、石舒清、金瓯并称的"三棵树",到20世纪初栋梁、漠月、张学东等又被称为"新三棵树"。新世纪以来伴随文化多样性和(非)物质文化遗产话语,文化多元主义逐渐称为一种不证自明的话语。作为多元文化的组成分子,中国境内的各个民族与地区都进入到一种建构地方性的热潮当中,地方性文学则成为浪潮中激越的浪花。但这些命名更多出于地方文学名片的营销和推广,虽然被拼凑在一起的作家群、作品乃至流派可能有某些题材和风格的共通性,但并没有形成明确的文学主张。倒是在本世纪初"地域诗歌"的提法和实践中可以窥见边地文学主体性自觉意识。2001年8月的《独立》专门推出"地域诗歌专号",其主要推动者即彝族诗人发星和布依族诗人梦亦非,他们将杨勇、叶舟、安琪、桑子、古马、阿信、马惹拉哈、李寂荡、湄子等诗人的诗歌以地域的名义集结在一起。这些人来自黑龙江、甘肃、福建、四川、贵州,从地理上来说,这些地方都是"边地",而正是这些边地人的边地书写却走在了前沿探索与先锋试验的位置。在倡导者的表述中,"地域诗歌""是以本地文化为背景,处理本地经验、本地体验与本地事物的诗歌,它以创造主体的素养为基础,写作的结果指向创造主体的建设、完善。地域诗歌的重心是创造主体"[1]。这种"本地"立场更多是一种边地文化自觉,与后来建构的诸如"甘肃八骏""康巴作家群""里下河文学流派"等地方文学策划不同的是,这种边地意识里不再局限于某个地方的"民族诗歌"或"群体诗歌",而是以"本地"作为基础,有着超越"本地"的形而上、个人化和普遍性的追求。它并没有权力对抗意味,而突出写作与具体文化之根的联系,可以说是延续了寻根文学的思路,致力于边地文学的自觉方法论建构。

"边地"的主体性被提倡,从内在观念来说,源自于对20世纪80年代以来"世界文学"所形成的文学等级制的不满。在那种等级制当中,西欧北美文学因为晚近一百多年伴随军事、经济、政治的强权而获得了霸权性地位,从而使其原本属于地方性的文学风格和美学特点泛化为一种普遍性标准。宇文所安(Stephen Owen)在分析"世界诗歌"的时候,提到了欧美之外地方的作家诗人们主动或被动、自觉或不自觉地遵循被译介的文学语法进行写作的现象:"在'世界诗歌'的范畴中,诗人必须找到一种可以被接受的方式代表自己的国家。和真正的国家诗歌不同,世界诗歌讲究民族风味。诗人常常诉诸那些可以增强地方荣誉感、也可以满足国际读者对'地方色彩'的渴求的名字、意象和传统。与此同时,写作和阅读传统诗歌所必备的精深知识不可能出现在世界诗歌里。一首诗里的地方色彩成为文字的国旗;正像一次旅行社精心安排的旅行,地方色彩让国际读者快速、安全地体验到另一种文化。除了这种精挑细选过的'地方色彩',世界诗歌也青睐具有普遍性的意象。诗中常镶满具体的事物,尤其是频繁进出口、因而十分

---

[1] 梦亦非:《苍凉归途》,花城出版社,2010年,第156页。

可译的事物。地方色彩太浓的词语和具有太多本土文化意义的事物被有意避免。即使它们被用在诗中,也只是因为它们具有诗意;它们在原文化里的含义不会在诗里出现。"[1]像那些注重"东方风情"的第三世界电影一样,这样的写作是可疑的,它的价值需要在排除了作为卖点的使用价值之后才能衡定,而这又是很难剥离出来的。因而,这样的文学无论从美学风格还是思想观念实际上都被通行的"国际标准"先行规定了。对于这种格局而言,边地文学要解决的是建立自己的标准。

按照比较学者卡萨诺瓦的分析,文学的世界是"一个有中心的世界,它将会构建它的首都、外省、边疆"[2],而文学中心在不同时代由不同的地方所主宰,比如19世纪是巴黎,到了20世纪成了纽约。"全世界的文学规则都由这个中心来制定,是所谓世界文学资本的所有者,所有文学边缘地带的作家都必须运用这个中心的文学资本进行文学生产,才能得到文学世界的承认。"[3]这种等级结构当然不仅是文学内部自身运行的结果,必然有着外部强势政治与经济力量的助推乃至暴力施加,边缘文学在这个意义上有着以多元主义反抗既定霸权格局的意味。中国的边地文学无疑也有在内部抵抗来自于处于文学权力中心的北京、上海的意味,但是作为中国内部文化多样性的体现,显然不能仅仅从后殖民式的反抗视角进行解释。

---

[1] 宇文所安:《什么是世界诗歌?》,洪越译,田晓菲校,《新诗评论》总第三辑,北京大学出版社,2006年。
[2] 卡萨诺瓦:《文学世界共和国》,罗国祥、陈新丽、赵妮译,北京大学出版社,2015年,第26页。
[3] 罗国祥:《文学世界的"格林尼治"》,卡萨诺瓦《文学世界共和国》译者序,北京大学出版社,2015年,第5页。

三

观察者很容易发现20世纪90年代以来，一些已经在主流文学界获得声名的少数民族作家停止了先前习惯的虚构式写作，由抒情转向写实，走向"一种新的跨文化、跨文体写作的主动探索，是对于族群情感、民族使命的另类写作。这种写作，从边缘位置出发，以主流文化话语霸权为靶的，以边缘声音的自我发声为追求，以对本族群及所有边缘族群生存危机感为焦虑，以后殖民文化人类学或文化地理学为明显标志，以激情的批评诗性为融化剂，构成了中国式后殖民文化人类学性质的跨文化写作。"[1]比如海拉尔的鄂温克作家乌热尔图、游走在穆斯林地区的回族作家张承志还有拉萨的藏族作家唯色，他们"通过对少数族裔文化地理的解构性、后殖民性的重新书写，来达到某种类似于'逆写帝国'的效果……重新进行本土的人类学考察，重新进行'再民族化'的文化地理学的书写，是解构外来主流文化霸权编码的行动，是重写民族史、重绘本土民族史志"[2]。但是"逆写帝国"[3]这种

---

[1] 姚新勇：《文化民族主义视野下的转型期中国少数民族文学》，花木兰文化出版社，2016年，第246—247页。

[2] 同上，第250页。

[3] "当作家和批评家开始认识到后殖民文本的独特性时，他们也明白需要发展一种适当的模式来解释这些文本。迄今为止出现的模式主要有四种：第一，民族或地区性模式，它强调特定民族或地区文化所独有的特色；第二，基于种族的模式，它认同跨越不同民族文学之间的某些共性……第三，各种复杂的比较模式，为跨越两种或多种后殖民文学的语言、历史和文化特性寻求解释；第四，更为广泛的比较模式，主张杂糅性和交融性是所有后殖民文学的构成元素。"阿希克洛夫特（Ashcroft, B.）、格里菲斯（Griffiths, G.）、蒂芬（Tiffin, H.）：《逆写帝国：后殖民的理论与实践》，任一鸣译，北京大学出版社，2014年，第12页。

具有浓郁后殖民色彩的话语能否用于论述本土边地少数民族文学,则需要打个问号。毕竟,有着悠久"大一统"的历史与多元共存共生传统的中国,与现代以来世界体系中的殖民帝国的权力运作简单类比,不仅年代错位,各自的社会结构与操作实践也截然不同。但是在文学批评之中,这种边缘的反抗式话语在流行中,往往被缺乏辨析地挪用,而忽视了其政治内涵。

在将"边地"作为一种方法的时候,地理空间与族群文化交织在一起,显然无法割裂开来作孤立的观照。这必然会涉及权力与差异性的问题。所以,边地文学需要警惕的两种写作倾向:一种是需要反思将后发的"边地"与先发地区对立的思维,在这样的思维模式之中,先发地区的文学因为想象中较易"与世界接轨"似乎携带着普遍价值,而"边地"则成了一种"化外之地",是一种被普遍性纡尊降贵所包容的特殊性;另一种是将"边地"等同于"边缘",是区别于"主流"和"中心"的"支流",两者似乎无法沟通,甚至人为地建立起一种对立,进而利用"边地"作为异质性话语来争夺话语权,企图以"边缘"取代"中心"。我在许多少数民族作家的作品中都看到一种对于边地孤芳自赏式的单向度描写,无视多民族的交流交融,而营造出一种膨胀的族群中心主义傲慢;而一些来自表征了现代化的都市小资式风情化书写,则固化了边地的刻板印象,使之成为一种消费性文学产品。二者其实都是在利用"边地"符号的象征价值,而没有摆脱二元分立的文化想象,前者复制了"中心"的权力惯性不自知,后者其实是一种被消费主义规训的浅薄和诞妄。

就当代边地文学而言,最为显豁的一个现象是重述地方或族群历史时候的单维度叙事。其基本模式内在于"新历史小说"的语法之中,即趋向于以家族史、民间史、私人史、欲望史、生活史、心灵史取代此前的斗争史、官方史、革命史和社会史。这中间涌现出有别于意识形态一体化时代的别出心裁之作，颠覆了一度成为圭臬的革命英雄传奇与社会主义现实主义的史观，在崇高与悲壮的美学之外，开启了情感、身体、欲望等被压抑的个人化美学。其中颇为值得注意的是边地族群话语对于国家性话语的补充，提供了从特定的族群、地域和文化视角观察中国历史尤其是现当代历史的新颖角度，能够揭橥曾经被主流叙述所遮蔽的部分角落，但往往也存在着陷入到孤立与封闭之中的问题。"边地"在叙事中成为自足的存在，而缺乏他者的参照和互动，仅仅是讲述了某种地方性的往事，而看不到在地方之外的宏阔政治、经济、文化变迁与之形成的互动关系，这就是使得重述边地历史成了一种脱离了现实的神话叙事。

就此而言，我们需要认识到"边地"作为空间生产的自觉：它并不是某种游离于现代性进程之外的存在，而是作为整体的有机组成部分内在于其中。"边地"的意义在于，它是一个核心稳定而边界流动的存在，并没有某种清晰可辨而不可逾越的边界，而空间位置则具有相对性、替换性和转化性，任何将其固化为某种静态文化形象的尝试，都有可能陷入到本质化的思维之中，进而会延续普遍性中的异质他者想象，促生的只是地方性的疏离与孤立倾向。但是，现今的边地文学中常见的情形是将某个地方性文化事象（无论是风景与地貌，还是民俗与信仰）的差异性强化，甚至有意生产某种改良了的地方文化"特色"。这种差异性作为自然和历史的存在本来具有其合理性，但刻意建构的特殊性则将原本充满暧昧、含混和多层次的现实存在化约为某些便于流通的符号，使得它所身处的复杂性关系隐匿起来，剥离了其产生与发展的环境,从而丧失了其意蕴丰富的内涵。在这种褊狭的想象中,边地成了异域和飞地,它"奇特而另类,充满原生和古典味,它特殊的地缘、血缘和族缘结构,它的粗犷、妖媚、宁静与苍凉,足以把现代生活中的人的生命感觉重新激发"[1]。显然这是一种对上个世纪30年代以来边地边民对主流文化输血的生理学隐喻的惯性搬用,如今则打上了中产阶级美学趣味的烙印,"边地"在这个叙述中成为构筑与消费异域风情的所在。因为事实上对于"奇特"和"原生"的固态想象,割裂了历史的动态发展,这种本质主义构造从来就未曾现实存在过,不过是刻意区别于城市文明的猎奇。边地文学中常见这样的化约式写作,比如涉及藏区的诗歌,很大程度上会被牦牛、经幡、白塔之类的意象和抒情所淹没;蒙古族的小说和诗歌都乐于不断书写成吉思汗、骏马、草原、长调,以至于它们都已经成了凝聚态的符号;而关乎新疆穆斯林族群时又会惯性地引入到关于伊斯兰教信仰的简单描摹当中,而忽略世俗化的一面。这是一种写作的惰性,而刻意为之就是自我差异化的贩卖,最终导致了边地的皮相化和空心化。

"边地文学"要摆脱的正是"中心"与"边缘"二元对立的权力争夺想象以及风情化的差异性,因为那是复制了资本主义全球体系的"依附"逻辑[2]:边缘失去自己的能动性,遵循着中心的法则并使自己成

---

[1] 《光明日报》书评周刊编《边地中国:边地是不是桃花源》,中国社会科学出版社,2004年,第3页。转引自于京一《"边地小说":一块值得期待的文学飞地》,《中国现代文学研究丛刊》2011年第2期,而我对这段话的解读可以说与该作者几乎全然不同。

[2] 普雷维什(Raul Prebisch)、弗兰克(Andre Gunder Frank)、阿明(Samir Amin)、沃勒斯坦(Immanuel Maurice Wallerstein)等人关于依附发展和世界体系的论述对此有充分的展开。劳尔·普雷维什:《外围资本主义》,苏振兴、袁兴昌译,商务印书馆,2015年。安德烈·冈德·弗兰克:《依附性积累与不发达》,高戈译,译林出版社,1999年。萨(转下页)

为中心的模仿者,而权力中心地则不断结构性地生产和消费着自己的边地。一旦进入到这种合谋,那"边地文学"非但没有树立自身的主体性,反倒成为了权力和资本的附庸和操作物。边地之于全体各部分的辩证关系,可以用约翰·堂恩牧师的布道词来表述:"谁都不是一座岛屿,自成一体;每个人都是那广袤大陆的一部分。如果海浪冲刷掉一个土块,欧洲就少了一点;如果一个海角,如果你朋友或你自己的庄园被冲掉,也是如此。任何人的死亡都使我受到损失,因为我包孕在人类之中。所以别去打听丧钟为谁而鸣,它为你敲响。"[1]"人类"在这个意义上形成了一个命运共同体,任何一处地方空间只有建立起与无穷的远方、无数的人们的关系,才能形成这种共同体,它需要"我们共同构建",就像阿来在一次演讲中所说:"使我们这个文化逐渐减去这种浮夸的、脱离现实的、喧嚣一时而不知道为什么喧嚣的现状,而变成一个沉静的、愿意内省的、思索自我、思索自我跟他人的关系,更要思索自我这个文化跟别的文化的关系,跟自然环境的关系的文化……只有这样,我们今天对于文化的书写,对于边疆的书写,才可能回到正规的轨道"[2]。

概而言之,边地作为方法,以视角的转换调动了文学的创造性活力,显示了中国文化的复杂构成与流变形态,进而为文化文学生产机

(接上页)米尔·阿明:《世界规模的积累:不平等理念批判》,杨明柱、杨光、李宝源译,社会科学文献出版社,2008年。Immanuel Wallerstein, *World-Systems Analysis: An Introduction*, Duke University Press, 2004.

[1] 欧内斯特·海明威《丧钟为谁而鸣》"题词",程中瑞、程彼德译,王永年校,上海译文出版社,1982年。

[2] 阿来:《消费社会的边疆与边疆文学——在湖北省图书馆的演讲》,《阿来研究》2015年第2期。

制的更新提供了范式转型的契机。中国文学的多维度与多层面的语言、审美与观念在这种视野里可以得到更加充分而全面的彰显。而新世纪以来边地文学中浮现的单维度与孤立化叙事问题，则出离了边地认知的关系性、能动性初衷，重新在与消费主义的共谋中滋生出本质化的褊狭想象，进而导向边地自身的自我风情化。这需要我们既尊重差异又追求共识，在普遍性与特殊性的辩证之中，激活边地所蕴含的文化因素，进而重铸整体性的文化自觉和自信，创造出一种新的共同体文学。

第八章

世俗化时代的信仰与生存

一个宗教现象只有在其自身的层面上去把握它,也就是说,只有把它当成某种宗教的东西,才有可能去认识它。企图通过生理学、心理学、社会学、经济学、语言学、艺术或是其他任何研究去把握它的本质都是大谬不然的;这样做只会丢失其中的独特性和不可还原的因素——也就是它的神圣性。

——米尔恰·伊利亚德

　　信仰不再像从前那样对观念体系拥有领导权了,尽管我们可以继续把这个观念体系称之为宗教。在它面前,崛起了一股反抗力量,尽管这种力量来源于宗教,然而后来它却迫使宗教屈从于它的批判和控制。所有情况都使我们可以预见：这种控制将会继续变得更加广泛、更为有效,它对未来的影响不可限量。

——爱弥尔·涂尔干

人们今天试图通过唤起"多神论"优越性来表达的洞见,恰恰是这样的,即认为这些早期文化容忍生活不同侧面及其要求的完整性,而其方式是现代宗教或道德观点所缺失的。不同的神祇……迫使我们尊重不同生活方式之完整：禁欲、性交、战争,这是和平的艺术,道理在于,遵照单一原则的生活通常终结于否认生命。

——查尔斯·泰勒

一

在改定版《心灵史》的结尾,张承志写道："无数的人都在问：宗教是什么？在世界都感到末日的不安的此时,宗教将引导进步,还是导致可怕的迷狂？但就在议论纷纭之间,中国正发生着亘古未有的质变。随着亿万农民变成城市工人阶级,古老的共同体,正迎面一场历史的鼎革沧桑。我们的努力,也正在其中。是的,共同体的改造将与中国的改造一起举步,迎着新一代的英特纳雄纳尔——国际主义的和平与正义的理想。舍此再无其他。由世界资本发动的——原教旨主义方向诱导和苏菲派上层控制,刻意的媒体宣传战和铺天盖地的信息污染,使人们的视听被遮蔽了。时代的局限,令我们成效甚微。但愚公移山,志在不移。自古志士从不畏惧流血牺牲,更蔑视歧视和诽谤。伴随着一处处穆斯林共同体内的民众觉醒,伴随着他们与中国同步的

第八章　世俗化时代的信仰与生存　　　　　　　　　　　　　　　227

文明挽救与重建——我们迈出的一步一步，终将会抵达理想的顶点。——现在可以回答了：这就是信仰的作用，这就是社会的理想，这就是伊斯兰的含义。"[1]

这段高蹈之语标榜的不仅是张承志心目中的伊斯兰信仰，更主要的是揭示了各类宗教在当代普遍要应对的由蔓延全球的资本所造成的两方面后果：一方面是"原教旨主义转向"，即弱势宗教群体在面对资本入侵，无力平等融合与相处之时，重新折返回头"再部落化"或者用不那么确切却更容易理解的词语"再野蛮化"，这其实是一种内缩型的自我隔离与保护；另一方面是阶层分化，不仅仅在世俗社会之中，在宗教内部也出现较大程度的财富、权力和信息获取的层级分化，从而使得宰制成为一种通行语法，而背离了宗教共同体关于公正与友爱的最初愿景。这两方面的情况由于媒体技术的发展和信息传播的泥沙俱下，反倒使得认知难以聚焦，从而导致价值观淆乱。

宗教信仰共同体要面对复杂的现实，它固然在一定范围内提供慰藉，但很大程度上也存在被符号化、政治化、表象化和消费化的现象，从而有可能一方面被政治意识形态话语征用，另一方面被资本逐利者开发精神产品市场时利用。而它身处的更是已经具有笼罩性的世俗化氛围之中，当此之时，信仰何为？

一如近二十年前，张承志保持了在最初写作《心灵史》时候的峻急、武断、诚挚的忧心忡忡与思考，因为虔信与对现实的不满，难免在很多时候会控制不住将激情转化为歇斯底里式的教谕与训示。身处信仰之中的信徒或者被先知的幻觉笼罩的人往往如此，调和理性与迷

---

[1] 张承志：《心灵史》改定版平装本，自印行赠书，第254—255页。

狂,是一个艰难而痛苦的过程,张承志所能想象的是再造共同体的自觉和团结,当然他也无法给出具体实践之路。但是这种对于"共在"的直观见解无疑是准确的。即全世界所有人类的命运是一个共同体,在此之下,有着无数亚型、小型共同体,它们都在共同经历巨大的量变与质变——这既是风险也是机遇。如何保持共同体不被"资本-权力"的暴力撕扯得四分五裂,精神信仰可能是其中很重要的一个粘合剂,但这是刀锋上的行走,要保持宗教与政治之间的分离和平衡非常之难。

张承志的文学与文化形象过于鲜明,以至于在他的强光之下,其他关于伊斯兰教、日常生活、西北地域性文化生活的回族书写都显得黯淡无光。他们中的许多人在对于回族或伊斯兰文化认同的观念上深受张承志的影响,但在具体的个性化书写中,无论是对信仰本身的态度,还是关于普通民众日常的生产生活,都有着可以与张承志进行对话与补充的内容。毕竟张承志过于聚焦于宗教历史和宏大的全球性议题,这当然不是说他对于本土民众的生活无寄于心,而是说他也许没有耐心和精力在自己的写作中对某个局部进行精耕细作——这方面的工作是由石舒清、李进祥、马金莲等后起的回族作家完成的。

这背后还有伊斯兰教门宦之别造成的差异性。虽然自唐初伊斯兰教传入中国,但直到明中叶近九百年的时间并没有形成任何派别和教团。[1] 17世纪末苏菲学派传入甘、青、宁地区,穆斯林社会发生重大变化:一是产生教派与门宦;二是发生多次叛乱,清朝廷进行了残酷镇压;三是伊斯兰教民族上层形成军阀,统治西北达八十多年。康熙年间从阿拉伯来到两湖、云贵和陕甘宁青新的华哲·阿布都·董拉西

---

[1] 马通:《中国伊斯兰教门宦与西北穆斯林》,载《西北民族研究》1989年第1期。

将嘎德林耶学理传入,他的门生先后创建大拱北、后子河、韭菜坪等门宦。去麦加朝觐的哈知(朝觐过的穆斯林的尊称)和去叶尔羌的留学生马来迟、马明新、马文泉和马葆真等分别接受了虎夫耶、哲合忍耶和嘎德林耶学理,返回后创建了花寺、官川、文泉堂和北庄门宦[1]。这些由阿拉伯世界和新疆传入以及本地自创的门宦,逐渐形成了中国的四大苏菲学派虎夫耶、嘎德林耶、哲合忍耶和库布忍耶。哲合忍耶意为"公开的""高扬的",又称"高赞派";虎夫耶意为"低声",又称"低念派";嘎德林耶意为"大能",有离家遁世的习俗;库布林耶意为"至大者",主要特点是静修参悟[2]。张承志一直明确无误地宣称自己信奉哲合忍耶,但其他回族作家的派别与门宦背景则并不为一般评论者所知,比如石舒清信仰嘎德林耶,李进祥是虎夫耶,马金莲和单永珍则是哲合忍耶[3]。宗教的背景或有或无、或深或浅地对他们文学风格的形成和书写主题产生潜在的影响,不了解这一点,我们的讨论就无法深入。

回族文学长期以来在批评界形成了一个刻板印象,似乎一定要涉及宗教信仰才算具有"民族性"。这其实是一种批评的幻觉和懈怠。除非那些直接以宗教为题材的作品,当信仰植入到日常生活腠理之内时,日用而不知才是常态,而一旦刻意在作品中强调信仰成分,恰恰说明它已经在生活中疏离出来。从这个意义上来说,马丽

---

[1] 马通:《中国伊斯兰教派与门宦制度史略》,宁夏人民出版社,2000年,第152—336页。
[2] 苏菲主义(亦有写成苏非主义)在甘青宁等地被称为门宦,四大派别的译名也有写作戛德林耶、虎夫耶、哲合忍耶、库不林耶,即不同的穆斯林兄弟会。苏菲既是一种宗教制度,又是宗教派别,还是宗教学说思想。杨怀中、余振贵主编《伊斯兰与中国文化》,宁夏人民出版社,1996年,第135—136页。
[3] 以上作家的门宦背景,得回族作家石彦伟的指教,谨表谢意!

华、木妮、曹海英等回族作家,她们或者着力于书写男女情感纠葛,或者观察城市生活中的琐碎与漂泊,并无多少"民族性"或"宗教性"的内容[1],呈现的是世俗化时代现实生存的一面,同样也是回族文学的有机组成部分。我们可以通过宁夏回族作家的书写,看到一幅幅世俗化时代的信仰与生存的细部图景——文学的力量正是通过审美与细节生发作用。但话又说回来,回族与中国其他信仰伊斯兰教的民族如维吾尔族、哈萨克族、乌孜别克族或者塔吉克族不同的地方在于[2],回族是移民性的"因教成族",族群的构成并不是倚重语言、血缘或地缘关系,主要凭借的是宗教信仰,而其他民族则可能原先就有约定俗成的人群共同体,甚至原先信奉的是其他宗教,后来才改宗伊斯兰[3]。

下文我集中讨论一下石舒清、李进祥与马金莲作品中有关伊斯兰教信仰的侧面——虽然只是伊斯兰教的侧面,对其他涉及各类制度性

---

[1] 参见马丽华《风之浴》,宁夏人民出版社,2007年;木妮《彼岸灯火》,宁夏人民出版社,2011年;曹海英《私生活》,阳光出版社,2013年。

[2] 中国有十个民族信仰伊斯兰教,分别是回族、维吾尔、哈萨克、东乡、柯尔克孜、撒拉、塔吉克、乌孜别克、保安、塔塔尔。胡振华:《我国信仰伊斯兰教的民族》,《中国伊斯兰文化》,中华书局,1996年,第35页。

[3] 比如,维吾尔人先祖信仰萨满教,伊斯兰教大约在10世纪初传入新疆,喀喇汗王朝的萨图克首先信奉,他夺取了政权称布格拉汗之后,率领汗国东部首先皈依,伊斯兰教作为与政治结合的力量逐渐西移,并以"圣战"的名义向当时笃信佛教的于阗、高昌等地扩张势力,11世纪初传入和田。此后,历代统治西域的王朝如信仰佛教的西辽采取对各种宗教一视同仁、不加歧视的宽容政策,到南宋理宗时期伊斯兰教传到龟兹一带。元朝统治者对各种宗教也是兼容并包,伊斯兰教在新疆和中亚河中地区的蒙古察合台汗国内继续发展,到15世纪末16世纪,吐鲁番、哈密一带基本伊斯兰化。此后,伊斯兰教在新疆获长足的发展,就连原来作为统治者的蒙古人由于皈依了伊斯兰教也逐渐融入维吾尔人,成为现代维吾尔族来源的一部分。拓和提:《维吾尔历史文化》,民族出版社,1995年,第128—136页。

与非制度性宗教信仰的写作也有参考意义,因为所有人都"共在"于同样的社会时代语境中。伊斯兰教无疑属于"制度性宗教",它拥有独立的关于世界和人类事物的宇宙论式解释,一整套象征和仪式的崇拜形式,周密的组织架构和仪轨,"借助于独立的概念、仪式和结构,宗教具有了一种独立的社会制度的属性"[1]。但是,它在中国不同区域的表现形式,因为地域与历史传承的缘故,也呈现出"分散性宗教"的特点,即"拥有神学理论、崇拜对象及信仰者,于是能十分紧密地渗透进一种或多种世俗制度中,从而成为世俗制度的观念、仪式和结构的一部分"[2]。也就是说,伊斯兰信仰内化在它的信众的日常生活肌理的细微角落,成为一种集体无意识,不同地区的回族信仰呈现方式略有差异,倒未必显豁地表现在写作之中。现代文学史上我们常常可以见到诸如佛教之于许地山、天主教之于苏雪林的影响,但有着明显伊斯兰教影响的作家并不显著[3]。对比远藤周作的《深河》或者北村《安慰书》这样的作品,伊斯兰教背景的作家作品那种潜隐的特征会更加明显。作为日本信仰文学的先驱,天主教徒远藤周作提炼出"人间深河"的意象,并且按部就班地完成了自己的构思,《深河》这种作品显然是概念先行的产物。北村更是直承"将现实和历史都置于了精神的维度了,作品永恒不朽的奥秘是痛苦中人的一方面面对祭坛、一方面面对

---

[1] 杨庆堃:《中国社会中的宗教:宗教的现代社会功能及其历史因素之研究》,范丽珠译,上海人民出版社2006年,269页。

[2] 同上,269页。

[3] 马丽蓉《20世纪中国文学与伊斯兰文化》,安徽教育出版社,2000年。其中集中论述的重要作家更多是"当代文学"的部分。这中间一方面原因是由伊斯兰教在中国现代文学建构过程中的次要位置决定的,另一方面则是伊斯兰教在中国的地域性和民族性结合的特点使得相关文学作品不被主流文学史所关注。

陷入现实的自己并构成了足够的张力"[1],《安慰书》中的人物几乎都是强烈的基督教思维中投射出来的符号人物。远藤和北村的"现实感"来自于其各自的信仰背景,是将现实通过宗教思维过滤的产物,因而称得上是宗教作家。但是无论是许地山还是苏雪林,还是20世纪80年代获得声名的、有着明确伊斯兰教背景的回族作家霍达、查舜,他们的宗教感则潜隐在文本之中,比如他们各自的名作《穆斯林的葬礼》与《穆斯林的儿女们》是通过叙事行进不经意间流露出来伊斯兰教内容[2]。他们不是自觉表现宗教的作家,而是在历史或现实题材的书写之中,在集体记忆和文化积淀的层面显示了伊斯兰式的运思方式。

霍达与查舜已经显示了世俗化时代的信仰书写的风貌,前者以家族史的通俗剧模式,后者以"农村改革小说"的面目,体现的是20世纪80年代多元文化思潮和具有共识性的改革开放观念。新世纪以来后起的石舒清、李进祥与马金莲们则在共同理想与信仰割裂的语境中出现,他们的书写中显示出来的宗教信仰信息则能够便于我们认清在宗教基要主义和世俗化之间,浸润在伊斯兰教文化风俗氛围中的普通民众的认知与情感倾向。在当下的伊斯兰教问题上,公众由大众传媒得来的片面认知,因为信息不对称,很容易产生基于偏见的想象与恐惧的心理。许多时候,出于信息安全管控和学者个人的谨慎,宗教问题的实质很难得以真正彰显。考察回族文学倒是可以提供一个出口,让普通公众认识到伊斯兰教的一般民众、普通信徒同样身处于与其他族

---

[1] 北村:《安慰书·后记》,花城出版社,2016年,第286页。
[2] 比如《穆斯林的葬礼》和《穆斯林的儿女们》中隐在的伊斯兰教"归真"思维,并非文本表面所要呈现的内容,而是成为一种情节结构。参见姚新勇、刘力:《"归真"、冲突与和谐——两部长篇小说的多重文化意蕴分析》,载《民族文学研究》2006年第1期。

群、地域和宗教的人群类似的社会环境之中,是"同时代人"。这种现实考量倒是一方面重新发现那些不太为人注意的"少数民族文学"突破"纯文学"话语的现实意义,另一方面也可以为宗教的"去极端化"提供切实的精神参考。

二

从直观的语体风格上,可以看出基于底层日常经验的宁夏回族写作者与张承志这样"自上而下"的精英写作者之间的区别。也许与地域生活缓慢的时间节奏有关系,作为回族作家集中的地区,宁夏作家的小说普遍给人阅读上的感性体验是叙述上的舒缓——如同说家常、讲故事一般的不紧不慢、不疾不徐;时不时穿插一些偶然想到的颇显智性的议论,但不是为了抖机灵,而是自然流泻;情节不会有着明确与强烈的集中和紧迫的戏剧性,更多时候也如同水流漫过土地,顺势而行。缓慢的节奏有助于沉思、反刍与自省的出现,而这也恰恰是宁夏作家的共同特征。我不确定这种风格是否直接来自于宗教思维习惯的影响,但无疑它非常有利于关于宗教思考与辩论的展开。

石舒清的《灰袍子》就是一个内部对话的文本,它顶着小说之名,但更像一篇散文。这个文本具有征候意义,它通过三个村里的神秘人物的白描,显示的是对于弥散在生活中的有关宗教与信仰的困惑。叔叔、老人和努尔舅爷这三个彼此孤立的人物分别是与宗教有关的内在观念、外部行为及其在日常生活中的体现。我们会看到,玄奥的教义或严苛的戒律在民间日常中踪迹不见,呈现出来的是与吃喝拉撒密不可分的状态——信与不信都是生活实践自身组成的一个层面。叙述者"我"与叔叔之间的讨论可以说直接地涉及知识分子与民众在认知时的差异:"叔叔说,为人都有个内瓤瓤子,但多数人都忙活了表皮的事情,不知道自己有这么个内瓤瓤子,不知道这个内瓤瓤子有多贵重,只有少数受到造物主特别拣选的人,才能觉知到自己的这个内在。认得了真的就轻看了假的。因此只要是明白了自己内里的人,会觉得在这个世界上,再没有什么比自己里头的这个东西更贵重的了。"[1]叔叔的观念体现了身体与心灵的二分,内在心灵属于更高层级的存在。但是在"我"看来:"吃穿里面也有着很大的学问和人生要义的。人并非只是有那么个内瓤瓤子就罢了……除了吃吃喝喝贵贱之人之外,那个贵重得不得了的内瓤瓤子究竟在哪里呢?它到底对我们有个什么作用呢?既然它确确实实就在我们身上,又一辈子不为我们所见,那么它的存在与否有什么关系呢?"这其实是一般人的素朴看法,日用不知、和光同尘,因而这种出自经验的争辩是有力的。叔叔的回答颇为玄妙:"一,你要是真的知道你的内瓤瓤子的贵重,你就不说这个话了;二,你虽然不知道你的内瓤瓤子,可是你的内瓤瓤子无时无刻不在你本身……你要是没这个内瓤瓤子一秒钟,你就不是个你了。其实你也是离不开它的,就像镜子上的光亮离不开镜子一样。"按照这种比喻,人的内心才是实体,而外部生活与表现形态都是"镜子上的光"。这当然是唯心之论,但"唯物"或"唯心"的理念,并不能解决任何一个身处在其中的人的真实精神困境。从这个意义上来说,无论对于"内瓤瓤子"有无自觉,实际生活中的践行才是最重要的,这里的"内瓤瓤子"超

---

[1] 石舒清:《灰袍子》,见石舒清短篇集《灰袍子》,宁夏人民出版社,2012年,第1—2页。文中所引《灰袍子》均出于此书。

越了伊斯兰教的框架,而成为具有普遍性的关于信仰如何存在的思索。老人与努尔舅爷都曾经穿上过象征确认了教门身份的灰袍子。有意味的是,他们穿上灰袍子,只是"给村子里带来一种神秘甚至古怪的气息"。普通民众之于灰袍子人物更多是疏离的,而灰袍子人物本身也挣扎纠缠在家庭的琐碎与繁杂事务之中,日常生计与世俗评价很大程度上左右了他们的行为。

因而,石舒清的小说对于张承志的激情书写而言是一个"去蔽",不仅有着嘎德林耶与哲合忍耶之间离家隐修与高声宣扬之间的不同,也体现了普通民众生活与精英意识之间的区别。体现在风格上,石舒清的文字也是散文化的,却在凝神静气中抻展开精神徜徉的空间,自然失去了迷狂般的激情。《韭菜坪》中的"我"是个作家,到拱北去看望病重的教主爷爷,顺便被安排记录教主最后要交代的话。小说的叙述自我和现实自我某种程度上是重合的,都是一个耽于沉思的外部观察者,他的目光与心念所及都是外在的,无法进入到教主和教众的内心。这固然是由于现实中短暂的造访、往来不息的人们的干扰,更多也是"我"本人从心理到情感的游离造成的。小说写道:"一坊一坊的教民来看爷爷。我隔窗看了几次,每次都看见黑压压的人群站满了堡院,正等着安排他们去看爷爷。被这么多的人轮番来看,对病重的爷爷来说,也是很受罪的吧。我看看阳光下满站在堡院里的人群,忽然会觉得茫然和无助。那么多的人,一拨又一拨的,突然看去,究竟都是些谁呢?太多的脸都看不清楚。"[1]正如看不清楚教民的脸一样,"我"更看不清楚他们的内心。"我"是外在于教民和教主之外的局外人,因而

---

[1] 石舒清:《韭菜坪》,《灰袍子》,第22—23页。文中所引《韭菜坪》均出于此。

到最后教主爷爷归真,"我并没有从他那里记录下什么"。其实,"我"听到了很多有关教主爷爷的经历与故事,也见到了人们对他的敬仰和膜拜,但是这种闻见并没有增进"我"的理解。这种隔膜是一个受过教育的现代理性主体自然而然的隔膜,教主的神圣性被淡化,而成为一个可亲的、和蔼的老人,"跪在他面前的人只是他们自己愿意跪而已"。这是一种对于民众日常生活中宗教行为的不自觉观察:它并非来自仪轨的必然性要求,而是出于民众自发的情感。韭菜坪是嘎德林耶的重要门宦之一,这个门宦有"出家"的习俗,《贺家堡》里就写了杨万生老人送孙子出家的故事。老人的虔敬是不可解释的内在冲动:"心是太污染了,需要一些非常的手段来提醒和清理"[1]。他的孙子最后继承衣钵,成为一方的教主,其实来自于老人的执拗愿望,这个过程充满了偶然性因素,进而使得神圣教主的故事成为一个传奇,而不是圣徒传的启示录——这同样是对于宗教的祛魅。

祛魅是一个被无数次谈论的现代性命题,"大致指的是从16世纪发端到19世纪达至顶峰的一种全球范围内的思维模式、认知方式的转型。由伽利略、笛卡尔、波义耳、牛顿等形成的物理学世界观逐步取代了神学世界观,将来自神秘和超越世界的神圣性降解分割,形成了一个大卫·格里芬(David R. Griffin)所说的机械的、科学化的、二元论的、家长制式的、欧洲中心论的、人类中心论的、穷兵黩武的、还原论的世界。这个全新的世界是个合理性的世界,曾经政教合一、混沌未分的认知体系出现了马克斯·韦伯所说的分化的体系,社会分化为宗教、科学、道德/实践、审美/艺术等诸多领域。这是一个现代性命题,

---

[1] 石舒清:《贺家堡》,《灰袍子》,第45页。文中所引《贺家堡》均出于此。

当合理性到其极端则是工具理性取代价值理性,情感与判断出现了分离,启蒙与审美发生了冲突。祛魅的结果用查尔斯·泰勒的话来说就是'存在之链的断裂',海德格尔所说的'世界'与'大地'之间的冲突,C.P.斯诺所说的科学与人文之间两种文化的无法沟通。"[1]这种现代性的分裂与祛魅从何而来?显然应该追溯到生产与生活方式本身的变革,那种由工业化、商业化和科技发展所形成的新型世界观的冲击。

李进祥的小说在这方面进行了细致的探索。他有着纡徐绵密的笔调,与虎夫耶门宦那种对于自我精神修炼的内敛有关,其风格与石舒清相似,内容却凌厉得多,让人意识到大西北那带有诗意的素朴土地之上,揭开空间距离和文字所覆盖的帷幔之后是紧促乃至险峻的面孔。《干花儿》里面县城文化馆机关的人,"偶尔看报、上网,远在万里之外的事,倒还知道一些,身边乡村的事反倒知道的少。天旱天涝,与自己没多大关系"[2]。因而,对于准同事、看大门的老哈的儿子被压殁于小煤窑一无所知,事实上也并不关心。这就是我们时代情感的基本结构:在生活中人们各自为战,没有人会意识到自己与陌生他人之间的命运共同体关系。社会由这些孤立的个人分子般组合而成,缺少共享的情感连带与粘合的精神纽带。文化馆的人下乡去送葬的时候,并非出于情感的悲痛而是世俗人情的往来,当山村小院在哭泣中办丧事时,他们在车上笑闹。这里的知识分子和农民同属于底层,境遇差别并没有那么鸿沟分明,但已经产生了界限,这并非阶级分野,而是普

---

[1] 刘大先:《文学的祛魅与返魅》,《文学的共和》,北京大学出版社,2014年,第13—14页。
[2] 李进祥:《干花儿》,见《女人的河》,宁夏人民出版社,2012年,第29页。

遍的人与人之间情感的疏离。与这种疏离形成对照的是,老哈与维吾尔族姑娘之间隐约浮现出来的情感关联,他们只有短暂的相遇,却一生难以忘怀。当然,这层情感联结在含混的叙述中并没有坐实,但"干花儿"这种源自民间的素朴情歌与故事却在冷漠麻木的人们心中凿开了一条通道。

《狗村长》讲述的仍然是情感结构的变化,急剧变化的环境让原本融洽密切的乡土共同体土崩瓦解,最典型地体现在人们变得"生分"起来。就像在人们纷纷逃离乡村的语境中固守在秃山梁里的前村长德成老汉所困惑的:"人都互相不串门了,谁家里有了啥事也没有人去问一声,人都活成独个了。"[1]如今德成老汉面临的境况是,他病倒在床上,可能因为无人照顾而活活被饿死。在对往昔厚道人情的怀念之中,只有一条被收养的黄狗不离不弃。黄狗甚至起到了村长的职责,来看护着日益被掏空的村庄。这真是一个莫大的讽刺,提示了乡土空心化当中基层组织的涣散,因而不仅仅是个人的原因,也是整体性的社会结构出现了问题。但这个问题无法解决,因为中间有着矛盾纠结之处,正如小说写到的:"人都得有条活路"。"活路"的方式变化才是造成人的情感变化的根本原因,它打破了自给自足和封闭式生产与生活方式,置脆弱的乡土个体于不顾。《害口》中李子因为"活路"疏忽了妻子桃花,而将原本应该给予家庭的温情给了商业契约关系中的杏花。《边地毒蝎》里商业对传统禁忌的打破,改变的不仅仅是生活形态,同时也是人心。在回族小说中少有的充满恐怖与戾气的描写中,河湾村成了一个他人即地狱般的所在,所有人与所有人为敌,而这种

---

[1] 李进祥:《狗村长》,《女人的河》,第46页。

行为背后的驱动力正是利益的蛊惑,后者带来的是地狱般的自然丛林场景。

"人心变冷,比地震还厉害,差点把村子给毁了。"[1]面对这种经验现实,农民亚瑟爷或者说李进祥所能做出的抵抗只能是仪式性的自我安慰与精神性的自我疗治。《挂灯》中一再重复"人心里得有盏灯",使得小说几乎成为一种精神观念的图解。这是一种简单化的观念,现代商业社会处于缺席的被审判位置,审判者以毋庸置疑的道德信服力指责堕落、蛮横、病态的憫憫之物,它唯一不能解释的就是,既然城市所表征的商业社会是一个恶的、堕落的存在,为什么还会有那么多人如同飞蛾扑火般趋之若鹜。这种社会结构内在的复杂性显然不能用简单的城乡对立进行处理。有意味的是,当宗教内化为信仰后在这种复杂情势中所扮演的角色,《换水》就是一个富于征候的案例。小说的开头以阐释的方式向读者(公众)说明"换水"这种具有宗教内涵的习俗形式:"清水河一带回民习俗是出远门要换水。换水是方言,就是沐浴洗大净,意思接近洗澡,但从内容到形式都与洗澡有很大不同。洗澡要随意些,可以是泡,也可以是淋,先洗头还是先洗脚都无所谓,洗净为目的。换水就严肃得多了,须是活水,先洗哪后洗哪,哪个部位洗几次,用哪只手,都是有严格规定的。任何程序,遵从到一定程度都会有了神圣性或宗教意味。因此,换水可以说是一种生活习惯,也可以看作一种宗教形式。"[2]年轻的夫妇马清与杨洁是张承志所谓的伊斯兰教"清洁的精神"具体而微的展现——甚至连他俩的名字"清"与

---

[1] 李进祥:《挂灯》,《女人的河》,第63页。
[2] 李进祥:《换水》,《女人的河》,第93页。文中所引《换水》均出于此。

"洁"都暗示了这一点。他们从清水河到城里打工的生涯是一个从肉体到精神都被污染的过程:马清先是在工地致残,然后不得不成为每天与污秽打交道的清洁工;杨洁菜摊摆不成,沦落为妓女,真是"欲洁何曾洁"。这个"骆驼祥子"式的新时代农民工进城故事不一样的地方在于,"换水"是人物贯穿始终的信念。小说的结尾,这对在城市里一败涂地的夫妻决定回家,在临行前换水的时候,马清说:"咱回家,清水河的水好,啥病都能洗好!"如同小说首尾呼应形成的神话般的闭合结构,马清、杨洁最后的愿望也是一个不折不扣的神话:如果能够回去,当初就不会出门;在城市里遥想洁净的清水河,再返回时河水有没有被污染呢?当信念成为强行的"机械降神"(Deus ex machina),就成为一种尴尬的自欺和催眠。这种尴尬不仅仅是小说里的,也是现实里中国乡土转型中普遍性的尴尬,同时还是古老信仰、"清洁的精神"在现实语境中的尴尬。

较之于石舒清与李进祥,马金莲的小说更多书写成长经验与苦难日常,性别关注和孩童视角使她有着更为体贴与感性的一面。如果说石与李侧重于"清"的一面,马则侧重于"真"的一面。她的作品暗合了明代有着伊斯兰教背景的思想家李贽的"童心"之说:"夫童心者,绝假纯真,最初一念之本心也。若失却童心,便失却真心;失却真心,便失却真人。人而非真,全不复有初矣。"[1]在李贽看来,后天从闻见和道理中得来的心灵认知往往失却本真,容易变成虚伪的证词。马金莲的写作本无先验成见,贴着自己的体验与感受,反倒获得了一种真诚与

---

[1] 李贽:《童心说》,《李贽全集注·焚书注·1》,张建业、张岱注,社会科学文献出版社,2010年,第276页。

真实的品质。尽管有时候这种真实可能浅薄,反倒显示了一种真相。当面对无常的遭际和艰辛的磨难,个体通常无力自主,但马金莲没有让这些受到侮辱与损害的人们呼天抢地或者谋求信仰的虚幻抚慰。她通常的做法是让人物坚韧地承担起自己的命运,这是一种没有退路的抵抗。就像《夜空》中那个因为丈夫残疾而被迫孤身挑起家庭重担的女人,不再顾及自己光洁美丽的容颜,甚至有意邋遢糟践自己,而她那一度陷入绝望的丈夫在她长久的坚忍中获得了精神的成长。小说最后写到他仰望星空:

> 永远不变的只有头顶这片夜空,夜空里千万颗星星。这么些年,他总在夜深人静时醒着,抬头望那黑暗中的星星,一颗一颗和它们对视,在心底喃喃地向它们诉说自己家遭遇的一道道艰难……现在他已经不再那么强烈地为自己遗憾、愤恨命运的不公了。他甚至在想,这辈子,他一双腿残废了也许比健全更好一些,这样让他停了下来。停留让他有机会发现许多健全人根本不会去发现的事情。[1]

在这里,头顶的星空与内心的道德律令自然而然地形成了互文。这种康德式的矛盾解决之道还是宗教化的内向超越。当作家无力就现实的社会结构发言时,这是一种最后的选择。《长河》与《碎媳妇》也如是,马金莲将爱与死、生存与苦难、爱欲与哀矜、忧伤与欢悦……都统摄到持久、广阔而绵延不绝的共同体归属之中:前者是"归真"的平

---

[1] 马金莲:《夜空》,《长河》,作家出版社,2014年,第216—217页。

等:"我们来到世上,最后不管以何种方式离开世界,其意义都是一样的,那就是死亡。村庄里的人,以一种宁静大美的心态迎送着死亡。死亡是洁净的,崇高的"[1];后者是自然神学式的类比:"雪花飘落的情景,多么像女儿出嫁,随着媒人的牵引,她们飘落到未知的陌生的人家,慢慢将自己融化。汗水和着泪水,与泥土化为一片,融在一起,艰难地开始另一番生活。"[2]个体的冲突与矛盾融入信仰共同体与天地大道之中获得和解,已经超越了伊斯兰教本身,而成为普遍性的内化信仰。

  生存问题一直是马金莲小说中萦绕不去的主题,它在最基础的原欲层面潜在地瓦解了信仰的虚拟性,而凸显出物质、生计和信仰所依赖的现实基础。《舍舍》中的舍舍,"这方圆,年轻一茬里,她是唯一戴着盖头的小媳妇儿……现在年轻人都效仿城里人,厌弃山里保留的回民头饰,黑娃觉得自己的媳妇儿老实,本分,坚守住了一份教门上的传统的东西……其实,戴盖头也有好多不方便的地方……等于把一部分美藏起来了。还有,天热的时候,汗一湿,盖头就像一顶头盔,严严实实罩在头上,使人更热了"[3]。戴头巾这种坚持与内心的淳朴和信仰的单纯彼此照应,但是这种个体操守相当脆弱,经不起生活的考验。丈夫黑娃突然车祸意外去世,赔偿、抚养幼子与分割家产中的种种龌龊行径中,公婆亲戚人性中的自私与丑陋,使得舍舍的操行变得无足轻重。马金莲无法给舍舍一个可以自圆其说的结尾,只能让她有一天忽然离家出走。在人们后来的传闻中,远走异乡的舍舍"摘了帽子,取

---

[1] 马金莲:《长河》,《长河》,第44页。
[2] 马金莲:《碎媳妇》,《碎媳妇》,宁夏人民出版社,2012年,第194—195页。
[3] 马金莲:《舍舍》,《碎媳妇》,第154页。后文中所引《舍舍》均出于此。

下盖头,把头发烫成卷儿,波浪一样披着",对于过上了好日子的舍舍,"他们还是觉得原来那个戴着绿盖头的舍舍好看一些,才是大家心里真正的舍舍"。这是一句耐人寻味的话,"他们"其实构成了迫使舍舍出走和改变的集体的恶,如今在一种半嫉妒半艳羡的怀旧式言说中,假惺惺地缅怀那个被"他们"欺压和侮辱的美好。虽然马金莲与张承志一样,同属哲合忍耶,却没有后者的高声大语,她的小说构成了内在的尖锐反讽,可以视作对于宗教传统和信仰在当下处境的隐秘寓言。

三

久居宁夏的维吾尔族女作家阿舍有一段充满自省精神的言说,让人得窥关于信仰的书写在褪去宗教迷思之后的现实处境:"人们因为《心灵史》而对西海固产生的强烈印象,在我初到西吉县沙沟乡时也迷惑了我。人们因为西海固'不适宜人类生存'的定义而怀有的简单情绪,也在初入西海固时笼罩了我。然而随着我的一次次去来,它们不仅变得淡弱,反而令我对最初的这些印象与情绪感到反感。西海固的地里打不出粮食,城里慌乱的人们心里长不出希望,哪一个更让人怜悯?我们其实都一样,都是光阴里的生命与行魂,都在太阳底下不遗余力地求存,每一个都既卑微又独在。说不清什么时候,我已经不再用宗教和地域将我结识的西海固人划分开来,我当他们是和我一样的尘埃,知冷暖,常悲喜,失望之时不弃向往。"[1]她对于张承志《心灵史》的反思,凸显出一个普通人对于信仰及信仰书写的贴切认知,在切

---

[1] 阿舍:《断想:作为细节的上圈》,《撞痕》,阳光出版社,2013年,第65—66页。

身的体验之中,将人类命运重新从某种地域或宗教共同体中铺展开来,通向彼此关联而更为广阔的共情。

因而,回到唯物主义的观察视角,马克思关于宗教的论述值得重温:"宗教是那些还没有获得自己或是再度丧失了自己的人的自我意识和自我感觉。但人并不是抽象的栖息在世界以外的东西。人就是人的世界,就是国家,社会。国家、社会产生了宗教即颠倒了的世界观,因为它们本身就是颠倒了的世界。宗教是这个世界的总的理论,是它的包罗万象的纲领,它的通俗逻辑,它的唯灵论 point d'honneur (荣誉问题),它的热情,它的道德上的核准,它的庄严补充,它借以安慰和辩护的普遍根据。宗教把人的本质变成了幻想的现实性,因为人的本质没有真实的现实性。"[1]在美好的乌托邦蓝图中,当人能够主宰自己命运的社会出现,对万能的神的信仰将成为不必要的东西。但如今显然还没有抵达黄金世界的门口,宗教在现实社会中依然有其特定的解释能力和安慰功能。文学在表述我们时代的宗教信仰与现实生存的时候,是仅仅停留在描述表象与认识现象的层面,还是以审美和情感的方式对已经发生变化的现实语境和宗教情感做出自己的回应呢?又该如何创造性地对深植于某些共同体中的宗教信仰进行创造性的转化呢?张承志结合阶级话语的反资本宗教话语是一种取向,但不是唯一的道路。

伊斯兰苏菲在张承志那里是一种积极的能量,在宁夏非精英化的回族作家那里,也并非逃避现实的轻巧途径——宗教是人们希望借助的一种崭新的灵魂价值,帮助他们去面对现实的生存与生活。按照埃

---

[1] 马克思:《黑格尔法哲学批判》,人民出版社,1962年,第1页。

及学者伍奈米的概括:"苏菲是一种生活哲学,它旨在通过人性的净化来升华人的道德,通过特定的功修训练达到'法纳'(浑化)于真主的境界。对真境的认知是通过领会,而不是理智,它的结果是心灵的幸福,它很难用平常的语汇来表达,因为它是自身的感觉。"[1]这显然不同于理性的决断,也并不是某些内在性理论(比如浪漫主义)的天真,而是一种情感实践。在这个意义上,涂尔干对马克思主义的宗教理论作了发展。他不同意宗教的形成是由物质基础简单地决定,而认为它是社会的必然产物:人们在自己的经验世界之外,通过集体生活和情感构拟了一个理想世界,这个世界是一个由概念、意象和情感组成的、按照自己规律行事的完整世界,具有自身的独立性。宗教的社会功能说明了个体信仰的起源:个体从外部社会寻求补充自己的能量,"因为信仰不是别的,而是温暖,是生命,是热情,是整个精神生活的迸发,是个体对自身的超越……能够振奋我们精神力量的唯一生命之源,就是由我们的同类构成的社会;能够维持和增加我们自身力量的精神力量,只能是从他人那里获得的……只有当许多人都共同持有这种信仰时,这种信仰才能发挥作用。一个人通过纯粹个人的努力,是无法将这种信仰维持很长时间的。"[2]这部分解释了缘何伊斯兰教对回族这样的群体特别重要——不仅源于"因教成族"的发生学问题,同时它也是集体性社会联结与文化生产的场域;同时也解释了新世纪以来石舒清、李进祥、马金莲等人作品中显示出来的对于宗教信仰的犹疑态度(这与作者个人的信仰虔诚与否是两回事)。因为伴随着世俗化的深

---

[1] 艾布·卧法·伍奈米:《伊斯兰苏菲概论》,潘世昌译,商务印书馆,2013年,第11页。
[2] 涂尔干:《宗教生活的基本形式·第1卷》,渠东、汲喆译,上海人民出版社,1999年,第560页。

入——表现为经济全球化后所带来的市场、金钱、消费主义的冲击——中国社会的集体性信仰失落了,不管是意识形态一体化的政治与文化信仰,还是宗教共同体中的伊斯兰信仰。个人在这种世俗化生活中日益碎片化和原子化,曾经的集体社会(政治共同体与宗教共同体乃至村社地缘与血缘宗族共同体)都无法提供持续性的能量支撑和依靠,个体再次被放逐到社会丛林的惊涛骇浪之中,由于集体性的瓦解而孤立无援。

毋庸置疑,我们身处世俗化的时代,如同查尔斯·泰勒所说,"天真"已经远离了我们。也就是说,一个当代社会中的人经过了人文主义和科学理性的洗礼之后,不可能再像古代社会一样带有人我不分、人与世界浑然一体的天真态度去理解世界。信仰只是诸多人生可能性之一,信奉宗教与否成为一件关乎个人选择的私事。因而,"去寻问完满的来源是被视为/经验为内在的还是外在的……不如去问,人们是否承认某种外在于或超越于他们生活的事物"[1]。对于哪怕是回族这样与宗教密不可分的族群而言,他们的文学书写中游离出来的反思或反刍式的自我,也足以证明世俗性的无处不在,即便怀抱何等虔敬,其个体也必须重新审视自我的形成与存在样态。泰勒将世俗性划分为三个层面,一是世俗化公共空间的形成;二是信仰及其实践的衰落;三是信仰出现了灵性价值的新形态,它与经验彼此界定,又构成新的语境。[2] 第一层可以说是启蒙运动、工业革命以来已经成为基本社会语境的背景;第二层是当代信仰处境,尽管某些信仰形式出现积

---

[1] 查尔斯·泰勒:《世俗时代》,张容南等译,上海三联书店,2016年,第21页。
[2] 同上,第27页。

极复兴的态势,但那正从反面证明了其衰落的总体趋势;第三层面放在回族文学来说,则体现为伊斯兰教作为前景对于文学书写的影响,而文学书写反过来又界定了作为信仰的宗教现状。这无疑是对回族信仰"去天真化"的解释,无论对于现实生活,还是对于现实生活的理解,都是世俗化后的产物。

世俗化时代的信仰并没有拒绝超越性,但是将这种超越性安放在生存的基础之上。如果需要令人敬畏与惊奇的行为或者人格的神迹来确证,那就不是信仰——它应该是诚实面对人生中的不确定性,并且坦然地去承受。这同时也是弥散性的信仰与制度化的宗教之间的区别,换之,世俗化时代的信仰也许要重回弥散状态。我曾经讨论过世俗化时代宗教信仰所面临的困境和可能性:"究竟是人的改造跟不上社会变革与改造的速度,还是作为一种精神能量,信仰本身就如同理性一样是一种并行不悖的形式? 那些民间、少数民族的潜在信仰与被压抑的形式又如何显示了这种潜能的存在?"[1]我认为最终可以走向一种情感共同体的团结、互助与友爱,它在必要的时候需要也必然会突破制度性宗教的限制。这与作为中产阶级生活方式的灵修式信仰不同,是一种经验现实与超越现实之间的辩证,信仰也许能够提供个体心灵的自我超越,但唯有与更广泛的民众联系起来,走出族群、宗教和地域的限制,才能达到具有普遍意义的集体超越。

---

[1] 刘大先:《现代中国与少数民族文学》,中国社会科学出版社,2013年,第308页。

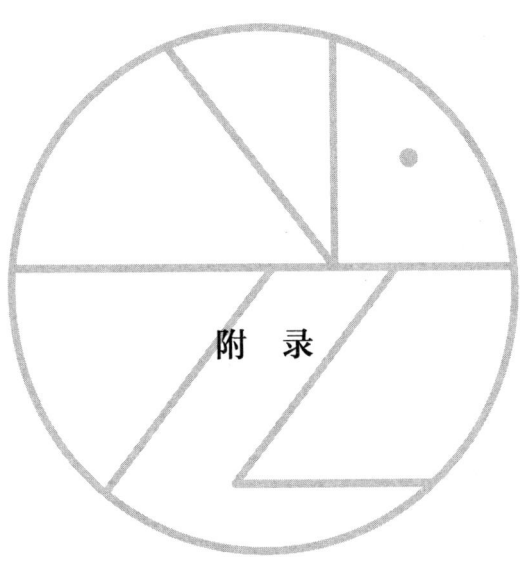

附 录

缘情、激情与共情

——抒情及其现代命运

引言

"抒情传统"这一发端自北美、兴盛于中国台湾的学术建构,从陈世骧1971年将"抒情"作为中国文学的"道统"提出开始,经过三十余年,在大陆因为2006年王德威在北大讲学的鼓与呼,进而蔚为一个不容忽视的批评现象,不惟学院学者论辩不休,且波及批评现场,成为一种屡被征引的理论资源。不仅在空间上搭建了北美、欧洲、新马、中国大陆和台湾地区的格局,更有人为之作历史叙事,上推下衍,梳理出从晚清到当代的历时性脉络,俨然已成一"抒情学派"。这个

"抒情学派"以陈世骧、高友工的提出与建构，包括高的弟子孙康宜、林顺夫的拓展；往上接续了梁启超、胡适、周作人、朱自清、闻一多、宗白华、林庚、方东美、徐复观等从不同门径切入的论述资源；而其流布则以台湾及其辐射地区为主，代表性人物包括蔡英俊、吕正惠、张淑香、郑毓瑜、萧驰、王德威。[1] 显然，这种以"后见之明"扭合在一起的学术脉络内部歧见纷纭，只是都曾对于"抒情"的主题有过论述，其中很多论说是被抽离出其原来的系统和语境，而辏合在一起，构成"家族相似"的星云状存在，并没有构成一种共识意义上的"学派"。

"抒情"确为中国文学一个重要手法/范畴/观念，但如何成为"传统"，成为何种"传统"，或者"抒情传统"（相关的概念还包括"抒情主义""抒情现代性"）的说法是否成立，却并非不证自明之事。一方面"抒情"涉及的面向非常广泛，既包含主题与技法，也涵盖风格与美学，从其一开始就并非某种界定明确的概念；另一方面它也是一个在时间中不断流动变化的语词，其外延与内涵必须放置在具体语境中进行言说。同时，"传统"并非某种本质主义式的静止存在，它总是一种叠加累积成的"效果历史"，伴随着知识语境和认知范型的转变而相应呈现出不同乃至截然相反的面目，就其实质而言，是一种阐释学的结果，本身必然涉及对于"历史流传物"的取舍，在过去的遗产中按

---

[1] 徐承：《中国抒情传统学派研究》，中国社会科学出版社，2015年。陈国球、王德威主编的《抒情之现代性："抒情传统"论述与中国文学研究》（三联书店，2014年）则可以视作是理论选读本，除了上述人物之外，还补充了鲁迅、朱光潜、普实克、宇文所安、叶嘉莹、柯庆明、龚鹏程、黄锦树的文章。

照特定话语和逻辑进行选择和叙述,[1]因而任何一种"发现"都是"发明",所有的"传统"其实都是"现实"的倒影,它不仅仅是命名,更重要的是实践。

"抒情传统"叙述从古典文学研究者带有抽绎意味的概括,到现当代文学研究的延展,显示了华人学者试图从中国传统文论中提取术语并将之锻造成有别于现代以来被西方文论主导的批评话语的努力。但"抒情"在这个带有"多元现代性"的尝试中,有可能被窄化了,无论从中国古典文学的"缘情"之说,到现代以来的"抒情言志"再阐释,及至当代"抒情现代性"的论说,都在此种话语之中照亮了其中的一部分意义,而有意无意忽视和无视了其他更为宽阔的内涵。对于现代文学以来的文学观念与创作实绩而言,"抒情"已经被"现代"所改造,它固然接续了从先秦以来中国文学观念中连绵不绝的内容,但这种内容是与西方现代抒情观念相兼容的,现代抒情已经是中西融通后的产物,很难再切割出来作为一种古已有之、于今未变的独特性存在。较之于"抒情传统"所强调的侧重个人主义和审美主义的"缘情"的一面而言,其中尤为重要的是"激情"与"共情"的另外层面,前者可以说具有跨越时间的普遍性,后二者则涉及现代情感结构观念的转型,也许更具现实感。

---

[1] 关于这一点,伽达默尔在《真理与方法》中已经做了足够详尽的讨论,"一切自我认识都是从历史地在先给定的东西开始的,这种在先给定的东西,我们可以用黑格尔的术语称之为'实体',因为它是一切主观见解和主观态度的基础,从而它也就规定和限定了在流传物的历史他在(Andersheit)中去理解流传物的一切可能性。"汉斯-格奥尔格·伽达默尔:《真理与方法——哲学诠释学的基本特征》,洪汉鼎译,商务印书馆,2007年,第410—411页。

一

"抒情传统"叙述一般将其发生定位于陈世骧之说,正如论者都已经认识到他颇有在西方为主导的比较文学话语中为中国文学争得一席之地的意味。此种论点的思想渊源置于近现代以来"中西古今之争"的大背景中可以看得更清楚,在那种背景中,遭逢西方文化冲击的中国文人精英,很容易陷入到一种理想类型式的抽象表述中,将西方、中国或者印度并立为不同的"传统",进而进行优长比较,尤以对本土传统怀有温情的文化保守主义者为主(从"师夷长技以制夷"到"中体西用",从国粹派到甲寅派,从辜鸿铭到梁漱溟)。且不说相关论述中无论是"西方"还是"中国"的多样性都被简化了,最根本的问题在于论者没有意识到"现代"已经成为中西共享的思想框架——在"现代"语境中,"中国"或者"东方"在讨论伊始已经被"传统化"了,表现出来的语法是持今律古、以西裁中,即用现代西方文学作为通用标准来评判中国古典材料。如果不反思这个逻辑前提,那么即便"抒情传统"言之成理,也不过是在西方话语的普遍性框架中设立了某种"中国特殊性"而已。

1906年,王国维在《文学小言》中认为,与西方文学相比,中国文学较发达的是抒情文学,叙事文学却"尚在幼稚之时代","以东方古文学之国,无一足以与西欧匹者,此则后此文学家之责矣"。[1]这就是一

---

[1] 王国维:《文学小言》,姚淦铭、王燕编《王国维文集》第一卷,中国文史出版社,1997年,第28页。

个现代早期以他律己的例子，且不说其中忽略了"中国文学"的丰富性，其中包含的口头叙事传统，比如少数民族的史诗、叙事长诗；仅就文学观念而言，他将文学分为职业的"餔餟文学"，"为文学而生活"的"专门文学"，所持的显然是康德之后审美自律的"纯文学"观念，是生存竞争之余的"游戏的事业"，而不是本土传统中融合了生活、教化、娱乐、认知等复合维度的文学。此种观点并非孤例，并且前后延续数十年，在"新文化"运动后成为主流叙述，胡适也批评中国文学的方法不完备，"故事诗（epic）在中国起来的很迟……所流传的仅有短篇的抒情诗"[1]。论者纠结于中国为什么没有史诗、悲剧、长篇叙事，这显然是文化价值他附下所形成的伪命题，因为按照这个逻辑，同样也可以反问为什么西方没有产生四言诗、律诗？而尝试作出解释者，则认为中国文学的第一大特点就是偏重主观，情感丰富而想象贫弱；文人大半把文学完全当作表现自己观感的器具，很少有人能跳出"我"的范围以外，而纯用客观的方法去描写事物。[2] 这种主客二元的现代科学化思维与浑然难分的前现代"诗性思维"无疑有所不同，表征着中国文学的主体性淹没在现代西方文学的大叙事之中，因而无法形成相对主义的观念。

基于中西比较而以西方（主要是欧洲和北美）为标准的思路，在今日已经被文学学科尤其是比较文学内部所清理和矫正。一方面，西方理论未必是通行法则，就像比较诗学的学者发现，亚里士多德从戏剧方面定义文学时，由于戏剧处理的是人的再现以及舞台上的动作，所

---

[1] 胡适：《白话文学史》，《胡适文集（8）》，欧阳哲生编，北京大学出版社，1998年，第188页。
[2] 朱光潜：《长篇诗在中国何以不发达》，《欣慨室中国文学论集》，中华书局，2012年，第18—23页。

以他自然而然地将文学视为是对人类行为和生活的一种摹仿,而"其他一切具有明晰发展的文学观的著名文化群落都把诗学奠基在抒情诗实践之上。抒情诗假定的是人类受各种各样的思想和情感所激烈,他们需要用词语来表达。这些词语感染他人,那些人反过来又可以寻找自己的词语去表达他们之所思所感。其结果是产生了一种把情感原则与表现原则结合的诗学。这种'情感-表现'的诗学以或此或彼的形式,成为西方之外所有诗学体系的特征。"[1]另一方面,就西方而言,"传统的诗学体裁或门类三分法:史诗(叙事诗)、戏剧、抒情诗……三分法不如说是一个漫长而沉闷的累积和调整的过程的结果,是通过对传统的诗歌体裁罗列的带有细微变化的因袭而得出的,直到16世纪才演变成了现代的公式。"[2]也就是说,由戏剧或者叙事文类生发出来的批评话语很难无痕对接地应用到抒情诗歌之上,"抒情"与"叙事"也并不构成二元对立;从整体上看,无论中西,也无论叙事还是抒情,其内涵与外延都始终会随着历史的演进而不断地发生演变。

就中国古典文学而言,面对过去的文学遗产,历史化和语境化能够避免想当然耳的蹈空之论。李春青通过史料证明,被援为"抒情传统"源头的《诗经》在相当长的历史时期里都是作为统治阶级意识形态建构的主要手段与核心内容而存在,其最初的功能与西周贵族阶级的忧患意识密切相关,"诗"的收集、入乐以及诗教的形成都带有鲜明的政治意识。到了春秋末年以及战国时期,"诗"的地位大幅跌落,宴饮、

---

[1] 迈纳(Miner. E.):《比较诗学》,王宇根、宋伟杰等译,中央编译出版社,1998年,第Ⅱ—Ⅲ页。
[2] Princeton Encyclopedia of Poetry and Poetics,转引自杜萌若、胡燕春主编《比较文学理论导引》,黑龙江大学出版社,2007年,第57页。

朝会、交接、聘问之时动辄赋诗、引诗的景象已成绝响。也就是说,从西周至两汉的知识阶层眼中,《诗经》作品与审美意义上的"抒情"几乎毫无关系,[1]因而超越历史的"抒情传统"说实际上是一种后来者的倒溯建构。因为,中国古典的"情"的内涵包含着"道"与"志"的内容,《诗大序》中就倡"情志合一"之说。"志"既可指情感,也可指义理,同样也包含礼仪的内容。"诗言志"的传统是以"志"代"乐",其目的在于以"礼"维持自我身心和社会的伦理规范。"情动于中而形于言"、"变风发乎情"中的"情"的内涵与我们现在所谓"抒情"之"情"差距甚大:它不仅包含通常所谓之主体情感,同时还包括"至深"之"通论""宇宙"之"大道"——"诗""事""史""思""情"之间获得了同一性,"诗"成为"道德兴衰""国史得失"的体现物。因而有论者就指出,"诗言志"和"诗缘情"两者都未在本体论层面解决诗歌的起源和本质问题,它们之间还存在"诗缘事"的传统。"诗"所言之"志"外在于诗,是社会习俗、制度、礼仪所赋予的,并不内在于诗,因而在这条路上,诗易沦为说教工具;"诗"所缘之"情"是主体内心所固有,是外在人事与自然相摩相荡、触发而生,因而相比于"志"来说更贴近诗的本体,但"情"不能凭空产生,它需要在个体的生活经验中酝酿而成,一经形成就沉淀在主体的生命之中,在因缘际会时迸发出来而成为诗。因此,"诗缘情"可以往前推进一步达到"诗缘事"。[2]这种说法并不能定于一尊,但至少表明传统抒情从来不是离地飞翔或者内烁发明。"抒情传统"的批评

---

[1] 李春青:《论"中国的抒情传统"说之得失——兼谈考量中国文学传统的标准与方法问题》,《文学评论》2017年第4期。
[2] 王怀义:《汉诗"缘事而发"的诠释界域与中国诗学传统——对"中国抒情传统"观的一个检讨》,《文学评论》2016年第4期。

者也指出,"缘情"是缘情感物的结果,主观之中包含着客观,二者可谓水乳一体,不可分割。"西方抒情诗无此气类感应的哲学内涵,所以只是抒情,不是缘情,其情之内涵也全然异趣。抒情,是把自己内在的情思表达出来。感物而动之情,缘情而绮靡,却是重在说这个情乃是与物相感而生的,自我内在之自白与倾诉"。[1] 因而,我们可以看到,缘情之情不仅仅是西方浪漫主义以来侧重的个体情感与体验层面,它在中国前现代时期的内涵与外延要开阔得多,只不过在接受了现代西方文学的观念体系之后,被化约成了浪漫主义以降的狭义之情。

王德威的"抒情传统与中国现代性"之说,是不满于现代以来中国文学中启蒙和革命叙事对抒情的压抑而做的生发。在他看来,"'抒情'不仅标示一种文类风格而已,更指向一组政教论述、知识方法、感官符号、生存情境的编码形式,因此对西方启蒙、浪漫主义以降的情感论述可以提供极大的对话余地。"[2]此论陈义甚高,但在具体的论述中,他的"抒情"无疑还是以个人主义的"抒情"为根基,以之对应集体主体的"宏大叙事",是"将'小说中国'的逻辑推进到了'抒情中国',即:现代人的抒情是文化认同发生危机的人重新寻求文化认同的努力,抒情性的作品(以诗和音乐为代表)中隐藏着中国想象,而这个中国又是一个传统与现代互相拉扯的中国,抒情的困境,也就是想象中国的困境。"[3]延伸一点说,在王看来,抒情传统是一种"被压抑的"中国现代性。然而,任何一种建制都是基于其特定的价值诉求,总归是

---

[1] 龚鹏程:《不存在的传统:论陈世骧的抒情传统》,《美育学刊》2013年第3期。
[2] 王德威:《抒情传统与中国现代性:在北大的八堂课》,三联书店,2010年,第5页。
[3] 汤拥华:《"抒情传统说"应该缓行——由王德威〈抒情传统与中国现代性——在北大的八堂课〉引发的思考》,《文艺研究》2011年11期。

要压抑一部分内容并凸显另外一部分内容,"抒情"如果要从现代性宏大叙事中将自己树立起来,必须要证明它不同于被传统化的"古典"的现代素质。现代抒情固然继承了古典抒情的一部分模式与内容,但无疑包含着更多维度的层面,而这一点在既有的"抒情传统"论述中无疑被约减掉了——"抒情"被似乎不证自明地置换成个人主义和自由主义式的美学追求,而这种美学观念实际上来源于现代主义关于文学(自律性存在)与社会(外部世界)之间冲突的认知。在这种观念里,情感与理性、个人与群体、文学与政治成为对立的存在,而"抒情"就成为对历史抗拒,本身成为一种行动实践,尽管也许是被动的、含混的、不自知的。因而就会产生一个矛盾:作为现代性产物的文学自主性与前现代"传统"的混沌未分之间无法匹配,那么"传统的现代转换"这样的命题就难以立足,因为从逻辑上来说,会产生一个绞绕而胶着的悖反:被现代性界定为"传统"的东西本身就已经摒除在"现代"之外,如果它转化了,那它就不再是传统的,而是现代的。

如同李杨所指出的,按照"抒情传统"论的说法去诠释中国文学的"抒情"本质,是以西方普遍主义为他者的寻找非西方文化的特殊主义的努力,但吊诡之处在于这种寻找特殊性恰恰是为普遍性服务的,作为"多元现代性"中的一种,它再次认证和强化了西方作为普遍性的根基。"当王德威试图以'抒情'这个超级能指来'重写'文学史的时候,他就把自己置于一种史论分裂的悖论性情景中:一方面,他要'解构'历史,以'抒情'这一'前现代'的非历史范畴来扰乱由'启蒙'与'革命'建构的线性中国现代史;另一方面,他又试图'建构'历史,以'抒情'为主线来建构新的——并且同样是先行的中国现代史。以反历史的方式写历史,以反逻辑的方式建构逻辑,以'解构'的方式'建构',——这一切如同'单手击掌',显然无法在'历史'之内加以理解。"[1]回到"历史之内",我们会发现抒情显然不仅仅表现为个人对抗和消解"大历史"逻辑的审美途径——比如沈从文、瞿秋白;或者在怀旧和回归中逃逸——比如江文也、胡兰成;或者营造出某个时间与空间的超越性空间或文化(民俗)以抵御和政治强势话语的侵袭——比如李渝与钟阿城。王德威举证的这些人物及其行止与作品,从其建构抒情脉络而言,有其自成一体的思路,但显然忽略了对于现代性而言极为重要的激情与共情的辩证——脱离了激情与共情,抒情的现代形态是不完整的。

二

在"抒情传统"的论述中,激情由于其泛滥无涯、强烈而不可操控,对于温文尔雅、个体自守的抒情是灾难性的,这正呼应了关于资本主义情感结构上的一个重要讨论:激情与利益之争。赫希曼在回溯资本主义兴起过程时的思想史发现,伴随着中世纪荣誉观的衰落,道德教化的哲学和宗教戒律再也无法约束蓬勃兴起的欲望,利益于是成为抑制和驯服激情(冯克利译为"欲望")的手段,启蒙运动的思想家们认识到由于利益的可预见性和持久性,会让冲动的激情规训到秩序井然的国家与社会之中。这也正是被后来的浪漫主义、马克思主义和弗洛伊德主义所批判的,因为在拿破仑战争之后的欧洲"处于相对和平安宁、

---

[1] 李杨:《"抒情"如何"现代","现代"怎样"中国"——"中国抒情现代性"命题谈片》,《天津社会科学》2013年第1期。

商业盛行的时期,资本主义得意洋洋,'欲望'似乎确实受到了抑制,甚至可能已被灭绝,世界突然变得空虚、琐屑和令人厌烦,这为浪漫主义的批判提供了舞台,它认为与过去的时代相比,这是个令人不可思议的贫乏社会——这个新世界似乎缺少崇高、庄严和神秘,最重要的是它缺少激情"[1]。充满各种欲望和激情的"全面的人类个性"当然会被资本主义的辩护者认为是一种需要尽量加以消除的威胁,但是只要我们不将历史视为已经终结,只要资本主义不被作为人类最终的组织与存在形态,这种对于单向度人和激情泯灭[2]的批判就是有效的。

历史证明,激情是现代中国形成过程中最为重要的情感动力机制。现代中国最初的文学变革便是在政治与文化理念上接受欧洲浪漫主义而来,因为后者不仅仅是某种文学与思想浪潮,而且紧密联系着想象共同体的塑造、革命与民族国家的建立。这是一种宏大抒情,其抒情主体从个人出发总是导向于更广阔的关怀与诉求。18世纪末到19世纪前三十年的欧洲浪漫主义诗人如华兹华斯、拜伦、雪莱,在晚清到民国的中国政治家和文学家如梁启超、郭沫若、郁达夫、徐志摩、蒋光慈那里催化出"五四"一代的抒情热潮,他们通过情感与想象抒发对于理想世界的向往,这种抒情落笔在个体生活和精神空间,但

---

[1] 赫希曼:《欲望与利益:资本主义胜利之前的政治争论》,冯克利译,浙江大学出版社,2015年,第119页。
[2] "资产阶级在它已经取得了统治的地方把一切封建的、宗法的和田园诗般的关系都破坏了。它无情地斩断了把人们束缚于天然尊长的形形色色的封建羁绊,它使人和人之间除了赤裸裸的利害关系,除了冷酷无情的'现金交易',就再也没有任何别的联系了。它把宗教虔诚、骑士热忱、小市民伤感这些情感的神圣发作,淹没在利己主义打算的冰水之中。它把人的尊严变成了交换价值,用一种没有良心的贸易自由代替了无数特许的和自力挣得的自由。"《马克思恩格斯选集》第一卷,中共中央马克思恩格斯列宁斯大林著作编译局编,人民出版社,1995年,第274—275页。

旨归于理想蓝图。这正是普实克所谓的主观主义和个人主义兴起的史诗时代[1]，在这个时代里，新的抒情模式（平易的、抒情的国民文学，新鲜的、立诚的写实文学，明了的、通俗的社会文学）正是要颠覆旧有的抒情模式（雕琢的、阿谀的贵族文学，迂晦的、艰涩的山林文学，陈腐的、铺张的古典文学）[2]。抒情从诗歌衍生蔓延到各种文体尤其是新兴的小说之中，"史诗"正是此种新型"抒情"（解释并改造世界的激情）的内容与形式，两者融为一体，而非后来如"抒情传统"论对普实克的解读中，有意无意地将二者对立起来。

现代激情激活了中国先秦儒墨文化传统中刚健有为、慷慨壮丽、兼爱利他的一面，因而某种程度上复兴了一度被精英雅正趣味所压抑的恣肆汪洋的小传统。从文学史上来看，是底层、平民、民俗文学的抒情方式在文人个体的感怀抒情已经发展到极致乃至熟极而流之后的补充和刷新，就如同吕正惠所言，"从诗词散文的发展可以看得出来，中国文学到元代以后，无论如何要再吸取新形式（小说、戏剧），要再扩大经验范围（从抒情主义扩大到其他经验、从文字感性扩大到口语），才可以重新扭转逐渐僵化的趋势。简要地说，也许宋元以后的中国社会已发展到某种程度，如果中国文学再不突破抒情主义的倾向，就无法表达人生的真相了。"[3]这种经验与表述的扩展，在现代文学初兴时期，不仅表现为民族、民间、底层、白话等层面，也表现于较之于"新

---

[1] 雅罗斯拉夫·普实克：《中国现代文学中的主观主义和个人主义》，《普实克中国现代文学论文集》，李燕乔等译，湖南文艺出版社，1987年，第1—29页。
[2] 陈独秀：《文学革命论》，《陈独秀著作选》，任建树、张统模、吴信忠编，上海人民出版社，1993年，第260—261页。
[3] 吕正惠：《中国文学形式与抒情传统》，陈国球、王德威编《抒情之现代性："抒情传统"论述与中国文学研究》，三联书店，2014年，第445页。

文学"已呈落伍之态的"旧文学"——即便是格律整饬、形式严谨的旧体诗词,在经过现代浪漫主义激情改造之后,也能焕发出瑰丽的异彩。有论者就以郭沫若与毛泽东的诗词唱和为例,讨论过政治抒情在旧体诗词中的表现,他们通过描写自我和大自然的关系,来抒发改造人类社会的终极乌托邦理想。抒情诗人创造力洋溢又生机勃勃,由己观物,与宏大壮美的大自然产生内在情绪与韵律的共鸣,并在想象中以己之志改造自然景物,以隐喻的形式投射了诗人操控现实世界的激情、渴望与能力,从而完成对浪漫主义英雄崇高的主体性的讴歌,从中体现出一种"旧诗词的'现代性'","他们的旧诗创作都大量地沿袭了古典诗歌的语言、韵律、意象和用典等传统,然而所表达的却是典型的20世纪的时代内容和现代诗人的精神气质。他们的作品既体现了诗人对传统文化价值的认同,也揭示着对传统的悖离"[1]。这种旧瓶新酒、新旧杂呈的杂糅纠葛状态,显示了"传统"与"现代"之间的藕断丝连,当然也是"抒情传统"的题中应有之义。

显然,这种现代激情既有原初的情感意味,就是陈世骧解释"兴"为"上举欢舞"的群体活动中的情感[2];同时也消除了激情在基督教传统中的被动存在[3],而成为融合中西的现代性主动情感。个体身处历史之中会有多种呈现形态,被动裹挟固然有之,但如果没有主动

---

[1] 杨昊昇:《浪漫主义诗人郭沫若的政治抒情——以郭和毛泽东的诗词唱和为考察中心》,吴盛青、高嘉谦编《抒情传统与维新时代:辛亥前后的文人、文学、文化》,上海文艺出版社,2012年,第608页。
[2] 陈世骧:《原兴:兼论中国文学特质》,《陈世骧文存》,辽宁教育出版社,1998年,158页。
[3] 基督教文化中,从古典时期到17世纪,激情带有被动涵义,指基督受难,十四世纪末才有强烈的情感的意味。见苏珊·詹姆斯对激情的语文学和观念史梳理,《激情与行动——十七世纪哲学中的情感》,管可秾译,商务印书馆,2017年,第1—2页。

参与,就无法解释历史,因为历史进程不可能是被某一两个权力个体所全盘左右;而仅仅将激情解释为被愚弄、被操控的迷狂,也未免太过轻视人的能动性。在这里我们可以看到文学历史过程的复杂与暧昧。文学革命的理念与实践、应然与实然之间很难达到同步,往往存在脱节和滞后,即文学的观念在先行者那里已经发生了天翻地覆的变化,但在语言、修辞、风格的程式与技艺层面,既有传统可能还在惯性中持续发挥着现实中的影响。旧有文人抒情的方式与观念,以小群体活动的方式依然会弥散在唱和、雅集、诗社、文学社团之中,同新兴的主导形式并行不悖。另一方面,陈旧的意象、语词、表达方式,在不同的历史语境中也有可能发生意想不到的效果,对读者产生出不同于其原初语境中的意味,从而生产出新意。如果我们承认"颂"也是古典抒情之一种,那么对于"社会主义现实主义"时代的"人民性"颂歌就会有更深一层的同情之理解,因为,彼时的"中国抒情"是在伴随着全新的国家政治架构和人民身份重塑的基础之上,"出现在中国文学中的每一个人、每一个'自我'已经不再是处于自然状态中的个体,而是已经获得了共同本质之后的'国家'的象征。因此,对人的歌颂实际上是对这种共同国家本质的歌颂。"[1]而这种"共同本质"的产生无疑来源于一种新的公共道德伦理观念——共情感的产生。

三

共情与同情经常通用,但二者略有区别。同情属于"人皆有之"的

---

[1] 李杨:《抗争宿命之路:"社会主义现实主义"(1942—1976)研究》,时代文艺出版社,1993年,第160页。

个体共通性,如同《孟子》所谓"所欲有甚于生者,所恶有甚于死者"之趋利避害的本能,恻隐、羞恶、恭敬、是非等"仁义礼智,非由外铄我固有之也,弗思耳矣"的社会规范。[1] 同情固然也可以冲破文化与政治差异的藩篱,施诸于他者,但总是基于个体,而不具备整个社会普遍性的情感结构的意义。共情则更多带有集体共通性意味,也即经过理性反思后破除了等级、性别、种族等文化与政治差异的产物,它是一种现代社会的情感。人的认知和判断来自于情感的可传达性,所以康德认为,因为有共通的感觉,才会有普遍的感受,从事评判。[2] 共情是对认同的人的感情,同情的泛化与共情的产生是由于现代平等意识兴起而形成的。如同托克维尔所说:"只有彼此相同的人之间才会有真正的同情"[3]。只有君权和绅权下降、民权地位上升,人人平等的观念深入人心了,原本处于区隔地带的文人/知识分子才会容易与底层的民众产生同情意识,这就有所谓共情感的诞生。共情的关键在于对他者的发现,这使得个体能够超越于一己来进行自我指涉式的观察,进而发生认同的转移。

从这个意义上来说,近代现代以来的共情感与思想史的公私转化互为表里。关于"公"和"私"的讨论已经很多,历史地看,至少从宋代城市商业文化繁荣就开始萌蘖了,同时伴随的是正统理学与道学对于超越世俗性的要求,从而使得天理与人欲之间的关系变得紧张。16、

---

[1]《孟子正义》,焦循撰,沈文倬点校,中华书局,2017年,第842、813页。
[2] 康德:《判断力批判》,宗白华译,见《宗白华全集》第四卷,安徽教育出版社,1996年,第339—342页。卢春红《情感与时间》从纵向的维度梳理了"共通感"在西方思想史上的不同境遇,上海三联书店,2007年。
[3] 托克维尔:《论美国的民主》,董果良译,商务印书馆,1991年,第701页。

17世纪,明末清初之际,也就是沟口雄三所谓的"前近代"发生了许多前所未有的新变化,而其中最主要的两点是:"一对欲望予以肯定的言论表面化;二、提出对'私'的肯定",这是"儒学史、思想史上的一个根本的变化"[1]。对欲望与私的肯定与欧洲思想界正在兴起的情感与道德讨论时间相近,这也是被后来史学家称为"资本主义萌芽"在情感结构上的表征,到清末和五四新文化运动时期,它则在"新民""自性"和"立人"等诸多话语中演变为现代个人主义。与此同时,因为这种新兴起的"个人"被视为现代民族国家的公民,它必然貌似悖反实则顺理成章地导向对公共性的探求,在公与私重新界定并彼此互动的过程中,个体与群体都得以重建[2]。《礼记》中古老的思想被重新解读:"大道之行也,天下为公。选贤与能,讲信修睦。故人不独亲其亲,不独子其子"[3],显然这是普遍性的情感愿景,私达于公,个人主体通向他者的宏大关怀,晚清以来的革命者正是基于对低阶层民众的共情才有可能背叛自己出身的家庭与阶层,进行文化与文学的除旧布新。

共情在现代中国文化场域体现为一体两面的形象:一方面是爱,一方面是恨,而无论哪一面都既包含了个人化的情绪感受(古已有之的爱恨情仇),同时又走出了个人化的渊薮。在社会层面,前者推广衍生为保国、保教、保种式的族群、国家之爱,乃至国民、阶级之爱;后者则扩大为对封建等级制度、殖民主义帝国主义侵略的怨恨仇气。在理念层面,则泛化为人类之爱和抽象之恨。无论如何,有共情的基础,才

---

[1] 沟口雄三:《中国前近代思想的演变》,中华书局,1997年,第10、27页。
[2] 黄克武、张哲嘉编《公与私:近代中国个体与群体之重建》,台北中央研究院近代史所,2000年。
[3] 《礼记集解》,孙希旦撰,沈啸寰、王星贤点校,中华书局,1989年,第582页。

有可能进行大规模的情感动员与情感凝聚,并形成恐怖的暴力与革命。舍勒所担忧的也正是共情所带来的灾难性后果:"一切在其不可割裂的生命进程中感到是'一体'的组织和个人,作为巨大的统一现实出现。它使个体生命英雄化了,同时却使所有精神个体堕入沉沉梦乡。它消除了人们对肉体自我的一切烦恼,同时却解除了精神人格并剥夺了它的权利!革命群体及其运动呈现出同样的总体迷狂状态;在这种状态下,身体自我和精神自我同时沉沦,堕入一场激越的总体生命运动之中"[1]。对于任何一个现当代中国文学学者,这段话听上去都似乎恰如其分地应合了革命中国所显示出的涤荡一切的威力,以及它所带给个体的焦虑和担忧。但这不过是"群体暴力"的陈说,中国抒情传统中原本就包含了"兴观群怨"的多层度内涵。就此而言,带有本雅明那回眸的历史天使意味的"抒情传统"论说,强调个人、自由和抽象理念层面,正是这种舍勒式担忧的产物。但是话又说回来,如果没有投入到群体中的共感激情,现代中国就无法由"沙聚之邦"蔚为"人国",否则可能在个人咂摸的抒情与怀旧里,中国就被殖民侵略者亡国灭种了。

逃离大历史的个人抒情方式一方面不过是"新文学"所摒弃的前现代遗留物——这种遗留物并非没有意义,但假如有某种抒情传统存在的话,它只是其中的一小部类;另一方面则是浪漫主义末流的滥情或不及物的抽象逃逸。正是在历史的实践理性之中,现代文学的主流作家一方面批评"以众虐独",另一方面也同样强调在具体语境中的"遵命文学"。鲁迅在1935年之后编选《〈中国新文学大系〉小说二集》

---

[1] 舍勒:《同情感与他者》,朱雁冰译,北京师范大学出版社,2014年,第48页。

之时，就批评过"为文学的文学"，他以弥洒社的创作为例说："一切作品，诚然大抵很致力于优美，要舞得'翩跃回翔'，唱得'宛转抑扬'，然而所感觉的范围却颇为狭窄，不免咀嚼着身边的小小的悲欢，而且就看这小悲欢为全世界。"[1]这种批评也适用于"抒情现代性"所念兹在兹的个人抒情。

个人抒情当然有其合法性的一面——它体现了大时代强势话语的另一层面，有助于形成某种俾补型认知，但显然无法成为某种"道统"。现代情感结构需要强调的是总体性体验和文化过程中普通人的"主体"地位，而不是少数者的个体诉求。每一代人都有自己的情感结构，一个时代的情感结构虽然主要凝聚在文化精英所创造的文化艺术文本中，却是这些文本把创造者的个人经验与公众经验有效地融合在了一起，抒情如果刻意游离于群体之外，作为个人的美学趣味与文化政治取向本无不可，却不可能在建构中被树立为某种"传统"。问题的关键在于，"抒情传统"承不承认有超越于个体之上的抒情，"事功"与"有情"是否必然要对立？"革命"与"启蒙"是否就一定排斥个体抒情？如果回答是否定的，那么结论不言自明。

事实上，即便按照多元现代性的逻辑，我们将对于文学的眼光扩展一点，摆脱以西方为中心的话语，而切入到较少为人关注的中亚或者少数民族的文学，我们会发现"大抒情"式的史诗颂歌绵延悠长，依然是一种"活的传统"。而观照张承志这样有着浓郁信仰影响背景的作家时，其宗教激情般的宣谕式抒情也已经远超个人抒情的范畴，而

---

[1] 鲁迅：《〈中国新文学大系〉小说二集序》，《鲁迅全集》第 6 卷，人民文学出版社，2005 年，第 250 页。

指向于一种作为"类"的共同体存在。基于这样的考察,"抒情传统"论中以精英、文人、审美为中心的言说,可能需要面临全新的改写。抒情的古老内涵与外延及其现代命运极为复杂,我更愿意将其理解为一种雷蒙德·威廉斯所谓的"溶解流动中的社会经验",同时也是一种隐约可见的社会结构的表征[1],在经验与结构不断的互动之中,缘情、激情、共情可能只能用于解释已有的文学现象,而未来的抒情则尚在不断变化、形成与到来之中。

---

[1] 雷蒙德·威廉斯:《马克思主义与文学》,王尔勃、周莉译,河南大学出版社,2008年,第140—143页。

"华语语系文学"的理论生产及其诞妄

关于"华语语系文学"(Sinophone)的讨论最迟从1980年代便已经在海外汉学领域开始,但直到1990年代之后尤其是晚近十年来,特别是史书美(Shu-mei Shih)对其进行明确界定后才逐渐为更多的大陆学人所知晓,其背景是后殖民主义和文化多样性等国际性潮流话语。近几年,由于与大陆学界接触频繁且知名度颇高的王德威的改造、传播与鼓吹,"华语语系文学"成为一个学术热点,无论赞同还是批评,它都已经成为一个不得不面对的话题。因为我本人研究中涉及中国文学语言的多元性问题,所以读了王德威及他所推荐的史书美关于"华语语系文学"的相关论述,结果却颇感失望。

一

"华语语系文学"的发明试图突破之前所谓"汉语文学""海外华文文学""世界华人文学"等的话语框架,但事实上并没有提出真正理论意义上的洞见。在对这个概念最有力的阐述者史书美那里,"华语语系"这一概念被用来指称"中国之外、以及处于中国及中国性边缘的文化生产网络,数百年来改变并将中国大陆的文化在地化"[1]的群体,以及中国地域之内的那些少数民族群体[2]。根据她的说法,是从英语语系(Anglo-phone)、法语语系(Francophone)、西班牙语语系(Hispanophone)、葡萄牙语语系(Lusophone)等类比出来的概念。这不是从全球性移民和"华语"的实际出发,而是从西方学术话语内部滋生出来的东西。在她那含糊的表述中,华语语系文学在本质上是"克里奥尔语化"的、跨越国族边界的多语言文学,也就是说它包含了海外华文的汉语以及各个居住地、所属国的语言写作,同时也包括中国少数民族的汉语写作。这让"华语语系"自身充满了内部矛盾,因为一方面她一再反对"离散"的说法,强调对于本地认同的"在地性";另一方面又不许少数民族在中国的"在地化",反而指称汉族对于少数民族的

---

[1] 史书美:《视觉与认同:跨太平洋华语语系表述·呈现》,杨华庆译,台北联经出版事业股份有限公司,2013年,第17页。
[2] "中国和中国性边缘"被解释为不仅"包括严格意义上的中国地缘政治之外的华语群体,他们遍及世界各地,是持续几个世纪以来移民和海外拓居这一历史过程的结果;同时,它也包括中国域内的那些非汉族群体,由于汉族文化居于主导地位,面对强势汉语时,它们或吸收融合,或进行抗拒,形成了诸多不同的回应。"史书美:《反离散:华语语系作为文化生产的场域》,《华文文学》2011年第6期。

压抑甚至"内部殖民",刻意将"中国"与"中文"等同于"汉族"和"汉文化",将其狭隘化,唯独不承认中国无论从历史还是现实来看,原本就是包容多元,多样语言、地域和族群彼此交往融合的"跨体系"主体。

"华语"在史书美那里成了一个杂糅的存在,因为它的内涵与外延的无限扩大,从而使得这个概念本身成了一个不堪重负的泰坦尼克。即便暂且不管这种概念本身的混乱不清,"华语语系"有意摒弃大陆的汉语写作也是过于褊狭的。事实上,如果没有"华语语系"自设的"大陆中心"作为对话对象,它的反抗对象根本就无法成立,因此它在逻辑结构上进行了自我瓦解。确实,伴随着全球化的过程,华人不断地跨越地域、语言、族裔、文化、政治的场域,面对分布在不同地理空间的华人文学有必要进行超越民族国家的解读与阐释。但是这并不能自然构成某种"边缘华语"与"中心中国性"之间的二元对立,"在地化"假设了某种游离在复杂的政治、经济、文化交往之外纯然自主的语言文学领域,也不过是身份焦虑、认同政治与学院话语的一次杯水风暴,以一种虚拟的语言政治来对抗莫须有的文学等级秩序和一统性的中国神话,而对于真正的"在地"现实阶级、种族与性别压迫采取了心知肚明却装聋作哑的鸵鸟策略。

史书美强调异质性、本土性、反中心与非正统:"少数表述(minor articulations)的出现就是为了回应作为主要语言的标准汉语,它是去标准化、混杂化、断片化或者完全拒绝标准语言的结果。一方面,华语语系借着挪用德勒兹(Gilles Deleuze)与瓜达里(Felix Guattari)[少数文学](minor literature)的说法,实践并成为一种[少数表述],是少数的自我表达或者是少数族群利用主流语言来进行表述。在利用的过程中,为了建构或解构的意图,主流语言受到少数表述的挑战与挪用。"[1]这个说法标新立异,却很难成立。首先"少数表述"是语言的自然变异,如果有某个"中心"或"标准",那也一定不是"中国"与"中文",而是书写者所在国及其语言。如果有回应的话,回应的也是"在地"官方主流语言,而不是遥远的"标准汉语"。其次,如果拒绝书面语特定的共通标准与规范,那如何进行交流?复次,如果只在特定的"少数者"那里流播,实际上是无效书写,又何来反抗?"中国"作为一个抽象能指,与这些华语书写并不存在等级关系和直接关联,而只是远近亲疏之别。关公战秦琼,戏倒是加了不少,却是滑稽戏。

"华语语系文学"过于强调了空间与语言,而忽略了历史与现实。它在定义与辨析上一直存在诸多争议,正是因为遍布全球的华人文学复杂性无法被这种似是而非的概念所框定,从而造成它不可避免的界定上的自相矛盾和自我消解。它对于"民族-国家"文学史的攻击是擦肩而过,因为两者根本处于两个领域;而对于所谓"大中华"或者"汉族中心主义"的对抗是由于后殖民主义的错置而投射出的一个堂·吉诃德式的虚拟风车。正如赵稀方所说:"中国近代以来,并未开拓殖民地,中国人散落四方缘于移民,有过去的战乱流落,更有当代主动向先进欧美地区移民。这些移民与中国的关系,并非被殖民者与殖民者的关系,而是平等的文化语言关系,移居欧美者甚至还有高中国大陆人一等的心态。不同地域的海外华语文学因为历史、地域、政治、文化等多方面的原因,肯定会发展出与中国大陆文化不同的特征,但把两者

---

[1] 史书美:《视觉与认同:跨太平洋华语语系表述·呈现》,杨华庆译,台北联经出版事业股份有限公司,2013年,第57页。

的关系完全描绘成殖民对抗,显然是不合适的。身处海外的华语文学可能的确面对的是殖民主义问题,但这种殖民主义恰恰不是中国,而是海外帝国主义。中文文学身处异国他乡,属于少数语言,不得不面临着宗主国的主流文化排斥。就史淑美和周蕾所讨论的香港而言,情况更是这样。香港在英国殖民统治期间,英语系官方语言,中文属于被压制的语言,主要在民间使用。华语语系文学论者全然不注意属于后殖民题中应有之义的英国殖民统治,却将中国香港中文写作的殖民矛头对准中国文学,这是有点奇怪的。"[1]李有成、鲁晓鹏也分别表达了类似的批评观点。[2]切断历史背景、措置批判对象,往往会使一种言说变得轻浮,说白了,"华语语系"是一种在多元主义迷思下的犬儒表述,无伤大雅地强调某种姿态,在无关痛痒的话语政治中获得反本质主义的姿态正确(反的还不是利益攸关的所在国的本质主义),其实什么问题也没有提出来,更别提解决。

"华语语系"的观念混乱,还在于它是语音中心主义的,过于纠结在语言、语音、方言的问题,这在表音文字文学中可能非常重要,但套到表意的华语文学却未必适用。史书美认为"'华语语系'并不强调人的种族身份,而是强调在那些或蓬勃、或衰亡的华语语言群体中,以他/她使用何种语言为分野。'华语语系'最终并不跟国家、民族捆绑在一起,它本来也许就是跨国家和民族的、全球的,包括那些位于中国和中国性边缘的各种华语形式。在移民群体中,'华语语系'是移民前

---

[1] 赵稀方:《从后殖民理论到华语语系文学》,《北方论丛》2015年第2期。
[2] 李有成:《绪论:离散与家国想象》,见李有成、张锦忠主编《离散与家国想象:文学与文化研究集稿》,台北允晨文化,2010年。Sheldon Lu, "Notes on Four Major Paradigms in Chinese-Language Film Studies," *Journal of Chinese Cinemas*, 2012(6.1).

语言的'残留'(residual),由于这一性质,它在很大程度上出现于世界各地的移民群体之中,以及华人占多数的移居者殖民地中。就此而言,它只应是处于消逝过程中的一种语言身份"[1]。这里,我需要指出的是"华语"不仅是"残留",更是一种再造文学的遗产;同时文化不等于语言,语音覆盖不了语文,因为语言包含了口语与书面语,后者在文学书写中更其重要。汉语的南腔北调、众声喧哗之所以最终能够"八音克谐",正是因为沉默的文字通过书写在维持文化的公共性。史书美强调,"华语语言家族由很多不同的语言构成,不同的群体都倾向于使用一种特定的华语(且不管其变音转调)。基于这个简单的事实,华语语系文学在本质上是多语言的。例如,马来西亚华语语系文学就生动逼真地捕捉到了广东话和其他华语跟标准汉语并存的现实,更不用说它们被马来语、英语和淡米尔语克里奥尔语化了(时而偶然、时而密集)。相似地,在台湾的华语语系文学中,那些由南岛语系的原住民作家创作的作品常常将各种原住民语言跟汉族植入的汉语混杂在一起,呈现为相互对抗与协商的样态。不同的是,台湾作家实验性地以一种新发明的河洛语书面语来写作,就像香港作家尝试着发明一种广东话书面语,以标明香港华语系文学与中国文学的差别所在"[2]。她这么说的时候,所列举的例子其实没有弄清楚现代华文创作中的语言与词汇之间的区别,事实上引入地方性的词汇乃至词汇背后表征的文化差异并不是什么新鲜事情,如果要举例子,维吾尔族作家比如阿拉提·阿斯木或者买买提·吾守尔可能更合于她要表达的意思——他们都将阿尔泰语系突厥语族中的词语与文化内容带进了现代汉语

---

[1][2] 史书美:《反离散:华语语系作为文化生产的场域》,《华文文学》2011年第6期。

写作,但仍然属于中国文学的范畴,"中文"的包容与涵盖能力就在于它细大不捐、有容乃大。而刻意标举地方性与方言性,在晚清以来也并非没有先例,比如韩邦庆的《海上花列传》,其实是失败的。"中文"本身包含多种语族语系,"华语语系"要超越单一语音、语种、语法的范畴,就需要明白中国内部多民族文学由来已久的多元共生的历史。

二

另一位"华语语系文学"的鼓吹者王德威认为,"华语语系文学的英文对应是'Sinophone Literature'。顾名思义,它的重点是从'文'的部分逐渐地过渡到语言的部分。换句话说,当代学者在讨论身份认同问题时,对海内海外、主义、性别、国家等因素的复杂面多有体会后,开始探问是不是能够提出一个更大的公约数,作为综论种种不同中文或是华文写作的底线呢?'Sinophone Literature'的提出,就是期望以语言——华语——作为最大公约数,作为广义中国与中国境外文学研究、辩论的平台。'Sinophone'是新发明的词汇,但这些年逐渐流行,意思是'华夏的声音'。简单地说,不管我们在哪儿讲中文,不管讲的是什么样的中文——好中文还是破中文,有乡音的中文,洋腔洋调的中文还是北京中央电视台的标准中文——都涵盖在此"。[1]但这种表述缺失了历史视角,"华夏"这种特定历史语境中的说法很难再指代"中国",否则非华夏后裔的少数民族又置于何地呢?而少数民族从王朝帝制时代到民族国家时代,始终在特定区域中与"华夏"之间有着牵

---

[1] 王德威:《华语语系的人文视野与新加坡经验:十个关键词》,《华文文学》2014年第3期。

连不断的语言文化交流。中国语言分属汉藏、阿尔泰、南岛、南亚、印欧五大语系,各个语系下又分划不同语族和语支[1];仅汉语就分北方、吴、湘、赣、客家、粤、闽北、闽南八大方言,而各方言区又分布若干次方言与土语[2]。这些不同的语言用现代中文进行写作,按照"华语语系文学"倡导者的说法都是"华语",那么"华语文学"存在的基础就是规范化的现代汉语。如果脱离了经过现代改造的汉语语法与美学范式,那么进行讨论的基础就不存在了,因为海外的"华语"写作也不可能是凭空自生的。因此,拿语言(侧重声音)而不是语文(侧重文化)作为"最大公约数"可能并非出奇的创新,而是一种矜奇立异的深刻误解,还隐含着一种外来的"华夏中心主义"的思维,恰与"华语语系"所要追求的多元共生形成了矛盾。这个矛盾对于"华语语系"的理论基础而言,是摧毁性的。

王德威似乎有强调"文化中国"的意思,不过"花果飘零,灵根自植"的说法也颇有问题[3],这个"新儒学"式的比喻(来自唐君毅)就如同明清鼎革后朝鲜人认为华夏衣冠流落海外,日本帝国主义侵华前夕宣传日本才是中华文化正统一样,是一种"道统外移"的古老想象。想象的结果,无外乎一个四分五裂、散布流衍的碎片化"中国"。王德威借用巴赫金的观点说,"语言永远处在离心和向心力量的交汇点上,也总是历史情境中,个人和群体,自我和他我不断对话的社会性表意行

---

[1] 《我国各民族语言系属表》,见中央民族学院少数民族语言研究所编《中国少数民族语言》,四川民族出版社,1987年,第846—847页。
[2] 参见中国社会科学院、澳大利亚人文科学院编纂《中国语言地图集》,香港朗文(远东)有限公司,1987、1990年。
[3] 王德威:《华语语系文学:花果飘零 灵根自植》,《文艺报》2015年7月24日。

为。"[1]这话没有问题,"面对自身的多重身份和发声位置"也合情合理。他由此认为:"以'根'为出发点的华语语系论述,无论赞成或反对,不能摆脱空间的政治学。……在分梳'根'的政治同时,设想一种更具辩证潜能而且具有审美意义的诗学？我以为'势'的论述可以作为探讨的起点——这是一种移花接木的阅读。如果'根'指涉一个位置的极限,一种边界的生成,'势'则指涉空间以外,间距的消长与推移。前者总是提醒我们一个立场或方位(position),后者则提醒我们一种倾向或气性(disposition/propensity),一种动能(momentum)。这一倾向和动能又是与立场的设定或方位的布置息息相关,因此不乏空间政治的意图。更重要的,'势'总已暗示一种情怀与姿态,或进或退,或张或弛,无不通向实效发生之前或之间的力道,乃至不断涌现的变化。"[2]这段略显绞绕的论述隐含着"空间政治"的意思,其暧昧晦涩的表述直白地说,即取消中国主体,颠覆与解构"中国认同",而代之以多主体、多中心、"众声喧'华'"。但"势"的诗学无论如何炫目地制造出何种在地的、权宜的、游走的、多种认同的"中国性",也不能无视现实的、主体的大陆"中国"存在;而"根"的政治地理与文化心理空间本就是个客观存在——虽然它不是在史书美那种冷战式思维中的霸权式"中国"——否则"华语"就将成为一个漂浮无依的能指。

　　这里面可能存在着一种混淆"政治中国"与"文化中国"的问题。"华语语系"聚焦于台湾、马来西亚和新加坡等中国大陆以外的华人地

---

[1] 王德威:《华语语系的人文视野与新加坡经验:十个关键词》,《华文文学》2014年第3期。
[2] 王德威:《"根"的政治,"势"的诗学——华语论述与中国文学》,《扬子江评论》2014年第1期。

区,以其"在地性"对抗"大中华中心主义",这显然有着地缘政治的背景。"中国人"与"华人",一个侧重主权政治的公民范畴,一个侧重传统承继与扬弃的文化范畴,在涉及文学时,两者无法混为一谈,但也很难断然划割出清晰的界限。詹闵旭发现了一种"华语语系耻辱"与这种话语发生之间的关联,指出"华语语系"这一概念"翻转了以往大中华民族主义论述预设的中国原乡情怀,转而探勘中华文化在不同华人地区的在地化实践及其认同危机",他列举了马来西亚和澳洲的例子:黄锦树指出即使马华文学已经脱离中国文学,但从马来国家主义视角,马华文学仍是外来文学,无法纳入马来国家文学系谱现象,无法摆脱耻辱、残破、污名化中华性的纠缠;澳洲的洪美恩(Ien Ang)借杨威廉自传中被其他小孩嘲笑华人肤色的例子强调,无论会不会说中文,对于身处西方世界的华裔而言,中华始终是亟于摆脱,但终究难以摆脱的族裔标签。[1] 这种情形会导致两种情况出现:一是离散的海外华人使得眷念与"寻根"成为自然的情感慰藉,这有着悠久的历史传统,在近现代以来的中国革命过程中爱国侨胞的奥援表现得尤为充分;另一种则是试图摆脱"中华文化"的象征性影响,谋求所在地的身份认同,在价值他附中急于甩掉"中华传统"的包袱,因而更为决绝乃至刻薄地"去中国化"。这里也许可以见出某些华裔学者竭力推广"华语语系文学"以替代"海外华文文学""华侨文学""世界华文文学"的潜在心理动因,但正如前面说,不同的话语源自不同的所处位置,它们都有各自的问题意识,并行不悖,只是中国本土学者没有必要跟风随潮

---

[1] 詹闵旭:《认同与耻辱:华语语系脉络下的当代台湾文学生产》,国立成功大学台湾文学系博士论文,2013年,第4—5页。

而已。

史书美曾经分析过马来西亚作家贺淑芳的一个短篇小说《别再提起》。这个小说的主体情节是一个马来西亚华裔男人在去世后,家族在葬礼上发生的争执。他的华人妻子、叙述者"我"的大舅母及其家人为他安排了一个道教仪式,但政府官员却因为他生前曾经在回教局申请注册以获得伊斯兰教优惠政策而执意要求他进行穆斯林葬礼。两方在争夺尸体时,尸体可能因为内脏腐烂而排出粪便,使得争夺各方都被粪便溅上。最终官方得到了尸体,而大舅母则被剥夺财产继承权,只得把粪便收集起来埋葬。史书美将这个故事解读为对马来西亚国家种族主义和中国家族的文化本质论的双重批判。[1]但她忽略了叙述视角问题,这是一个通过"我"在二十年后的回忆所书写的"童年记忆",在这个书写中不断充满了不同视角之间的对撞:媒体叙述(报纸、记者)、官方说法(林议员)与当事人叙述(棺材佬、大舅母、喃呒老、二舅以及童年的我)之间关于这件事情的描述与记忆相互冲突甚至截然不同。在叙述中,主体是缺席的,"每个亡灵都想叙述自己的一生。他们千方百计闯进生者的梦里,想要被聆听,像从前在生时一样,可以展示自己的伤痛和迷乱。但是叙述的话语被生者的种种烦恼和欲望堵住了,终于不得其门而入。所以生者常常不知道事情的真相,迷惑积压久了,就变成哀伤。"[2]这种充满多义性的表述很难被清晰地解读为马来西亚的官方种族主义与中国文化本质论的冲突,而毋宁说是官方种族主义对于少数族裔的压抑,"中国文化"在这里并没有显示出

---

[1] 史书美:《反离散:华语语系作为文化生产的场域》,《华文文学》2011年第6期。
[2] 贺淑芳:《别再提起》,见王德威、高嘉谦、胡金伦编《华夷风:华语语系文学读本》,联经出版事业股份有限公司,2016年,第414页。

本质论的倾向而更多是情感与习俗,完全无力构成对抗制度性政治强权的力量。当这种表述被"华语语系"所代言时,那个沉默的主体不仅在文本被遮蔽了,也被阐释者进一步遮蔽了。那种"困难与复杂性"并没有"把自己表述为一种存在",而是一种存在的缺席,言说者并不关心主体的痛苦,而是聚焦于抽象的"批判"。

这种抽象的批判,就其对"当代中国"的想象建构前文已经指出其虚拟与错位,就历史与移民群体而言,则被王德威发挥为三种理论介入方法:"第一,也许近代中国没有西方严格定义的'海上殖民主义',但只要看看清朝的统治涵盖新疆、西藏、中亚、西南等地,其实就是一个殖民帝国。她认为清王朝可以看作是陆上殖民(continental colonialism)主义的实例,而这陆上殖民现象时至今日,像是新疆问题、西藏问题,仍然无解。第二,她批判'Settler Colonialism'——移民定居者的殖民主义。也就是说海外中国移民,像是到南洋的移民,尽管本身已经属于离散的族群,但为了在异乡落地生根,他们每每运用个别或是群体力量资源压榨当地更为弱势的(原)住民,巧取豪夺的意义并不亚于霸权国家的殖民主义。只要想到清代移民到台湾的汉人如何欺压原住民;或菲律宾、印度尼西亚、马来西亚的华人移民如何掌握当地商业产业命脉,也许可以理解史教授'移民的殖民主义'批判。第三,史教授认为作为一个Sinophone或华语语系的主体,无需永远沉浸在'花果飘零'情结里,而应该落地生根。所以史教授不谈离散,而谈'反离散'。换句话说,与其谈离乡背井,叶落归根,更不如寻求在所移居的地方重新开始、安身立命的可能。在这个意义上,她的Sinophone作为一种政治批判的策略运用远大于她对族裔文化的消长绝续的关怀。"[1]王德威指出"Sinophone作为一种政治批判的策略运用远大于她对族裔文化的消长绝续的关怀"可谓切中肯綮,但这个概括本身内部也充满了自相矛盾。首先,"陆上殖民"的说法完全无视了中国历史上的"大一统"传统和多元统治方式,这一点在清朝复合君主制式的治理模式中体现得最为清楚,将其简单比附为帝国主义的殖民只显示出历史认知上的欠缺。其次,"移民定居者"如果说在文学上有所表现,那应该主要是基于宗主国的作家和非欧洲文化的代表[2],宗主国作家不在"华语语系文学"的论述之列,而本地作家对于宗主国的模仿中则带有民族主义意味[3],华裔作家作为新移民无论如何也无法将宗主国意识形态"文本化",这种说法甚至有意无视了数百年乃至延续至今的"排华"史和华人移民的艰难处境。这里尤其需要指出的是史书美将华裔所在国的"排华"视为是由于"华人"标记自己造成的[4],而完全无视所在国的种族主义压迫,这种指鹿为马的逻辑简直令人匪夷所思。第三,如果按照"反离散"的说法,那么"在地化"如何与Settler Colonialism相区别,无论史还是王都语焉不详。

---

[1] 王德威:《文学地理与国族想象:台湾的鲁迅,南洋的张爱玲》,《扬子江评论》2013年第3期。

[2] 艾勒克·博埃默:《殖民与后殖民文学》,盛宁、韩敏中译,辽宁教育出版社,1998年,第157—158页。

[3] 即本尼迪克·安德森所谓的第三波的民族主义,安德森:《想象的共同体:民族主义的起源于散布》,吴叡人译,上海人民出版社,2005年,第81—108页。

[4] 史书美认为是"中国性""不让"华裔完全成为一个完全的所在国人。"许多种族排外行动,例如美国的排华法案、越南政府的驱逐华人行动、印尼的反华暴动、菲律宾的绑架华人孩童行为等……中国人的具体化分类便成为族群与种族的标记,是华人遭到排挤、作为代罪羔羊,与遇到迫害的原因"。史书美:《视觉与认同:跨太平洋华语语系表述·呈现》,杨华庆译,台北:台北联经出版事业股份有限公司,2013年,第49—50页。难道是远在他方的"中国"遥控了华裔,还是干涉了别国内政,阻止华裔融入该国了?

这使得"华语语系"变成了一个脱离现实、标新立异的词语操演游戏,并且在破绽百出的理论百衲衣后面还隐含了先在的意识形态立场。即便王德威后来又补充罗列了杜维明"文化中国"、王赓武"在地中国性"、李欧梵"游走中国性"、王灵智"双重统合结构"、唐君毅"花果飘零、灵根自植"、周蕾"协商中国"、洪美恩"多元中国"、葛兆光"宅兹中国"、石静远(Jing Tsu)"华语文化资本"以及黄锦树"华文离散、解放"等各种论述,但这些不同语境中生发的甚至彼此冲突的观念都被囊括进"华语语系"论述之中,作为其意识形态预设的材料。因而刘俊提示"在了解了这一概念/理论的生成、变异和发展过程,以及其背后隐含的意识形态立场之后,我们在使用这一概念/理论(论域/话语"场")的时候,应该会知所进退、有所取舍"[1],就显得尤为及时。

三

到目前为止,有关"华语语系文学"的话语实践更多停留在理论层面,具体的个案探讨尚未多见,但如果一种批评话语不落入实践那就只是成为学院知识的自转和内循环了。就实际操作而言,王德威、高嘉谦、胡金伦合编的《华夷风:华语语系文学读本》是迄今为止唯一的选本,它的内容设定与导论可以说是对"华语语系文学"话语的具体示范,值得进一步作一些考察。"华夷风"这一个词语按照王德威的解释,是源于2014年他在马来西亚开会访问马六甲时看到的一副对联:

---

[1] 刘俊:《"华语语系文学"的生成、发展与批判——以史书美、王德威为中心》,《文艺研究》2015年第11期。

"庶室珍藏今古宝,艺坛大展华夷风"。Sinophone 的"phone"译为"风",可以点出丰富的意义:"风"是气流振动(风向、风势);是声音、音乐、修辞(《诗经·国风》);是现象(风潮、风物、风景);是教化、文明(风教、风俗、风土);是节操、气性(风范、风格)。"风以动万物",华语语系的"风"来回摆荡在中原与海外,原乡与异域之间,启动华夷风景。[1] 王德威又引入 xenophone(外来的、异邦的、非华语的)的元素。如此周全的描述,确实显得"华语语系"颇富多元驳杂的气象。但是在实际的选材中,我们可以看到呈现出来的文本在编者的理论构想之下的局促甚至扞格。

这个读本分为四个部分,"第一辑'地与景'呈现华语语系文学基本关怀,即对地理空间、民情风土的敏锐感知。第二辑'声与象'触及在地风土、人物风貌的中介过程。南腔北调的声音(方言、口音、外语……)到千变万化的物象(文字、地图、造型……)。第三辑'根与茎'探讨华语语系文学主体从哪里来,到哪里去的动态路线。不论离散还是原乡,花果飘零还是灵根自植,书写与阅读华语文学总是提醒我们身份和认同的政治。第四辑'史与势'则强调华语语系文学铭刻,甚至参与历史的种种方法,从颠覆国家大叙述到挖掘个人记忆,不一而足。而面对历史的命定论,作家思考、呈现以'势'——内蕴的气势,外缘的局势——为出发点的诗学政治。"[2] 这四个方面分属于内容题材、风格语式、文化渊源与流布、政治态度与价值诉求,不在同一个逻辑层面

---

[1] 王德威:《导言》,见王德威、高嘉谦、胡金伦编《华夷风:华语语系文学读本》,联经出版事业股份有限公司,2016 年,第 8 页。
[2] 王德威:《导言》,见王德威、高嘉谦、胡金伦编《华夷风:华语语系文学读本》,联经出版事业股份有限公司,2016 年,第 8—9 页。

之上。其实就文学作品而言,这些方面都内在于文本综合体中,彼此之间相互照应、彼此印证、共时而复合地出现,虽然可能具体作品中略有侧重,但显然无法分割开来,强行按照这四个方面进行划分,难免胶柱鼓瑟、捉襟见肘。

分别来看,"地与景"选择的是白先勇《芝加哥之死》、黄锦树《鱼》、韩少功《归去来》、马建《亮出你的舌苔或空空荡荡——女人蓝》、伊苞《圣湖·巫师:8月15日玛旁雍措、巾幡·鹰羽:四》、三毛《沙漠中的饭店》、西西《浮城志异》、洛夫《车上读杜甫》。"声与象"选择的是钟理和《假黎婆》、阿来《野人》、李娟《突然间出现的我》、张贵兴《巴都》、董启章《符号之墓穴(the tomb of signs)、时间之轨迹(the orbit of time)》、骆以军《图尼克造字》、林俊颖《雾月十八》、李天葆《莫忘影中人》。"根与茎"选择的是李永平《拉子妇》、利格拉乐·阿(女乌)《祖灵遗忘的孩子》、哈金《孩子的本性》、严歌苓《大陆妹》、杨显惠《上海女人》、谢裕民《安汶假期》、瓦历斯·诺干《父祖之名》。"史与势"选择的是郭松棻《雪盲》、李渝《江行初雪》、刘大任《且林市果》、黎紫书《山瘟》、高行健《灵山(选段)》、贺淑芳《别再提起》、廖伟棠《旺角夜与雾》、刘慈欣《诗云》。限于篇幅,本文无法对此选本内容进行全面述评,但总体而言可以观察到三个特点:一、总共33位作家作品,除了极少数几篇符合"华语语系"的严格界定之外,绝大多数分类是为了理论的形式划分而削足适履;二、选材范围多集中在中国台湾、中国香港、马来西亚和新加坡,涉及后两地题材的作家也多有台湾教育背景乃至在台湾定居工作,而地域、族群、文化、语言传统都极为多元的大陆作家只有5人,其中少数民族只有阿来1人,母语为其他少数民族语言的汉语写作者(他们才是绝大多数)完全缺席;三、离散在北美与欧洲的作家及作品,多以异见性作品为主。因而无论从涵盖面与理论切合度而言,这个选本都谈不上学术上的全面、严谨与客观,为了建构理论需要而硬性切割了鲜活的文本现实,显示了狭隘观念下的主观性。

综上所述,"华语语系文学"其实是一种源自北美学院的理论内部生产,其内在动因起于对中国大陆学界对于非大陆汉语写作(还包括非汉语的少数民族华人写作)的学科分类的焦虑,进而谋求以创造出新的术语来替代"汉语文学""海外华文文学""世界华人文学"等诸多提法。因为海外学人的巨大影响力和营销力,以台湾地区为中心,辐射到中国大陆学术界。从传播上而言,"华语语系文学"部分成功了,因为它至少在研究海外华文文学的学者那里已经形成了一个不容忽视的热点,吸引了大量的关注;但如果细加分析,则不得不说它只不过将研究对象"换了个招牌",而"货色依旧",并且夹杂着偏狭执拗的意识形态,这使得它僭越了学术的本分,幽微地表达了去中国化的诞妄。这种追新逐异的话语一开始或许给人耳目一新之感,但经不起仔细推敲。如果不加辨析地挪用"华语语系文学"话语的话,我们得到的可能不过是一些概念的碎片,它的虚弱的理论浮桥并没有建立起与现实文学生态之间的密实关联,而修辞掩盖的逻辑漏洞又使得它在实践上难以推出颠覆性的案例成果。从倡导者的角度而言,如此做法自有其立场与价值取向,但是对于中国大陆的研究者而言,则大可不必推波助澜——因为我们最终会清晰地看到,一个预设的立场如果没有自我反思,它在偏见的道路上会走得有多远。

积极的多样性

——文化多元主义的超越与少数民族文化愿景

引言

2018年9月,加拿大滑铁卢大学瑞纳森学院召开了以"后多元文化主义时代的文化身份与文化自信"为主旨议题的国际学术研讨会。根据主办方的说法,会议缘起于一个文化事件:2017年5月,加拿大作家协会(The Writers' Union of Canada)会刊《写作杂志》(*Write*)时任主编哈尔·尼兹维奇(Hal Niedzviecki)在春季刊的"编者按"中提到对于"文化挪用"的不信任:"在我看来,任何地方的任何人都应该被鼓励去想象他人、他者的文化、他人的身份",建议作家走出自己的文化藩篱,去书写关于他人和他文化的故事,"将你的眼光放在宏大的目标上:赢得文化挪用奖(Cultural Appropriation Prize)"。[1] 虽然这本会刊是仅针对会员的内部出版物,但此文一出,立刻掀起轩然大波,再次燃起原住民和加拿大"主流"文化之间的战火,在"盗窃了原住民的声音"的指控中尼兹维奇很快辞职。加拿大早在1971年就已正式宣布实行多元文化主义政策,经过几次修改之后写入1982年的宪法,但此次关于多元文化主义的论辩并非首次,也不会是结束。澳大利亚、美国、英国、马来西亚、南非等实施多元文化主义政策或者没有明确政策但在法律与教育等方面倾向于文化多元主义的国家,其现实也不容乐观——我们看到文化多元主义的"政治正确"和过度敏感,已经让开放胸襟与自由表达噤若寒蝉,也引发了一系列的争议[2],似乎离它试图推进多样性和文化平权的初衷相去甚远。如果放眼全球地缘政治和资本主义所滋生的保守主义现实,我们确乎进入了一个"后多元文化主义时代",在这样一种观念变局中,我们该如何看待和理解世界不同文化之间相交互往的方式?各文化又如何在多元纷呈的现实图景中秉承自己的文化身份,建构自己的文化自信?

我在会上做了一个名为"论中国少数民族文学的多样性与普遍性"的发言,主要介绍中国"少数民族文学"的历史缘起及其对于中国文学乃至世界文学、进而之于文化比较与交流的参考价值,但仍有未

---

[1] Deborah Dundas. "Editor quits amid outrage after call for 'Appropriation Prize' in writers' magazine", *The Stars*. May 10, 2017. https://www.thestar.com/entertainment/books/2017/05/10/editor-quits-amid-outrage-after-call-for-appropriation-prize-in-writers-magazine.html.

[2] 参见许纪霖、刘擎主编《西方"政治正确"的反思》,江苏人民出版社,2018年,第3—81页。

尽之意。晚近二十余年来文化多元主义也日益成为一个中国议题,置诸"少数民族文学"的学术研究、学科教育与创作生态等领域而言,尤为值得关注,它促使我们不得不重新思考"少数民族文学"与"少数族裔文学"(包括原住民文学、有色人种和移民文学等)之间的差异、中外政治平权政策和举措之间的互动影响、全球化时代究竟应该如何面对文化多元主义等一系列问题——它们并非纯然学院中的超然思考,而是关乎现实中的文化生产与文化安全,乃至社会冲突与暴力。但文化多元主义是一个笼统的概念,涉及文化观、历史观、教育理念、公共政策、意识形态和价值观等诸多方面,本文仅就中国少数民族文学这一切入点,分析文化多元主义理念的扩散与效用、积极意义与避免不了的误置,进而探讨少数民族文学的未来愿景。

一

中国"少数民族文学"自其发生至今,经过几次话语范式的转变,它们来自少数民族与汉族、文学与政治、媒体话语与文化生产等方面内部和外部、主动或被动的合力,形成了颇具特色的文化多样性话语。这种源出于社会主义平等理念而来的文化多样性,在 80 年代之后被自由主义的文化多元主义所取代,甚至成为讨论少数民族文学的普遍集体无意识,至其极致则潜在地有将文化本质化和静态化的倾向,反倒背离了文化的能动性和创造性,进而带来了分离主义与认同撕裂的风险,需要对文化多元主义进行反思,并推动一种积极的、流动的多样性,而不是被动的、消极的多样性。

中国少数民族文学的命名,以及形成在学术上的研究学科与创作生产上的组织制度,来自中华人民共和国所秉持的社会主义理念,这个理念的基础诉诸于平等以及最广范围人民的分享权力。从所处社会结构中的位置来说,原先处于无名状态或者被污名化的少数族群,从"被侮辱与被损害的"境况中翻身之后,身份发生了转变——当家作主人意味着成为"人民"的组成部分。少数民族在中央政府的指导下以民族识别、命名的方式树立主体,成立自治地方区域,获取人民代表大会席位参政议政,其各项权利与义务被写入到《宪法》之中。这应该说是汲取了传统政治治理中"大一统"(《春秋公羊传》)与"因其教不易其俗,齐其政不易其宜"(《礼记·王制第五》)的灵活性与策略性智慧,并将其进行改造[1]——这是同一性与差异性的辩证和谐;同时又提倡社会主义新风尚与新人的移风易俗,对某些尚处于刀耕火种的后发族群进行帮扶,分享革命与建设的果实,共同进步——这是与时俱进的历史认识与实践。

作为一种"和而不同""不齐而齐"的平等观念和社会正义措施[2],中国共产党关于少数民族的各项方针政策,承认继承了前现代帝国遗产的文明体内部的文化多样性,并通过二次分配和政策倾斜来达到共同进步的目标。这些尊重内部文化多样性、多元共生的举措,可以说是立足于本土经验的马克思主义中国化的尝试,区别于苏联的民族自决政策,而从1940年代陆续形成具有中国特色的多民族政策的结果。1947年5月成立的内蒙古自治区是共产党领导下的第一个省级自治区,但其实在红军长征途中就在民族地方做过试点,比如

---

[1] 杨念群:《论"大一统"观的近代形态》,《中国人民大学学报》2018年第1期.
[2] 关于"不齐而齐",参见汪晖对"齐物平等"的本土传统的再诠释,汪晖:《再问"什么的平等"?(下)——齐物平等与"跨体系社会"》,《文化纵横》2011年第6期。

1936年10月在宁夏成立了豫海县回族自治政府。这些政治实践一方面当然有共产国际建立统一战线思想的影响,包含了共产主义的普遍价值;另一方面也是从中国本土实际出发的尝试,维护了国家领土完整与统一。使用少数民族语言文字,进行多语种文学创作,作为一种文化权力自然包含在平等政治权力之中,因而尽管各个不同族群的语言、文学、美学观念以及它们所传递出来的世界观与价值,在前现代时期就已经存在,但它们作为"少数民族文学"则自其诞生起就与当代政治关切和议程密不可分。

在这个意义上,少数民族文学是建立在"人民共和"基础上的"文学的共和"[1],"人民文艺"的理念是构成少数民族文学研究及创作的发生学基础。因为"少数民族"是内在于"人民"的概念之内的平等公民,少数民族文学便成了名副其实的社会主义当代"人民文学"的有机组成部分——哪怕起初它更多是以搜集少数民族民间文学、整理少数民族古典文学为起点。正如"当代文学"这一术语本身内含着的政治内涵一样,少数民族文学也有着强大的政治性规划和国家意志隐含在其后。这决定了少数民族文学作为多元文化的底色是社会主义文化领导权,其基本特征在于辩证地平衡国家意识形态一体性要求与族群、语言、地域、宗教、文化多样性之间的关系。归根结底,中国特色的多元文化是由历史积淀形成的,费孝通1988年曾将其论述为"多元一

---

[1] 中国多元族群文学的历史遗产与发展现实,显示了重新估量"文学"、正典标准、批评律则、美学风格的可能性。作为"人民共和"(政治协商、历史公正、民主平等、主体承认)的产物,"文学共和"(价值的共存、情感的共在、文化的共生、文类的共荣、认同的共有、趣味的共享)通过敞亮"不同"的文学,而最终达致"和"的风貌,是对"和而不同"传统理念的再诠释。参见刘大先:《文学的共和》,北京大学出版社,2014年。

体":"中华民族作为一个自觉的民族实体,是近百年来中国和西方列强对抗中出现的,但作为一个自在的民族实体则是几千年的历史过程所形成的。……它的主流是由许许多多分散孤立存在的民族单位,经过接触、混杂、联结和融合,同时也有分裂和消亡,形成一个你来我去、我来你去,我中有你、你中有我,而又各具个性的多元统一体。"[1]费先生将"中华民族"作为一体,五十多个民族作为多元,实际上这个"一体"是政治意义上的"民族(国家)","多元"则是公民意义上的民族身份,多元一体格局的核心在他看来是汉族,但他同时区分了少数民族的现代化并不等于"汉化",因而这个格局就像"一个百花争艳的大园圃"[2],其生态关系表现为"平等、团结、互助、和谐"。

"大园圃"的多样性文化透露出其生长和变化的可能性,正如《宪法》第四条所说:"各民族都有使用和发展自己的语言文字的自由,都有保持或者改革自己的风俗习惯的自由。"[3]"坚守传统"与"改革风俗"都是题中应有之意。从三四十年代的探索到1954年的成文《宪法》,中国多民族多样性文化实践远早于六七十年代之后因为民权运动和后现代思潮兴起而出现于西方的文化多元主义政策——无论是美国的"大熔炉",还是加拿大的"马赛克",或者南非的"彩虹桥"。中国传统中历来有文化民族主义的观念,缺乏以血缘、地缘和肤貌特征

---

[1] 费孝通:《中华民族的多元一体格局》,《费孝通文集·第11卷》,群言出版社,1999年,第381页。

[2] 费孝通:《中华民族的多元一体格局》,《费孝通文集·第11卷》,群言出版社,1999年,第418页。

[3] 2018年3月11日第十三届全国人民代表大会第一次会议通过的《中华人民共和国宪法修正案》对1982年12月4日第五届全国人民代表大会第五次会议通过的《中华人民共和国宪法》(现行宪法)此条未作修改。1954年9月20日第一届全国人民代表大会第一次会议通过的第一个《中华人民共和国宪法》也是同样文字,只不过放在第三条。

为区隔的身份政治;中国少数民族多为世居民族,移民只是其中很小部分,因而不能用后殖民理论生搬硬套;"人民当家作主"的政治理念一开始已经在理论层面上解决了文化多元主义的"承认的政治"与"尊严政治"问题,潜藏在心理和文化层面的差别感,也很难照搬种族主义话语。这一系列的中西差异,决定了文化多元主义理论的适用性需要经过本土的检验和过滤。

一个最为典型的例子是将"少数族裔文学"的概念、理论、方法甚至问题意识机械复制到"少数民族文学"之中。事实上两者在观念上可以说截然不同,重新界定"人民"进而赋权公民的"少数民族文学"是宏观解放政治和"人民性"革命话语的产物;"少数族裔文学"则虽然也是在共产主义和左翼革命在全球范围内蔓延的结果,但伴随着民族独立、民族解放运动的退潮,现实斗争向文化领域的转移,它更多烙上了后结构主义的文化政治、微观政治色彩。两者的对抗立场和问题意识显然大相径庭。套用"少数族裔文学"理论谈论"少数民族文学"的错位和误用不仅仅是文学本身的问题,还涉及半个世纪以来中国社会思想状况与情感结构,从解放革命与阶级斗争向个人主义和新自由主义转型。

二

在从1940年代末到1990年代的中国文学发展过程中,"人民文艺"这种带有方法论与世界观意味的宏观规划和实践在少数民族文学中发生了大幅度变迁。文化多元主义所带来的直接影响涉及中国认同与族群身份、全球化与地方性、共同体与个人、传统再认识与新媒体语境、消费观念与文化产业等多个层面的扞格与纠结,以阶级与革命话语为主导的社会主义"人民文艺"与新时期以来启蒙话语为主导的人道主义"人的文学"的共识都发生了断裂,而转入个人主义、地方性和族群性的碎片化分裂。如果将这半个世纪的历史作宏观考察,在更为广阔的"中国文学"范畴之内,"少数民族文学"的独特性和多样性主要体现为五个大的议题。

一、边地、边民的发现与中国观:从晚清"塞防"与西北史地学,到民国"边政学"与边疆认识、"民族文学",再到"寻根文学"和西南"地域性诗歌""西部文学"……"边地""边民"是现代中国文学转型以来一个屡经书写的主题。"边民"在前现代帝国的"去疆域化"和民族国家"再疆域化"的转型中成为"国民"和"人民",少数民族文学的诞生使得"边民"由他者书写转到他者书写与自我表述并生。自我表述意味着少数民族文学主体性的确立,作为方法,可以充分展示、叙述与理解中国内部的复杂性、丰富性与变异性,促使中国整体性文化文学生产机制的自我刷新和认识论的转型。但认同如果褊狭化和封闭化,就会凸显出角度位移、认知转型的内在风险:一方面可能滋生地方与族群中心主义,另一方面则会走向兜售"地方性特色"的自我他者化、内在殖民化。面对这种悖反,需要在反思的基础上重新锻造边地与边民的内驱力量,铸造自我更新的中国观。

二、文学遗产与价值的转变:接续"新文化运动"以来"到民间去"的民族民间文化发掘与整理,少数民族口头文学伴随民俗学、民族学和民间文学学科的建立而发展,各类大小史诗与特定族群口传艺术(藏族《格萨尔》、蒙古族《江格尔》、柯尔克孜族《玛纳斯》等)的学术史有一个从"东方学"(藏学、蒙古学、突厥学等)被改造为中国化的"民间文艺学"的过程,一直延续到80年代的民间文学"三套集成"(《中国民间故事集成》《中国歌谣集成》《中国谚语集成》），其背后是"人民文艺"、文学民主化观念的支撑,而90年代之后向非物质文化遗产和"口头传统"范式的转型,则凸显了从集体性、活态性向个人性和创意产业化的转型。民间文学到口头传统的位移,意味着少数民族文学遗产的价值和定位发生了隐秘的转变,重新将"活鱼放在水中"看,而不是将其抽离出生活语境,需要承传流变与革故鼎新并重。

三、新生活、移风易俗与信仰书写:从30年代国民政府"新生活运动"的现代公民规训,到50年代中华人民共和国"新生活的光辉"的人民主体主动参与历史进程,从而实现了族群之间的多元互动,闻捷、郭小川、李乔、特·赛音巴雅尔、王蒙、晓雪等作家作品中显示了多民族文学的互相促生。生活方式的移风易俗在少数民族共同体打破重组中,重建了有着共同利益与理想的集体性生活形式,同时也部分遮蔽了日常生活的多样性。80年代的"感谢生活"到寻根文学重启了多元生活及其对于主流文化的意义,尽管在少数民族农村题材(从土地革命、合作化、人民公社到家庭联产承包责任制)作品中不断呼应着主流意识形态的召唤,但也隐含着一种传统生活复归的脉络,它们交织在90年代以降的新写实主义"生活流"叙事之中。少数民族的宗教信仰书写在文化多元主义观念中获得强化,与此同时是对于社会主义信仰的淡化,在体验、深入与创造的实践中,精神生活与日常生活、族群信仰和国家意识形态之间如何达成辩证统一,对于文化生产与思想建构来说是极大的挑战。

四、文字改造、母语文学与"民族形式"的创编:少数民族文学的双语、多语、混杂语写作与翻译,是一种独特的文学现象。社会主义中国初期为促进少数民族文化教育事业的发展,政府主导组织帮助一些少数民族改革和创制了十四种文字方案,包括傣、景颇、拉祜、壮、布依、黎、纳西、傈僳、哈尼、佤、侗文等,这些文字系统多数失败,但也有一些用拉丁字母创制的文字至今仍有母语写作,它们与蒙古、藏、维吾尔、哈萨克、朝鲜、彝、苗、锡伯等原有书写文字系统的少数民族在母语创作、民汉互译、民族语文学与外国文学之间的互译上,对促进文化交流与融合起到了一定的作用。母语文学的坚守及双语教育的推行背后是族群文化本位和国家政策与治理普遍规划之间的冲突,需要以现代文学史上的语言变革为参照,探析少数民族文字改革的成败缘由,从而发现现代性规划内部的矛盾,凸显少数民族在"大传统"与"小传统"之间的自然选择,体现民族国家制度体系中现代文学标准与美学范式的确立,进而映照出机械挪用后殖民理论与后结构主义"少数(族裔)文学"话语的缺陷。

五、跨境民族、身份话语与主体再造:跨境民族的政治认同与文化认同在少数民族文学中的具体表现非常复杂并且有着历时性的演变。"十七年"少数民族题材文学与电影,可谓是中国风格、中国气派的改造和创编"人民文艺"的成功范例。从《茫茫的草原》《阿诗玛》《孔雀公主》等一系列或原创现实题材或改编民间故事的作品中,可以看到新中国成立初期阶级话语与民族话语之间的缝合努力,及中国形象与人民形象的多元一体性质。但在80年代之后的各类文化多元主义的话语之中,文化与身份等微观政治在少数民族文学中取代了宏观政治,使得差异性上升为一种本质性,从而让"人民"(People)缩减为"诸众"(multitude),[1]族群共同体置换了国家共同体,差异的、多元的、自由

---

[1] Michael Hardt and Antonio Negri. *Multitude: war and democracy in the Age of Empire*. New York: The Penguin Press, 2004. P99.

流动的诸众("族群"是诸众的一种表现形式和组成部分)逻辑内在于资本逻辑,不具备反抗性与生产性,无法建构出"共有者"(the commoner)的主体。在这个历史性转折中,需要从情感角度,激活"跨民族连带",重新塑造新的多民族共同体的主体形象。正是在这一点上,中国少数民族文学溢出了文化多元主义的框架。

这些问题既有少数民族文学的独特性,也是内在于中国文化的普遍性问题,所体现出来的多样性充满了变革中国文学的潜能,在沟通"现代中国"与"革命中国"的认识论时,对于当下"崛起的中国"所面临的文化安全、文化认同与文化创新而言,也同时具有极强的现实性意义。至少在九十年代之后,也即所谓"后新时期",随着冷战的地缘政治格局终结,后现代主义和消费主义成为颠覆崇高与宏大叙事的替代性话语,全球化时代的新秩序和新意识形态逐渐成型,这种情形同样蔓延在市场经济与生活美学兴起的中国,文化多元主义被植入到中国文化多样性的讨论中,并且逐渐成为讨论少数民族文学时的"政治正确"。

三

文化多元主义在中国的兴起,属于一种"滞后的现代性"。事实上,1980年代中后期它在欧洲和北美已经备受争议——敏锐的学者发现,文化多元主义可能某种意义上与资本新秩序形成了共谋关系。如同特里·伊格尔顿(Terry Eagleton)所说,"将文化的概念复数化不那么容易与保持其积极的指责相容。对于作为人文主义的自我发展的文化感到乐观,这就够了,因为任何这样复杂的形态都注定包括许多好的特征。可是一旦用慷慨的多元论精神开始拆解文化的概念以包括比如说,'警察餐厅文化''性精神变态者文化'或'黑手党文化',那么仅仅因为是文化形态,或者仅仅因为是丰富多样的文化形态的一部分,就很难断定这些是有待称许的文化形态。……那些认为多元性本身是一种价值观的人是纯粹的形式主义者,他们显然没有注意到,比如,种族主义可能采取的难以想象的多种形式。在任何情况下,正如许多后现代主义思想一样,多元论在此与自我同一性奇异地混合在一起。它非但没有消解不连续的身份,反而使之以几何级数增长。多元论预示同一性,颇似混杂性预示纯洁性。"[1]事实上,任何文化都是混杂的,而资本主义文化具有异质共存的最大包容性,它容纳文化多元主义,只是鼓励碎片化的、无法联合起来的诸众。

陈燕谷是中国最早对文化多元主义进行较深入讨论的学者。他描述了随着对欧洲中心主义的批判与反思、文化差异与认同政治的兴起,文化多元主义获得官方背书并引发争议的情形,同时清醒地认识到:"当文化多元主义把批判的矛头对准过去的统治意识形态时,它没有意识到自己实际上维护了今天的'不露面的主人',至少它对这种可能的关系缺乏反思的认识。"[2]所谓"不露面的主人"就是全球化时代的新资本主义。在全球资本主义时代,资本发展出了直接的多国功能,此前"民族-国家"内部剥削关系、宗主国对殖民地的盘剥关系俱已发生变化,"全球公司隔断了与其母国的脐带联系,并且把创始国作为被殖民的又一领域……殖民权力不再是"民族-国家"而是全

---

[1] 伊格尔顿:《文化的观念》,方杰译,南京大学出版社,2003年,第16—17页。
[2] 陈燕谷:《文化多元主义与马克思主义》,《原道》第三辑,中国广播电视出版社,1996年。

球公司本身"[1]。在齐泽克(Slavoj Žižek)看来,文化多元主义正是这种无根而弥散的全球资本主义意识形态的理想形式,因为它的立场是普遍的虚无,反而成为"一种'带有距离'的种族主义——它尊重他者的认同,把他者设想为自我封闭的'真正'共同体,其中文化多元主义保持了由他特许的普遍地位造成的距离。……它掏空了所有肯定内容的自身位置(文化多元主义者不是直接的种族主义者,他并不反对他者,不反对他自身文化的特定价值)。但是,他保持了作为普遍性的被赋予特权的空洞点的位置,从中能够欣赏(和贬低)其他特殊文化——文化多元主义者对他者特殊的尊重是肯定自身优越的恰当形式"[2]。其结果是,一方面文化多元主义滑向了无主导价值观的文化相对主义;另一方面则是维护了隐形的等级秩序,重复了东方主义话语。

文化相对主义固然较之西方中心主义有所推进,但"它可能导致一种排他性,只尊重自身文化的优越,甚至为维护本民族文化的认同,而牺牲部分成员求异求新的要求,采取封闭、隔绝的孤立政策。另一方面,完全认同文化相对主义就不能不容忍某些已经对、或者即将对人类共同生活带来重大危害的文化想象,如日本法西斯、德国纳粹,显然都有他们自身的文化根源,属于某种既定的文化"[3]。基于此种情况,乐黛云提出以中国的"和而不同"理念救弊。但这其实是理想规

---

[1] 齐泽克:《敏感的主体——政治本体论的缺席中心》,应奇等译,江苏人民出版社,2005年,第245页。
[2] 同上,第246页。
[3] 乐黛云:《文化相对主义与"和而不同"原则》,乐黛云、张辉主编《文化传递与文学形象》,北京大学出版社,1999年,第13页。

划,现实的情形较之他们发言的 1990 年代又有新的变化:当下文化多元主义所批判与解构的"中心"已经转移,固然可以说"欧洲中心"转移到了"美国中心",但是这个"中心"自身也是驳杂多维的。权力在象征与现实层面存在着分裂,政治、经济与文化的中心并不合一。局部战争和经济危机所带来的移民潮、保守主义和宗教基要主义在全球范围内的回归,以及由此引发的新冷战的现实已经提出了新的挑战[1]。这一切都必须针对具体情况具体应对,尤其需要结合本土实际,而不能胶着在某种理念上刻舟求剑。文化多元主义的最大问题是将政治、社会、经济、劳动等实践问题文本化和理论化,使它们都作为形象和信息呈现出来作为景观社会的一个部分,其结果造成了即便是它的批判者,也容易陷入到一种"唯文化"主义里面。我曾经在别处提到文化多元主义"至少有三个方面巨大的缺陷:(1)很容易滑入本质主义的泥淖之中。(2)只是一种茶杯风暴,在现实的层面作为不大。(3)不自觉地与主流意识形态构成合谋,从而成为资本控制、压抑和剥削弱势文化群体的帮凶。"[2]

回到少数民族文学的文化多样性上来,随着文化多元主义的广为接受,社会主义早期理念设定中那种"坚守传统"与"改革风俗"的辩证平衡被打破,移风易俗让位于日益静态化的"传统",多样性被本质化和消极化,这自然而然会让少数民族文学从总体性、同时代性中退却:

---

[1] 晚近的一本讨论文化多元主义著作 Multiculturalism: A Civic Idea 就是讨论穆斯林移民给西欧世俗主义所带来的危机。Tariq Modood, *Multiculturalism: A Civic Idea*, Cambridge: Polity Press, 2013.
[2] 李晓峰、刘大先:《多民族文学史观与中国文学研究范式转型》,中国社会科学出版社,2016 年,第 337 页。

少数民族文学会努力塑造自身的特质，以树立某种符号价值，从而获取文化市场的份额，这导致自我风情化的出现，即便是严肃的文学探索，因为在观念中接受文化多元主义的集体无意识，也会为了争取文化权重，而特别强化差异性文化的特质。这样一来，少数民族文学发生了"内卷化"——日益收缩、向内生长，在创作上具体表现为题材的窄化，情节结构的套路化，人物形象的扁平化，美学风格的单维化，价值理念的褊狭化；研究中同样存在着诸如机械套用身份认同、族群理论，方法论陈旧，现实感匮乏等问题，它们已经成为少数民族文学文化未来发展的瓶颈。

我们很容易在1990年代末以来的少数民族文学创作中看到某些模式化的现象：历史叙述接受新历史小说所形成的那种个人主义史观，以家族史、情感史、生活史取代此前的革命史、斗争史和解放史，并且将族群与地方结合，形成与"中华民族"和"国家"的映照结构，从而割裂了具体族群与整个国家历史进程的关联，成为一种封闭叙事的想象套路。现实题材作品则更多聚焦于现代性流播对边地、边疆的少数民族既有传统的冲击，它们往往会以城市与乡村的二元对立结构出现，乡土、族群、血缘、族群共同体在此种叙述中成为现代化的牺牲者，其情感结构以对旧有文化的怀旧与缅怀、对新兴文化的怨恨与感伤为主。在影视文学和诗歌之中，源于民间口头传统的滋养作为精神与技术资源依然被广泛征用，但因为非物质文化遗产观念的加持，往往对某些藏污纳垢而过时的东西不加辨析与批判，在风景与意象的营造中落入到刻板印象之中，经常出现的是陈腐的观念与内容。这使得少数民族的现实社会与政治问题很大程度上被化约为文化问题，而文化则又收缩为某种奄奄一息的"传统"，那个"传统"不再是历史流传物在当代的效果历史,而成为由某些具体意象、符号、故事类型所构成的固化存在,从而脱离了其时代性,此类书写无疑是脱离了广阔现实与生活的褊狭想象,无意识地重复了东方主义的思维。举个例子来说,80年代盛行一时的"魔幻现实主义"至今依然是少数民族小说中常见的手法,本来作为未被工具理性所驯化的"诗性思维"或者"元逻辑",魔幻与超现实手法有其合法性,但具体作品中我们更多看到的是无所用心的拙劣摹仿,很多时候不过是观察中偷懒和表述中惰性的表征。

这些现象背后最为根本的问题是世界观和价值观的矮化。少数民族文学发生之初,从来都没有自外于大历史进程之外。作为同时代人,少数民族与主体民族面对的是同样的社会、技术与日常生活世界,问题与意识、体验与焦虑、情感与表达,本不应该受限于某种族群身份——这种身份自身也是在历史中产生,会经历不同语境而做出相应调适,并非永世长存之事。如果将少数民族身份与文化书写为由某些特征所构成的静止之物,那显然有违于历史演化的动态性。当然,如果辩证地看待问题,具体的少数民族自有其特定的历史发展脉络、文化传统、宗教习俗乃至各种人生仪礼,同聚居之地的风土景物也会形成相应的关联,只是这种关联也需要在流动性中进行把握。文化多元主义在凝滞的视野中使得多样性成了被动和消极的存在,其直接的结果是使得少数民族文学在书写范式上表现为模式化倾向,甚而言之,是量的累积而较少质的突变,间接导致少数民族文学在整个文学生态中不占有重要位置。因此,当少数民族文学研究者指责主流文学批判与研究忽视少数民族文学的时候,首先需要反躬自省,询问一下自身为中国文学提供了什么样值得为本族文化之外借鉴与参考的经验、技法和观念。具有广泛影响力的作品虽然可能起于细微之人、事、物、情,但显然不会满足止步于此,总要指向于普遍、共通的感受与思考。少数民族文学失掉自信力了吗?或者说它的眼界难道只能局限于族群与文化问题吗?从具体位置、身份与文化切入,当然是作为个体事业的文学的基本路径,但它同时应该树立完全有能力思考与书写时代与社会重大问题的信念。

结语

在一本关于文化多元主义的普及性读本中,作者正确地写道:"文化是一个不断使人们适应环境的过程,而环境也要求人们用新的方式来理解这个世界并作出回应。在这种宽泛的定义之内,我们能够马上明白,有相当可观的个人感情的策略和图景去生存在这个世界上,而且任何试图去定义,更坏的做法是,去用法律规定文化的做法注定是要失败的,唯一可能稍有价值的是将其设想为一定历史环境下的一种临时措施。"[1]某种意义上来说,文化多元主义也是一种特定历史语境中的"临时措施",它关联着权力平等、尊严政治、身份归属感、与语言和地缘相关的家园情结、与血缘和家族相关的历史想象。如果从积极的意义来说,"要求我们所有人具有对差异的接受能力、对变革的开放心态、追求平等的激情和在其他人的生疏感面前承认熟悉的自我的能力"[2]。但历史与现实都在在表明,无论从理论到实践,从官方到民间,文化多元主义都已经面临失败,如果想重获活力,它需要与社会

---

[1] 沃特森:《多元文化主义》,叶兴艺,吉林人民出版社,2005年,第117页。
[2] 同上,第119页。

主义相结合。陈燕谷二十年前的论断仍然有其意义:"首要的任务就是从当代全球资本主义的现实出发,吸收文化研究、政治研究与经济研究(如世界体系与依附理论)的新成果,全面地重建历史唯物主义。……文化多元主义不应当理解为不同文化在数量上的多元性,而是创造一种多样化的公共空间,让不同的群体既能够按照其自己的方式生活,又具有足够的自由和信心参与对话。要进行这种对话,某种社会主义经济是必不可少的,因为同化主义动力是资本主义经济内在固有的,超出一定的控制范围,它就不再能够容忍差异性和多样性了。换言之,文化多元主义的理想在资本主义条件下是不可能实现的。社会主义不仅应当消灭一切剥削制度,为所有人的自由平等发展创造条件,而且应当消灭文化与权力的结合,让每一种文化差异都成为共同价值的源泉。"[1]

这种结合了社会主义的文化多元主义,强调"差异"与"共同价值"的辩证能动关系,我称之为"积极的多样性",即它一方面冷静而理性地认识到,任何一种弱势文化如果不深入到广泛的民众日常生活或者成为精英传承普及的文化的有机组成部分,那就注定要在时间的冲洗与新兴文化的挤压中消亡,因此我们须怀抱承传流变之心,而不必将任何"传统"与具体的"文化"视作永恒之物;另一方面任何文化可能是由个体或集体所生产,但一定不满足于个体接受或者族群性的范围,而期冀能够被共享;在这个共享过程中它才是具有生长性的文化,所以顺势而为、因时而变地进行创造才称得上刚健有为。如果我们承认文化是各民族共同创造、共同拥有以及共享的成果,那么本文开头提

---

[1] 陈燕谷:《文化多元主义与马克思主义》,《原道》第三辑,中国广播电视出版社,1996年。

到的尼兹维奇及其批判者所涉及的"挪用"和"盗窃"的问题就不成其为问题,有的只是是否歪曲和错讹的问题。对于文化多元主义的反思,指向于中国各民族的总体性,以及关系中的自我,它不否认族群认同,但绝不会将之与中国认同以及人类命运共同体的认同对立起来。在此基础上,才能形成积极的多样性,中国的各个少数民族文学在积极的多样性中,彼此之间可以互为镜鉴,同时也能滋养与改写整体性的中国文学,进而言之也为世界上其他民族、国家的文学与文化提供超越文化本质化和历史凝滞化的可能性路径。

本书涉及的作品与研究文献

阿尔君·阿帕杜莱:《消散的现代性:全球化的文化维度》,刘冉译,上海三联书店,2012年。

阿甘本:《例外状态》,薛熙平译,西北大学出版社,2015年。

阿洛伊斯·普林茨:《爱这个世界:汉娜·阿伦特传》,焦洱译,社会科学文献出版社,2001年。

阿诺德·盖伦:《技术时代的人类心灵:工业社会的社会心理问题》,何兆武、何冰译,上海科技教育出版社,2008年。

阿舍:《撞痕》,阳光出版社,2013年。

阿斯科特:《未来就是现在:艺术,技术和意识》,袁小潆编,周凌等译,金城出版社,2012年。

阿希克洛夫特、格里菲斯、蒂芬:《逆写帝国:后殖民的理论与实践》,任一鸣译,北京大学出版社,2014年。

艾布·卧法·伍奈米:《伊斯兰苏菲概论》,潘世昌译,商务印书馆,2013年。

艾布拉姆斯:《镜与灯:浪漫主义文论及其批判传统》,郦稚牛、张照进、童庆生译,北京大学出版社,1989年。

艾勒克·博埃默:《殖民与后殖民文学》,盛宁、韩敏中译,沈阳:辽宁教育出版社,1998年。

爱弥尔·涂尔干:《宗教生活的基本形式》,渠东、汲喆译,商务印书馆,2011年。

安德烈·冈德·弗兰克:《依附性积累与不发达》,高戈译,译林出版社,1999年。

奥维德:《变形记》,杨周翰译,人民文学出版社,1984年。

白先勇:《白先勇自选集》,花城出版社,1996年。

包尔丹:《宗教的七种理论》(1996年版),陶飞亚、刘义、钮圣妮译,上海古籍出版社。

保罗·克罗宁编《赫尔佐格谈赫尔佐格》,钟轶南、黄渊译,文汇出版社,2008年。

鲍曼:《被围困的社会》,郇建立译,江苏人民出版社,2005年。

鲍曼:《后现代性及其缺憾》,郇建立等译,学林出版社,2002年。

北村:《安慰书》,花城出版社,2016年。

贝克:《风险社会》,何博闻译,译林出版社,2004年。

本尼迪克特·安德森:《想象的共同体:民族主义的起源于散布》,吴叡人译,上海:上海人民出版社,2005年。

布莱恩·马苏米:《虚拟的寓言:运动,情感,感觉》,严蓓雯译,河南大学出版社,2012年。

布洛克:《西方人文主义传统》,董乐山译,群言出版社,2012年。

曹海英:《私生活》,阳光出版社,2013年。

查尔斯·泰勒:《世俗时代》,张容南等译,上海三联书店,2016年。

朝克主编《"一带一路"战略及东北亚研究》,社会科学文献出版社,2016年。

陈怅:《量子江湖·燕子坞》,北京联合出版公司,2012年。

陈怅:《量子江湖·姑苏城》,北京联合出版公司,2017年。

陈独秀:《陈独秀著作选》,任建树、张统模、吴信忠编,上海人民出版社,1993年。

陈国球、王德威编《抒情之现代性:"抒情传统"论述与中国文学研究》,北京三联书店,2014年。

陈世骧:《陈世骧文存》,辽宁教育出版社,1998年。

陈思和、王德威主编《文学·2013春夏卷》,上海文艺出版社,2013年。

陈寅恪:《陈寅恪集·金明馆丛稿二编》,北京三联书店,2001年。

储卉娟:《说书人与梦工厂:技术、法律与网络文学生产》,社会科学文献出版社,2019年。

戴锦华:《昨日之岛:戴锦华电影文章自选集》,北京大学出版社,2015年。

戴维·埃德蒙兹:《你会杀死那个胖子吗:一个关于对与错的哲学谜题》,姜微微译,中国人民大学出版社,2014年。

戴维·洛奇:《戴维·洛奇文论选集》,罗贻荣编译,中国社会科学出版社,2018年。

杜萌若、胡燕春主编《比较文学理论导引》,黑龙江大学出版社,2007年。

丁晓平:《文心史胆》,太原:北岳文艺出版社年2017年版,第31页。

房伟:《王小波传》,生活书店出版有限公司,2018年。

费孝通:《费孝通学术精华录》,北京师范学院出版社,1988年。

费孝通:《费孝通文集·第11卷》,群言出版社,1999年。

冯骥才:《激流中:我与新时期文学(1979—1988)》,民文学出版社,2017年。

弗洛伊德:《弗洛伊德文集》,车文博主编,长春出版社,2004年。

弗洛伊德:《一个幻觉的未来》,杨韶刚译,华夏出版社,1998年。

福柯:《性经验史》,佘碧平译,上海人民出版社,2002年。

福山:《历史的终结及最后之人》,黄胜强等译,中国社会科学出版社,2003年。

甫跃辉:《动物园》,上海文艺出版社,2013年。

富凯等著《水妖》,袁志英、刘德中等译,上海译文出版社,2010年。

格莱泽:《城市的胜利》,刘润泉译,上海社会科学院出版社,2012年。

沟口雄三:《中国前近代思想的演变》,中华书局,1997年。

顾玉玲:《回家》,台北:INK印刻文学,2014年。

光明日报书评周刊编《边地中国:边地是不是桃花源》中国社会科学出版社,2004年。

哈尔特穆特·罗萨:《加速:现代社会中时间结构的改变》,董璐译,北京大学出版社,2015年。

韩炳哲:《在群中:数字媒体时代的大众心理学》,程巍译,中信出版社,2019年。

海明威:《丧钟为谁而鸣》,程中瑞、程彼德译,王永年校,上海译文出版社,1982年。

赫希曼:《欲望与利益:资本主义胜利之前的政治争论》,冯克利译,浙江大学出版社,2015年。

亨廷顿:《文明的冲突与世界秩序的重建》,周琪等译,新华出版社,1998年。

黄克武、张哲嘉编《公与私:近代中国个体与群体之重建》,台北中央研究院近代史所,2000年。

黄平:《反讽者说:当代文学的边缘作家与反讽传统》,上海文艺出版社,2017年。

黄孝阳:《这人眼所望处》,安徽教育出版社,2017年。

黄孝阳:《众生·设计师》,作家出版社,2016年。

黄孝阳:《众生:迷宫》,北京十月文艺出版社,2017年。

胡风:《胡风评论集》,人民文学出版社,1984年。

胡适:《胡适文集》,欧阳哲生编,北京大学出版社,1998年版。

霍布斯:《利维坦》,黎思复、黎廷弼译,商务印书馆,2014年。

霍香结:《灵的编年史》,作家出版社,2018年。

吉登斯:《现代性的后果》,田禾译,译林出版社,2000年。

吉尔兹:《地方性知识:阐释人类学论文集》,王海龙、张家瑄译,中央编译出版社,2000年。

吉尔兹(格尔茨):《文化的解释》,韩莉译,译林出版社,1999年。

G.伽莫夫:《从一到无穷大:科学中的事实和臆测》,暴永宁译,科学出版社,2002年。

伽达默尔:《真理与方法》,辽宁人民出版社,1987年。

姜淑梅:《穷时候、乱时候》,浙江人民出版社,2013年。

焦循:《孟子正义》,沈文倬点校,中华书局,2017年。

金观涛等著《赛先生的梦魇:新技术革命二十讲》,东方出版社,2019年。

金理:《青春梦与文学记忆》,北京大学出版社,2014年。

荆永鸣:《外地人》,文化艺术出版社,2006年。

卡萨诺瓦:《文学世界共和国》,罗国祥、陈新丽、赵妮译,北京大学出版社,2015年。

卡斯泰尔:《信息化城市》,崔保国等译,江苏人民出版社,2001年。

凯瑟琳·海勒:《我们何以成为后人类:文学、信息科学和控制论中的虚拟身体》,刘宇清译,北京大学出版社,2017年。

康赫:《人类学》,作家出版社,2015年。

克利福德、马库斯编《写文化:民族志的诗学与政治学》,高丙中、吴晓黎、李霞等译,商务印书馆,2006年。

克里斯·克利尔菲尔德、安德拉什·蒂尔克斯:《崩溃》,李永学译,四川人民出版社,2019年。

拉·梅特里:《人是机器》,顾寿观译,商务印书馆,1959年。

劳尔·普雷维什:《外围资本主义》,苏振兴、袁兴昌译,商务印书馆,2015年。

老舍:《四世同堂》,人民文学出版社,2001年。

雷蒙德·威廉斯:《马克思主义与文学》,王尔勃、周莉译,河南大学出版社,2008年。

雷平阳:《雷平阳诗选》,长江文艺出版社,2006年。

李宏伟:《国王与抒情诗》,中信出版集团,2017年。

李宏伟:《假时间聚会》,作家出版社,2015年。

李进祥:《女人的河》,宁夏人民出版社,2012年。

李敬泽:《致理想读者》,中国人民大学出版社,2014年。

李时人编校,何满子审定,《全唐五代小说》(第三册),陕西人民出版社,1998年。

李松睿:《书写"我乡我土":地方性与20世纪40年代中国小说》,上海人民出版社,2016年。

李陀:《雪崩何处》,中信出版社,2015年。

李杨:《抗争宿命之路:"社会主义现实主义"(1942—1976)研究》,时代文艺出版社,1993年。

李有成、张锦忠主编《离散与家国想象:文学与文化研究集稿》,台北允晨文化,2010年。

李晓峰、刘大先:《多民族文学史观与中国文学研究范式转型》,中国社会科学出版社,2016年。

李孝悌:《清末的下层社会启蒙运动:1901—1911》,河北教育出版社,2001年。

李贽:《李贽全集注》,张建业、张岱注,社会科学文献出版社,2010年。

利奥塔:《后现代状况:关于知识的报告》,岛子译,湖南美术出版社,1996年。

梁启超:《梁启超全集》,北京出版社,1999年。

刘慈欣:《三体》,重庆出版社,2008年。

刘慈欣:《三体Ⅱ·黑暗森林》,重庆出版社,2008年。

刘慈欣:《三体Ⅲ·死神永生》,重庆出版社,2010年。

刘慈欣:《超新星纪元》,重庆出版社,2009年。

刘慈欣:《球状闪电》,四川科学技术出版社,2004年。

刘慈欣:《时间移民》,江苏凤凰文艺出版社,2014年。

刘慈欣:《2018》,江苏凤凰文艺出版社,2014年。

刘大先:《文学的共和》,北京大学出版社,2014年。

刘禾:《六个字母的解法》,中信出版社,2014年。

刘洪涛、杨瑞仁编《沈从文研究资料》,天津人民出版社,2006年。

刘乾先等译注《韩非子译注》,黑龙江人民出版社,2002年。

刘人鹏、郑圣勋、宋玉雯编《忧郁的文化政治》,林家瑄等译,台北:蜃楼,2010年。

卢春红:《情感与时间》,上海三联书店,2007年。

卢卡奇:《历史与阶级意识——关于马克思主义辩证法的研究》,杜章智、任立、燕宏远译,商务印书馆,1996年。

卢卡奇:《小说理论》,燕宏远、李怀涛译,商务印书馆,2016年。

鲁迅:《鲁迅全集》第6卷,人民文学出版社,2005年。

罗兰·巴特:《罗兰·巴特随笔选》,怀宇译,百花文艺出版社,2005年。

罗烨:《醉翁谈录》,古典文学出版社,1957年。

吕途:《中国新工人:文化与命运》,法律出版社,2014年。

吕克·费里:《论爱》,杜小真译,北京大学出版社,2017年。

吕克·费希:《超人类革命》,周行译,湖南科学技术出版社,2017年。

马长寿:《马长寿民族学论集》,周伟洲编,人民出版社,2003年。

马金莲:《长河》,作家出版社,2014年。

马金莲:《碎媳妇》,宁夏人民出版社,2012年。

马克思:《黑格尔法哲学批判》,人民出版社,1962年。

马克思:《马克思恩格斯选集》第1卷,人民出版社,1995年。

马克思、恩格斯:《马克思恩格斯文集》,人民出版社,2009年。

马丽华:《风之浴》,宁夏人民出版社,2007年。

马丽蓉:《20世纪中国文学与伊斯兰文化》,安徽教育出版社,2000年。

马通:《中国伊斯兰教派与门宦制度史略》,宁夏人民出版社,2000年。

芒福德:《城市文化》,宋俊岭等译,中国建筑工业出版社,2008年。

麦克里兰:《西方政治思想史》,彭淮栋译,中信出版社,2014年。

迈纳:《比较诗学》,王宇根、宋伟杰等译,中央编译出版社,1998年。

毛泽东:《毛泽东选集》第三卷,人民出版社,1991年。

梦亦非:《苍凉归途》,花城出版社,2010年。

米尔恰·伊利亚德:《神圣的存在:比较宗教的范型》,晏可佳、姚蓓琴译,广西师范大学出版社,2008年。

米兰·昆德拉:《小说的艺术》,孟湄译,北京三联书店,1995年。

木妮:《彼岸灯火》,宁夏人民出版社,2011年。

南帆:《后革命的转移》,北京大学出版社,2005年。

奈杰尔·巴利:《天真的人类学家:小泥屋笔记》,何颖怡译,上海人民出版社,2003年。

尼采:《历史的用途与滥用》,陈涛、周辉荣译,上海人民出版社,2000年。

尼尔·波斯曼:《技术垄断:文化向技术投降》,何道宽译,中信出版社,2019年。

尼古拉斯·卡尔:《玻璃笼子:自动化时代和我们的未来》,中信出版社,2015年。

宁肯:《中关村笔记》,十月文艺出版社,2017年。

佩德罗·多明戈斯:《终极算法:机器学习和人工智能如何重塑世界》,黄芳萍译,中信出版社,2017年。

齐泽克:《敏感的主体——政治本体论的缺席中心》,应奇等译,江苏人民出版社,2005年。

乔治·扎卡达斯基:《人类的终极命运》,陈朝译,中信出版社,2017年。

邱华栋:《摇滚北京:小说家感觉的都市新人类》,中国文联出版社公司,1998年。

邱华栋:《邱华栋小说精品集》,华文出版社,2001年。

邱华栋:《教授》,长江文艺出版社,2008年。

任博德:《人文学的历史:被遗忘的学科》,徐德林译,北京大学出版社,2017年。

萨米尔·阿明:《世界规模的积累:不平等理念批判》,杨明柱、杨光、李宝源译,社会科学文献出版社,2008年。

萨义德:《东方学》,王宇根译,北京三联书店,2000年。

萨特:《存在主义是一种人道主义》,周煦良译,上海译文出版社,2012年。

桑德斯:《落脚城市:最后的人类大迁徙与我们的未来》,陈信宏译,上海译文出版社,2012年。

舍勒:《同情感与他者》,朱雁冰译,北京师范大学出版社,2014年。

施米特:《政治的神学》,上海人民出版社,2014年。

史书美:《视觉与认同:跨太平洋华语语系表述·呈现》,杨华庆译,台北联经出版事业股份有限公司,2013年。

石舒清:《灰袍子》,宁夏人民出版社,2012年。

石一枫:《特别能战斗》,北京十月文艺出版社,2017年。

舒飞廉:《绿林记》,新世界出版社,2010年。

斯宾诺莎:《伦理学》,贺麟译,商务印书馆,1997年。

斯塔尼斯瓦夫·莱姆:《索拉里斯星》,陈春文译,商务印书馆,2005年。

斯威夫特:《格列佛游记》,白马译,中国画报出版社,2012年版。

苏珊·詹姆斯:《激情与行动——十七世纪哲学中的情感》,管可秾译,商务印书馆,2017年。

苏雪林:《苏雪林文集》,安徽文艺出版社,1996年。

孙希旦:《礼记集解》,沈啸寰、王星贤点校,中华书局,1989年。

谈歌:《城市守望》,百花文艺出版社,1997年。

唐娜·哈拉维:《类人猿、赛博格和女人——自然的重塑》,陈静、吴义诚译,河南大学出版社,2012年版。

特德·姜:《你一生的故事》,李克勤等译,译林出版社,2016年。

特克尔:《美国梦寻》,中国对外翻译出版公司,1984年。

田松:《警惕科学》,上海科学技术文献出版社,2014年。

铁凝:《蝴蝶发笑》,辽宁人民出版社,2013年。

涂尔干:《宗教生活的基本形式·第1卷》,渠东、汲喆译,上海人民出版社,1999年。

拓和提:《维吾尔历史文化》,民族出版社,1995年。

托克维尔:《论美国的民主》,董果良译,商务印书馆,1991年。

王德威:《抒情传统与中国现代性:在北大的八堂课》,三联书店,2010年。

王德威、高嘉谦、胡金伦编《华夷风:华语语系文学读本》,台北联经出版事业股份有限公司,2016年。

王国维:《王国维文集》,姚淦铭、王燕编,中国文史出版社,1997年。

王金峰编《前进号角:四个现代化构想首次提出》,吉林出版集团有限责任公司,2009年。

王铭铭:《超社会体系:文明与中国》,北京三联书店,2015年。

王强模译注《列子全译》,贵州人民出版社,1993年。

王小波:《王小波文集》(第4卷),中国青年出版社,1999年。

王小波:《王小波文集》(第3卷),中国青年出版社1999年。

王晓明主编《在新意识形态的笼罩下——90年代的文化和文学分析》,江苏人民出版社,2000年。

王岳川《后现代主义文化研究》,北京大学出版社,1992年。

汪晖:《死火重温》,人民文学出版社,2000年。

汪晖:《亚洲视野:中国历史的叙述》,香港:牛津大学出版社,2010年。

汪民安、陈永国、马海良主编《城市文化读本》,北京大学出版社,2008年。

汪民安、郭晓彦主编《生产·第8辑·忧郁与哀悼》,江苏人民出版社,2013年。

汪民安、郭晓彦主编《生产:德勒兹与情动(第11辑)》,江苏人民出版社,2016年。

汪曾祺:《汪曾祺论沈从文》,刘涛评,广陵书社,2016年。

汪曾祺:《汪曾祺精选集》,北京燕山出版社,2014年。

文史知识编辑部、国务院宗教事务局宗教研究中心合编《中国伊斯兰文化》,中华书局,1996年。

闻一多:《闻一多全集》,唐达辉整理,湖北人民出版社,1993年。

闻黎明、侯菊坤编《闻一多年谱长编》,湖北人民出版社,1994年。

温克尔曼:《希腊人的艺术》,邵大箴译,广西师范大学出版社,2001年。

沃特森:《多元文化主义》,叶兴艺,吉林人民出版社,2005年。

吴军:《智能时代:大数据与智能革命重新定义未来》,中信出版社,2016年。

吴盛青、高嘉谦编《抒情传统与维新时代:辛亥前后的文人、文学、文化》,上海文艺出版社,2012年。

吴文藻:《吴文藻人类学社会学研究文集》,民族出版社,1990年。

希利斯·米勒:《文学死了吗》,秦立彦译,广西师范大学出版社,2007年。

晓航:《游戏是不能忘记的》,北京十月文艺出版社,2018年。

萧伯纳:《卖花女》,杨宪益译,中国对外翻译出版公司,2001年。

新垣平:《剑桥简明金庸武侠史》,长江文艺出版社,2013年。

徐承:《中国抒情传统学派研究》,中国社会科学出版社,2015年。

徐皓峰:《大日坛城》,作家出版社,2010年。

徐皓峰:《武士会》,人民文学出版社,2012年。

徐皓峰:《刀与星辰:徐皓峰影评集》,世界图书出版公司,2012年。

徐皓峰:《刀背藏身:徐皓峰武侠短篇集》,人民文学出版社,2013年。

徐皓峰:《道士下山(癸巳年修订本)》,人民文学出版社,2014年。

徐勇:《"青年议题"与20世纪80年代小说创作》,人民出版社,2014年。

徐则臣:《人间烟火》,春风文艺出版社,2009年。

许纪霖等著《启蒙的自我瓦解:1990年代以来中国思想文化界重大论争研究》,吉林出版集团有限责任公司,2007年。

许纪霖、刘擎主编《西方"政治正确"的反思》,江苏人民出版社,2018年。

许纪霖,宋宏编《现代中国思想的核心观念》,上海人民出版社,2010年。

许立志:《新的一天》,秦晓宇编,作家出版社,2015年。

雪莱:《弗兰肯斯坦》,刘新民译,上海译文出版社,2007年。

杨怀中、余振贵主编《伊斯兰与中国文化》,宁夏人民出版社,1996年。

杨建邺:《上帝与天才的游戏:量子力学史话》,商务印书馆,2017年。

杨庆堃:《中国社会中的宗教:宗教的现代社会功能及其历史因素之研究》,范丽珠译,上海人民出版社,2006年。

雅各布斯:《美国大城市的死与生》,金衡山译,译林出版社,2005年。

雅罗斯拉夫·普实克:《普实克中国现代文学论文集》,李燕乔等译,湖南文艺出版社,1987年。

尧斯、霍拉勃著《接受美学与接受理论》,周宁、金元浦译,辽宁人民出版社,1987年。

姚晓雷编选《新世纪小说大系:2001—2010.武侠卷》,上海文艺出版社,2014年。

姚新勇:《文化民族主义视野下的转型期中国少数民族文学》,花木兰文化出版社,2016年。

乐黛云、张辉主编《文化传递与文学形象》,北京大学出版社,1999年。

伊格尔顿:《文化的观念》,方杰译,南京大学出版社,2003年。

伊藤穰一、杰夫·豪:《爆裂:未来社会的9大生存原则》,张培、吴建英、周卓斌译,中信出版集团,2017年。

尤瓦尔·赫拉利:《未来简史》,林俊宏译,中信出版社,2017年。

余华:《鲜血梅花》,上海文艺出版社,2004年。

约翰·霍洛韦尔:《非虚构小说的写作》,仲大军、周友皋译,春风文艺出版社,1988年。

张承志:《心灵史》改定版平装本,自印行赠书。

张洁:《沉重的翅膀》,人民文学出版社,1981年。

张颐武主编、徐刚编《全球华语小说大系·科幻卷》,新世界出版社,2012年。

张悦然:《水仙已乘鲤鱼去》,作家出版社,2005年。

张悦然:《誓鸟》,光明日报出版社,2006年。

张悦然:《霓路》,明天出版社,2007年。

张悦然:《十爱》,作家出版社,2009年。

张悦然:《茧》,人民文学出版社,2016年。

张赞波:《大路:高速中国里的工地纪事》,广西师范大学出版社,2015年。

赵瑜:《火车头震荡:宜万铁路始末》,作家出版社,2010年。

赵牧:《"后革命":作为一种类型叙事》,上海大学出版社,2012年。

中国社会科学院、澳大利亚人文科学院编纂《中国语言地图集》,香港朗文(远东)有限公司,1987、1990年。

中央民族学院少数民族语言研究所编《中国少数民族语言》,四川民族出版社,1987年。

周而复:《七十年文艺漫笔》,文化艺术出版社,2004年。

周其仁:《城乡中国》,中信出版社,2017年。

朱光潜:《欣慨室中国文学论集》,中华书局,2012年。

宗白华:《宗白华全集》第四卷,安徽教育出版社,1996年。

Charles Taylor. *Modern Social Imaginaries*, Durham and London: Duke University Press, 2004.

Daniel Pals. *Nine Theories of Religion*, New York and Oxford: Oxford University press, 2014.

Franco Moretti. *The Modern Epic: The World-System from Goethe to García Márquez*. London, New York: Verso. 1996.

Franco Moretti. *Atlas of the European novel*, 1800-1900, London,

New York: Verso. 1998.

Franco Moretti. *The Novel*, Princeton, N. J. : Princeton University Press. 2006.

Henry Jenkins. *Textual Poachers: Television Fans and Participatory Culture*. New York:Routledge, 1992.

Henry Jenkins. *Convergence Culture: Where Old and New Media Collide*. New York:New York University Press, 2006.

Immanuel Wallerstein. *World-Systems Analysis: An Introduction*, Durham, NC: Duke University Press, 2004.

Lydia H. Liu, *The Freudian Robot: Digital Media and the Future of the Unconscious*, Chicago:The university of Chicago Press, 2010.

Michael Hardt and Antonio Negri. *Multitude: War and Democracy in the Age of Empire*. New York: The Penguin Press, 2004.

Nick Bostrom. *Superintelligence: Paths, Dangers, Strategies*, Oxford: University of Oxford, 2014.

Paul Rabinow, ed. *The Foucault Reader*, New York: Pantheon Books, 1984.

Peter Gay, ed. *The Freud Reader*, New York: W. W. Norton and Company, 1995.

Ray Kurzweil, *The Singularity Is Near: When Humans Transcend Biology*, New York: Viking Penguin, 2005.

Tariq Modood, *Multiculturalism: A Civic Idea*, Cambridge: Polity Press, 2013.

后　记

照例在一本书的结尾要交代一下本书的缘起。2017 年 12 月中旬,在台湾淡江大学召开"两岸现当代文学评论青年学者工作坊:文学性的再反思与重构",会议结束后我和几个朋友到了台北。夜间在士林的快炒店中喝啤酒,同行的复旦大学金理兄说到他策划的"微光"丛书,并跟我约一部书稿。我答应下来,但后来整个一年都琐事缠身,并没有投入到工作中。

这中间金理在上海、北京的不同场合屡次敦促,我打算编订一本论文集交差。2018 年底在南京《扬子江评论》年度文学排行榜启动仪式暨青年批评家论坛"上又遇到了他,晚上吃饭的时候他跟我说,读到我在《小说评论》上围绕"后纯文学书写"开的专栏,这系列文章主题比较集中，建议我整合成一本专著，不要出批评文集。我接受了他的意见，开始着手修订目前这本书，今日终于完成，因为同一辑的其他朋友多数已经交稿，虽然知道本书并未达到自己理想中的样貌——估计那是不可完成之任务，但也只能如此而已。

本书试图在描述晚近三十余年新兴的文学/文化现象（新媒体文艺、青春亚文化、底层与城市文学、科幻浪潮、武侠类型的拓展、边疆与少数民族书写等）的基础上提出一系列相关理论命题，它们包括赛博格的现实与书写、碎片化时代总体性思考的可能、后革命时代历史感的确立、"传统"的发明与使用、"真实性"话语的诗学与政治学、文化多样性的资源及其危机、世俗化时代的信仰及其表述等。这些问题很难用某个核心概念将它们统摄起来，我只能以通过"后文学"到"新人文"的线索来勾勒这个依然变动不已的过程——任何一个身处其中的人都能感受到却无法予以清晰辨析的变局。因此全书的结构方式是棱镜式的，从不同的角度与维度切入到我们时代最为根本的文学/文化现象与问题，较之于为了取得形式上的整饬而强行在某个理论架构中进行钮合，我愿意它是"散点透视"的、生长性的，保持着敞开的态度。

全书第一至六章连载于《小说评论》，感谢李国平先生的邀约；第七、八章则发表于《文艺研究》和《文学评论》，感谢李松睿和费冬梅二位同仁的认可；最后当然要感谢金理，没有他的美意，我是不会有机会进入到"微光"这一散发着隽永气息的系列中来的。正文之外，附录了三篇就"抒情传统""华语语系文学"和"文化多元主义"等话语进行论辩的文章，也与本书主题有一定关联，感谢《文艺争鸣》张涛、《世界华文文学论坛》李良、南京师范大学何平与《南京社会科学》虞淑娟四位同仁的约稿。

后记

在写作的时候,我总是希望自己能够做到渊综广博兼及清通简要,但毫无疑问,所表述的对象与内容时常超出现有的能力,因而难免会有左支右绌的窘况,相信这是一切写作者都会经历的状态。所以,我无法界定某种"后文学"或者"新人文"的概念,只能在它的实践中图绘其运行的踪迹并试图进行解释,而思想的将成未成、半明半暗之间,恰恰是它最富魅力的时候,就如同不远处一个影影绰绰、充满诱惑的存在,召唤着作者,也召唤着读者。更或者,那原本就应该是任何一种有活力的思想所应该的状态,它不会僵化定型下来,而总是充满着跃动变化的自由与开放。

2019 年 9 月 12 日于苏州返京的列车之上

图书在版编目（CIP）数据

从后文学到新人文/刘大先著. -- 上海：上海文艺出版社，2021
（微光·青年批评家集丛. 第三辑）
ISBN 978-7-5321-7885-8

Ⅰ.①从… Ⅱ.①刘… Ⅲ.①中国文学－当代文学－文学研究
Ⅳ.①I206.7

中国版本图书馆CIP数据核字(2020)第268428号

发 行 人：毕　胜
策 划 人：金　理
责任编辑：余雪霁
封面设计：胡斌工作室

书　　名：从后文学到新人文
作　　者：刘大先
出　　版：上海世纪出版集团　上海文艺出版社
地　　址：上海市绍兴路7号　200020
发　　行：上海文艺出版社发行中心
　　　　　上海市绍兴路50号　200020　www.ewen.co
印　　刷：崇明裕安印刷厂
开　　本：890×1240　1/32
印　　张：10.5
插　　页：2
字　　数：234,000
印　　次：2021年6月第1版　2021年6月第1次印刷
I S B N：978-7-5321-7885-8/I · 6252
定　　价：53.00元
告 读 者：如发现本书有质量问题请与印刷厂质量科联系　T：021-59404766